FANTASTIC ORIENTAL HEROES

무림의 여신

무림의 여신 6

아랑 新무협 판타지 소설

초판 1쇄 찍은 날 § 2004년 5월 10일
초판 1쇄 펴낸 날 § 2004년 5월 20일

지은이 § 아랑
펴낸이 § 서경석

편집장 § 문혜영
편집 책임 § 김희정
편집 § 장상수 · 권민정 · 최하나
마케팅 § 정필 · 강양원 · 이선구 · 김규진 · 홍현경

펴낸곳 § 도서출판 청어람
등록번호 § 제1081-1-89호
등록일자 § 1999. 5. 31
어람번호 § 제2-0375호

주소 § 경기도 부천시 원미구 심곡1동 350-1 남성B/D 3F (우) 420-011
전화 § 032-656-4452 팩스 § 032-656-4453
E-mail § eoram99@chollian.net

값 8,000원

ISBN 89-5831-096-0 04810
ISBN 89-5505-934-5 (SET)

6

지비각진 知秘覺眞

FANTASTIC ORIENTAL HEROES

아랑 신무협 판타지 소설

무림의 여신

도서출판
청어람

목 차_____

35

수수께끼의 사내

倦夜 (권야)

고달픈 밤

— 杜甫 (두보)

竹凉侵臥內 (죽량침와내)

대숲의 서늘함 방 안까지 스며들고

野月滿庭隅 (야월만정우)

달빛은 구석구석 뜰 안을 비추네

重露成涓滴 (중로성연적)

맺혀진 이슬은 방울지어 떨어지고

稀星乍有無 (희성사유무)

드문 별은 조는 듯 반짝이는구나

倦夜 (권야) 中 에서

수수께끼의 사내

─계획대로 진행된 듯합니다. 실행하오리까?

귓가로 들리는 중년 사내의 전음에 청의사내는 고개를 끄덕였다. 생각이 빤히 들여다보이는 저 젊고 단순한 사내는 조종하기도, 이용하기도 쉬웠다. 이렇게 순순히 일이 진행될 줄은 상상도 못했지만, 어쨌거나 자신에게는 이득이었다.

─한데, 어이 해… 그의 능력을 시험해 보시는 일에 이 한낱 미천한 것을 쓰십니까? 주군의 능력이시라면…….

의문스러워하는 조심스런 음성에 청의사내는 얼굴을 살짝 일그러뜨렸다.

─내 말에 언제부터 네가 토를 달았더냐?

─송구합니다. 그럼 다녀오겠습니다.

귓가에 들려오던 전음은 그것으로 멈추었다. 청의사내는 쾌청하고 맑은 하늘을 한 번 올려다보았다.

"슬슬 시작인가… 단절강, 기다리고 있어라. 네놈들이 우리에게 했던 만큼 나 역시 네놈의 단씨 일족과 하후씨의 일족에게 같은 짓을 베풀어주겠다. 이건 그저… 네가 이번 일로 어찌 반응할지에 대한 시험에 불과해……."

일단 은평을 단상 아래로 내려보낸 것까진 좋았다. 임무(?) 완수도 했고 이제 그만 기권할까라고 생각하던 중에 자신을 뚫어져라 노려보는 백발문사의 매서운 시선이 꽂혔다. 그 눈빛에는 '일단 한 번 나간 이상 체면이 있지. 기권 패는 절대 안 됩니다'라고 말하는 듯했다. 어찌할까 머뭇머뭇 망설이고 있는 사이 다음 상대자가 나선 듯 주변 여기저기에서 함성이 울렸다. 앞쪽을 바라보고, 예상대로 상대자가 나선 것을 확인하자 조금 낭패라 여긴 화우는 속으로 혀를 찼다.

"벼, 별호와 성명을 밝혀주시오."

교언명의 음성이 들리고 나서야 올라온 상대를 바라보았다. 머리부터 발끝까지 검은색 일색으로 누가 보아도 질릴 만한 차림새였다. 머리를 검은 두건으로 질끈 묶어 머리카락 한 올 내려오지 않는 데다가 얼굴은 핏기가 하나도 없이 허여멀건했다. 온통 검은 가운데 얼굴색만이 창백하다 보니 파리한 안색이 더욱 눈에 뜨였다. 하지만 냉막한 표정과 마치 이 세상 사람 같지 않은 '어색한' 분위기 때문에 그의 나이가 얼마인지 도무지 짐작키 어려웠다. 얼굴 생김새로만 보자면 마치 있는 듯 없는 듯, 어디서나 볼 수 있을 법한 지극히 평범한 얼굴임에도 말이다.

그는 일견 너덜너덜해 보이는, 필시 본래의 모습은 평범한 장포였을 것이라 예상되는 검은 누더기를 걸친 채였다.

"별호는… 천무광혈(擅無壙血). 이름은 양무(羊無)라 한다."

모습에서 자연스레 연상되는 괴음의 목소리일 것이다라는 막연한 기대(?)와는 달리 사내의 음성은 의외로 담담했다.

'저자… 인피면구를 썼군. 저 아래 가려진 얼굴은…….'

안광을 조금 높이자 희미하게 비춰 보이는 인피면구 아래의 흉측한 몰골에 화우는 그가 왜 얼굴에 인피면구를 뒤집어썼는지 조금이나마 알 듯했다. 사내는 상처 없이 멀쩡한 살색을 띠고 있는 부분이 오히려 희귀할 정도로 흉터로 뒤덮인 얼굴이었으니까 말이다.

─주군… 조심… 하십시오.

삼마영 중의 하나의 전음이 귓전에 울렸다. 항상 자신의 근처에서 맴돌고 그 주변을 따르고 있긴 하지만 어지간해서는 자신에게 먼저 말을 거는 법이 없던 삼마영이기에, 자신에게 말을 건 것은 매우 의외라는 생각이 먼저 들었다. 더군다나 항상 무심에 가까운 그 목소리에 아주 희미하지만 동요가 서려 있었다.

'혹시 삼마영들이 저자를 알고 있는 것인가?'

자연스레 떠오른 질문이었으나 삼마영에게 굳이 묻지는 않았다. 말해 봤자 삼마영들에게서 뭔가 캐낼 수 없으리란 예감 때문이었다.

"…시작하시오."

교언명의 음성에 흠칫 놓고 있던 정신을 가다듬은 화우는 눈앞의 사내를 고요히 응시했다. 인피면구를 쓰고 있다고는 하지만 눈동자까지 가릴 수 없는 법. 속을 알 수 없이 뿌연 눈동자가 어쩐지 자신을 동정하고 있다는 생각이 들었다.

"······."

사내의 입술이 아주 조금 움직였다. 혼자만의 중얼거림일까. 입술 사이로는 목소리가 새어 나오지 않아 뭐라 말하는지 들을 수 없었지만 화우는 그가 무엇이라고 중얼거렸는지 입 모양으로 짐작해 냈다.

'그대는 분명 아무런 죄도 없지만······.'

정확치는 않지만 필시 저런 뜻이었다.

"···지금 무어라고······."

화우가 그 중얼거림의 의미를 물어보려던 순간, 기수식도 없이 사내의 검이 눈앞에 펼쳐졌다. 누더기가 된 장포 속에 품고 있던 검은 주인의 흐리멍덩한 눈과는 다르게 날카로운 예기를 발했다.

"헛······."

화우는 숨을 들이키며 황급히 뒤로 피했다. 기수식도 없이 상대를 기습한 행위는 저급한 하류잡배나 하는 짓이었다. 더군다나 이런 비무 자리에서 말이다. 관중석에서는 우우— 하는 야유가 조금씩 퍼져 나가 장내를 매웠다.

"죽기 살기로 덤비시게나, 애송이. 그렇게 넋 놓고 있다간 ···에게 다가갈 틈조차 얻기 힘들 테니······."

그가 누군가를 지칭했지만 워낙 작아 화우는 들을 수 없었다. 어쨌거나 그의 모욕에 화우의 안색이 어둡게 가라앉았다. 밥 먹기보다 무공을 좋아했던 자신이었다. 적어도 남들과 비교해 보았을 때 아무에게나 지지 않을 실력이란 자부심 역시 있었다.

"그 말··· 후회하게 해주지."

검을 잡은 손에 자연스레 힘이 꾹 들어갔다. 모욕을 당하고서도 헤헤거리고 웃을 만큼 화우는 너그럽지 않았다. 적어도 무공에 관한 것이라면.

"애송이는 애송이로군. 이런 작은 도발에도 쉽게 넘어오다니."

사내의 신형이 다가왔나 싶더니 이내 자신의 사혈을 노리고 들어왔다. 산전수전을 다 겪은 노장인 듯 사내의 검에는 풍부한 경험이 서려 있었다. 상대방의 죽음을 바라고 짓쳐들어오는 검에 화우는 등골이 서늘해짐을 느꼈다. 이 사내의 경험은 적어도 자신보다 월등했다.

"…이대로 당해줄까? 이추마마(二湫魔魔)! 일섬식(一閃式)!"

격한 금속음이 울렸다. 눈에 보이지 않는 빠르기로 벌써 여러 번 검이 오고 갔으나 장내에 모인 대부분의 사람들은 검의 움직임조차 제대로 파악하기 힘들었다. 그저 장렬한 검의 울림만으로 도합 몇 합이 오고 갔는지를 짐작할 뿐이었다.

"…예상외의 실력이다. 어쩌면… 마교 교주의 실력은 맹주의 실력에 버금갈지도."

백도의 몇몇 인사들이 침음성을 냈다. 내심 자신들이 키워낸 맹주의 실력이 더 우위에 있다고 믿고 있던 그들에게 화우가 보여준 경지는 경악이었다. 하나, 더 놀라운 것은 마교의 맹주와 맞붙고 있는 사내의 실력이었다. 별호도, 그 이름도 들은 적 없던 사내가 아닌가.

"뭘 그리 놀라시오? 마교의 교주에게 저 정도의 실력도 없어서야……."

경악에 차 있는 그들과는 달리 태연하기 이를 데 없는 맹주의 말에 백도의 인사들은 아연해했다.

"그럼 맹주는 이미 짐작하고 계셨단 말이오?"

"본인 역시 그와 검을 이미 나눠본 바가 있지 않소? 본인에 버금갈 만한 실력이라 생각되었다오."

"…일부러 맹주의 실력을 감춘 것이 아니셨소?!"

자신들이 믿고 있던 바를 꺼내놓자 맹주 헌원가진은 의미 모를 미소만 얼굴에 띠었을 뿐, 그에 대한 답은 내어놓지 않았다.

'감추었다라… 봐준 것이야 사실이지. 나 역시 전력으로 상대하지 않았고 상대 역시 전력으로 대해오지 않았으니. 하나 한 가지 분명한 것은 마교의 교주가 아무리 전력으로 상대해 와도 날 이길 수 없다는 것……'

자신만만한 미소가 미형의 얼굴에 살포시 번져 나갔다.

"이추마마(二湫魔魔), 이섬식(二閃式)!"

다시 한 번 화우의 검이 공중을 날았다. 서슬 퍼런 검날에 서려 있는 푸릇한 기운은 검기였다. 전력을 다하진 않았다 하더라도 상당히 위력적으로 보였다.

"…그것은 쓰지 않는 게 좋아. 아무리 빠르게 검을 놀린다 해도 내 눈에는 다 보이니 말일세. 이추마마는 나 역시 젊은 시절 익혔던 무공, 그 정도도 파악하지 못해서야……"

'뭐… 뭐라고!'

화우의 미간에 당황의 기색이 어렸다. 이것은 분명 마교 지하의 깊숙한 비고(秘庫)에 숨겨져 있던 무공이 아니던가. 어느 정도의 지위에 이른 자가 아니라면 제대로 들어가 보기조차 힘든, 더군다나 교주의 혈족이나 직계제자가 아니라면 가지고 나오기는 더군다나 힘든.

그가 당황한 틈을 노려 사내의 검이 옆구리를 베어왔다. 슬쩍 허리를 뒤튼 것과 동시에 보법을 돌려 재빨리 검식에서 빠져나오기는 했으나 공기의 갈라짐의 여파로 제대로 닿지도 않은 옷자락이 날카롭게 베어져 있었다.

'…검기를 이용해서 공기를 갈랐다…….'

등줄기로 한기와 함께 식은땀 한줄기가 흘러내렸다. 자신 역시 마음만 먹는다면 못할 것도 없는 거지만 이런 식으로 공격 중에 자연스레 흘러나오게 하는 것은 불가능했다. 무공 실력은 화우 쪽이 앞설지 몰라도 경험 면에서는 눈앞의 사내에 비해 턱없이 부족한 탓이었다. 어째서 그가 이추마마를 알고 있느냐 하는 의문을 풀 새도 없이 그의 공격은 지속되었다.

'어지간히 받아주었으니 이젠 내 차례로군. 마교의 교주를 마교의 무공으로 꺾어주지.'

사내는 인피면구 속에 가려진 얼굴 근육을 비틀어 애써 웃음을 지어냈다. 다만 그것이 인피면구 밖으로는 나타나지 않았을 뿐.

"창섬쾌(敞閃快) 마병진식(魔幷嗔式)!"

자신도 익히 알고 있는 마교의 무공이었다. 하나 자신이 펼치는 것과는 다른, 힘이 실린 유연함과 노련함으로 쳐들어오는 창섬쾌의 일식은…….

"큭……!"

화우의 목소리에 아주 약간이지만 다급함이 어렸다. 검과 검이 맞대어진 순간, 온몸을 강타하는 충격의 여파로 화우는 두어 발자국 물러났다. 하나, 쉬고 있을 틈은 없었다. 이식이 들어올 것이었다.

─주군, 위험합니다……!

삼마영의 목소리가 울렸다.

─끼어들지 마라! 아무리 내 호위라 하지만 비무에까지 끼어드는 건 용납 못해.

화우는 자신이 아는 모든 무공식을 머리 속으로 떠올렸다. 창섬쾌를

막을 만한 초식이 과연 어떤 것인지에 대해서.

"탁마합배(柝魔合拜)! 미합일식(彌合一式)!"

'오랜만에 들어보는군. 저 무공… 정면으로 맞붙은 적이 있었지…….'

사내는 비죽이 웃었다. 똑같은 무공을… 몇십 년 전 그 아비와 겨뤘던 이 무공을 지금 그 아들과 겨루고 있었다.

'아시옵니까? 주군의 명을 수행하고 있는 때에도 젊은 날 깨지 못했던 무공을 다시 맞붙는다는 사실이 기뻐 전율하고 있다는 것을……. 복수니 뭐니 해도… 전 역시 무인이었던가 봅니다.'

사내는 기뻤다. 복수라는 그 사실 자체보다도 저 무공을 다시 마주한 것에 등골이 오싹해지는 전율이 흐른다.

"창섬쾌 마병선식(魔幷線式)!"

검날 가득 실은 자신의 검기가, 다가오는 화우의 검날과 맞부딪쳤다. 강렬한 폭괄음과 함께 뒤로 몇 발자국 물러나려던 것을 천근추를 운용해 간신히 내리눌렀다. 주변에 자욱히 내리 깔린 모래 먼지에 두 사람 다 어찌 되었는지 모습이 보이지 않았다.

"형님……! 괜찮으십니까!!"

평소에는 극히 듣기 힘든 운향의 당황한 목소리였다. 화우는 비틀거리는 신형을 이내 바로잡고 목 울대를 넘어 울컥울컥 치미는 핏물을 삼켜냈다.

"왜 소란이냐? 난 괜찮다."

평정을 가장한 목소리였지만 희미하게 울리는 떨림을 모를 운향이나 백발문사가 아니었다.

"정말 조마조마했습니다……."

"하지만… 이대로 기권은 절대 안 된다고 날 노려봤던 건 자네지 않은가."

애써 농을 건네보았지만 그의 주변을 둘러싼 사람들의 안색은 풀릴 줄 몰랐다.

"마교 교주의 체면을 지키란 것이었지, 내상을 입으시길 바랐던 것은 아닙니다. 공자께서는 어서 상세를 한번 살펴보시지요."

백발문사는 운향에게 화우의 상세를 살펴보도록 권유했다. 하나 운향은 이미 화우의 손목 맥을 짚어보고 있던 중이었다.

"내상을 입으신 지 얼마 되지도 않아 또 내상이라니……. 그리 깊진 않지만 한동안은 운기를 여러 번 반복하며 요상하셔야 합니다."

"알았다."

화우는 빙그레 웃음을 띠었다.

"그리고 각혈은 제발 뱉어내십시오. 죽은 피를 삼켜봐야 무에 도움 될 게 있습니까?"

치밀어 오른 피를 삼킨 것을 금세 운향에게 들킨 모양이었다. 화우는 싱겁게 웃을 뿐 운향의 추궁(?)에도 꿋꿋이 입을 다물었다. 여러 사람에게 둘러싸여진 지금 상황으로서는 무슨 말을 해도 변명(?)이 될 뿐이고 자신에게 점점 형세가 불리해질 뿐이었다.

"안색이 창백하군. 난 괜찮다, 그렇게 걱정하지 않아도."

면사 사이로 드러난 것만으로도 확연히 표시가 날 정도로 능파의 안색은 하얗게 질려 있었다. 능파는 애써 고개를 끄덕였다.

'…제발… 기억해 내요. 당신의 기억 속에는 모든 것을 풀 열쇠가 있을 텐데 어째서…….'

화우가 다친 것보다도 더욱 그녀에게 충격인 것은 사부가 움직이고 있다는 것이었다.

'사부를 만나보아야겠다… 도대체 무슨 속셈인지……'

그 정체불명의 사내가 화우에게 비무를 청해온 것이 필시 자신의 사부가 했을 것이라 짐작한 능파였다.

"이야, 박력있네."

화우의 비무를 구경한 은평의 감상평(?)이었다.

"넌 고작 한다는 말이 박력있네냐!"

"시끄러, 지렁이! 넌 입이 백 개라도 할 말 없어!! 대체 어딜 가 있었던 거야?!"

청룡은 잠시 자리를 비운 것이 들먹여지자 잽싸게 입을 다물었다. 불리한 일은 조개처럼 입을 꽉 다물고 넘어가는 것이 상책이었다. 더군다나 의외로(?) 집요한 구석이 있는 은평에겐 말이다.

'대기가 심상치 않아. 누군가를 원망하는 마음이 이토록 짙은 사기는 처음이군 그래.'

예민해진 감각 신경에 잡히는 대기의 사기들 중 특히 이채를 띠는 것이 있었다. 언젠가도 한 번 느껴본 적 있는.

"…음… 왠지 온몸의 솜털이 곤두서는 느낌이야. 뭘까? 이 기분 나쁜 느낌은."

은평의 말에 청룡은 피식 웃었다. 은평 역시 느끼고 있었던 모양이다. 세세한 것까지 잡아낼 수 없는 모양이어도 말이다. 어느 정도 기를 선별해 낼 수 있는 자신과는 달리 선별해 낼 줄도 모르니 몸 안으로 사기를 받아들이는 양이 훨씬 많았다. 사실 사람 많은 곳에 모여서 더욱 위험한 것은 자신보단 은평일지도 모른다. 점점 이것저것 깨우쳐 가고 있는 이 시점이야말로 더욱 위험한 것.

"누군가를 원망하는 사기야. 굉장히 짙지?"

"짙은지, 옅은지까진 모르겠지만 어쨌거나 기분 나빠. 봐봐, 오돌토돌 소름 돋은 거."

소름이 돋아난 자신의 팔뚝을 소맷자락을 걷어 보여주며 은평이 진저리를 쳤다.

"사기의 진원지를 찾을 수는 없는 거야?"

"수많은 인간들에게서 뿜어져 나와 뒤섞여 있는 사기를 어떻게 다 찾냐?"

"그런 것도 못하면서 신수라고 뻐기지?"

은평의 비웃음에 청룡이 발끈했다.

"그럼 넌 할 줄 아냐!"

그 모습을 지켜보고 있던 인과 백호는 동시에 한숨을 내쉬었다. 어째 가면 갈수록 정신 연령이 퇴화되는지 점점 유아적인 말다툼으로 변하고 있었다.

한참 청룡과 옥신각신하고 있을 무렵,

"아앗! 찾았다. 찾았어요!"

발랄한 소녀의 목소리에 은평의 등줄기를 소름이 훑고 지나갔다.

'서, 설마 이 목소리······.'

은평은 천천히 몸을 돌렸다. 아니나 다를까, 천진난만한 얼굴을 빛내며 웃고 있는 정련 선자가 등 뒤에 서 있었다. 오늘따라 발랄한 기운이 넘쳐흐르다 못해 부담스럽기까지 했다. 나이에 걸맞지 않은 극명한 소녀 취향을 드러내듯 오늘은 걸치고 있는 것마저도 심히 정신 건강에

해로울 만큼의 '발랄' 이었다. 주변에 꽃이 떠다니는 듯한 환상마저도 버거운데 목소리와 옷차림 가득 배어 있는 발랄함은 거의 공포 수준이랄까.

"…안녕하셨어요?"

"아, 예."

자신보다 휘~얼~씬 연상이란 것을 알게 된 뒤로 더욱더 대하기가 어려웠다. 겉모습만 보면 반말을 해도 괜찮을 듯싶은데 나이는 한참 위이니 말이다.

"한참 찾아다녔어요. 하지만 필시 천무존께서 같이 계실 것이라 여겨져서 대신 천무존께오서 다니신 행적을 찾아보니 금방 발견했지 뭐예요?"

'아, 예~ 그러셔요?'

은평은 비꼬아주고 싶은 것을 간신히 참았다. 그녀의 말에 뭐라 비꼬기라도 하면 금방이라도 큰 울음을 터뜨려 버릴 것 같은 느낌이 들어서였다. 요 근래 들어 유난히 은평에게 집착(?)하는 정련 선자였다.

"정말 멋졌어요. 비무를 모두 지켜보고 있었답니다~ 맨손으로 검을 부러뜨리다니, 어찌 된 기술이지요? 게다가 그 보법이라니… 역시 뭔가 다르셔도 다르시군요."

속사포처럼 꼬리에 꼬리를 물고 이어지는 질문 때문에 곤란해진 은평을 구해낸 것은 인이었다.

"타인에게 타인의 비기에 대해 묻는 것은 지극히 실례가 아니던가?"

혼잣말인 듯 혹은 타인에게 건네는 말인 듯한 종잡을 수 없는 인의 묘한 중얼거림에 정련 선자의 아미가 팔자가 되었다.

"에… 곤란해요. 정련 선자의 생각이 짧았네요. 죄송해요. 괜히 저

때문에 곤란하셨죠?'

'…곤란한 걸 이제 알았냐?'

은평은 목구멍까지 튀어나온 말을 꾹 눌러 참았다. 참아야 하느니라, 참아야 하느니라. 참을 인 세 개면 살인도 면한다 하였다.

"비무가 끝나셨으면 정련 선자와 놀러 가지 않으시겠어요? 은평님의 마음에 꼭 드실 것 같은 다점을 발견했거든요."

"나, 나… 차는 별로 즐기지 않는데… 요……."

은평의 거절에 정련 선자의 눈가에 금세 시무룩한 기색이 비쳤다.

'…제발 가줘……. 부담스러워 죽겠다구!!'

은평은 청룡 쪽으로 고개를 돌려 구조(?)를 요청했지만 청룡은 아까의 복수인 듯 딴청만 피우고 있었다.

크르르릉……

은평의 품에 안겨 있던 백호의 으르렁거림에 정련 선자는 눈을 동그랗게 뜨고 백호를 내려다보았다. 적안의 눈동자가 허튼짓 말라고 경고하는 듯했다.

'어쩐지 접근하지 말라고 경고하는 것 같은데……. 나 좀 봐, 한낱 미물이 무슨 경고를 한다고…….'

정련 선자는 입가로 새어 나오는 피식거림을 간신히 억눌렀다. 자신의 얼굴에 띠고 있는 것은 언제나 천진난만하고 생기발랄한 소녀의 웃음이어야 했다. 속셈이 그대로 보이는 웃음을 지어서야 아니 될 말씀.

'그나저나, 이 계집보다도… 주변에 있는 것들이 꽤 성가시단 말이야. 천무존은 말할 것도 없고 하다못해 저놈까지…….'

전혀 강해 보이지 않았지만 정련 선자의 본능은 천무존만큼이나 성가신 놈이라 느꼈다. 정련 선자가 생각에 빠져 있는 사이 그녀의 고운 섬섬옥수를 백호의 희디흰 이가 깨물었다.

"아야!"

정련 선자는 푸릇하게 변한 손끝의 날카로운 아픔을 느끼고 비명을 내질렀다. 살짝 살갗이 찢어져 피가 배어 나왔다. 비릿한 혈향이 주변에 진동했다. 범인이라면 깨닫지 못할 그 혈향을 백호나 청룡은 맡을 수 있었다. 백설같이 흰 피부에 배인 핏자국에 은평은 쾌재를 불렀다.

'백호야! 잘했어!! 정말 잘했어!!'

다만, 그녀의 손가락을 문 백호는 뭔가 탐탁지 않은 듯 아무 말도 없었다.

"미안해요. 이 녀석이 마음에 들지 않는 사람은 무는 버릇이 있어서. 아무리 혼내도 나아질 기미가 없네요."

태연스레 말하는 은평의 거짓말에 모두 혀를 내둘렀다.

"심하게 다치진 않았나요? 얼른 의원에게 가보세요."

"괘, 괜찮아요."

무슨 이유에서인지 정련 선자는 당황하는 기색이 역력했다. 핏자국이 배인 손가락을 주먹을 꽉 쥐어 숨기고 이내 슬금슬금 뒤로 물러났다.

"손을 치료해야 할 듯싶으니 오늘은 이만 실례할게요."

정련 선자가 언제 그렇게 달라붙었느냐는 듯 황급히 사라져 갔다.

"얼레? 손을 물린 게 그렇게 충격이었나? 백호야! 아주 잘했어! 앞으로도 나타나면 종종 깨물어주렴."

은평만 속없이 좋아할 뿐이었다. 하나 인은 청룡과 백호의 심상치 않은 분위기를 눈치 챘다. 청룡은 백호를 말없이 응시했다. 눈빛만으로 서로의 의중을 파악한 둘이었다.

'이 혈향, 이 비릿한 냄새······. 내 생각이 맞다면 저 인간의 피는 범인의 그것이 아니라 강력한 극독이다······.'

"그나저나, 형님과 비무를 했던 그자는 대체 어디로 사라진 걸까요?"

단향의 중얼거림에 화우가 고개를 들었다.

"···글쎄. 나에게 패한 뒤, 눈 깜짝할 사이에 어디론가 사라져 버려서······."

비릿한 피 내음이 치밀어 올라 구토감을 일으키는 것을 애써 참으며 화우는 미소 지으려 했다. 하나, 아까부터 계속 마음에 걸리는 것이 있었다. 평소에는 도통 말이 없던 삼마영이 자신에게 해준 경고. 마교의 무공을 알고 있던 자.

—삼마영, 아까 그 양무라는 자는 대체 누구냐? 너희는 그자를 아는 듯이 보였는데?

자신의 주변을 맴돌고 있을 그들에게 자신과 비무한 자의 정체를 물었다. 한참 뒤, 삼마영들의 대답이 흘러나왔다.

—교주께오서 신경 쓰실 만한 자가 아닙니다.

—오래전, 마교에 몸담고 있다가 큰 죄를 저질러 이십여 년 전, 파문을 당했습니다.

—마교 내의 높은 지위에 올라 있었음에도 적과 내통한 첩자였습니다.

한 치의 오차도 없이 똑같은 세 개의 음성이 반복해서 울렸다. 메마르고 일체의 감정도 섞이지 않은. 삼마영 각각의 대답에 화우는 눈살을 찌푸렸다.

—무슨 직위를 갖고 있던 자인가?

─…전주… 였습니다.

확실히, 전주 정도의 지위를 가졌던 자라면 마교의 무공을 많이 알고 있다 해도 이상하지 않았다. 한데, 제일 마음에 걸리는 것은 비무를 하기 전에 본 그자의 입놀림이었다.

'그대에겐 죄가 없다라… 분명 입놀림은 그렇게 말하고 있었다.'

풀 수 없는 의문은 계속해서 생겨나고 있었다. 자신이 알고 있던 것, 혹은 표면적으로 드러나 있던 것 외의… 알지 못했던 무언가의 단서들이 계속해서 흘러나와 깊은 웅덩이를 만들어가고 있었다. 자신이 모르는 그 무언가가 진흙으로 뒤범벅된, 웅덩이가 말이다.

계속 남아 있어봤자 별 볼일 없겠다고 판단한 은평은 일찌감치 금황성의 거처로 돌아왔다. 지친 몸을 의자에 누이던 은평은 청룡의 딱딱히 굳은 표정에 고개를 갸웃했다. 쟤가 왜 갑자기 저렇게 무게를 잡고 있지? 라는 의문에 은평은 품에 안겨 있던 백호를 내려다보았다.

"저 녀석 왜 저기압이야?"

[…….]

저기압인 것은 백호도 다를 바 없었는지 은평의 말에 별다른 대꾸가 없었다.

"백호야?"

[…네? 부르셨습니까?]

백호의 몸을 흔들고 나서야 백호는 화들짝 놀라며 은평을 올려다보았다.

"왜 그렇게 넋을 놓고 있어?"

백호가 뭐라고 오물오물 입을 열려던 찰나, 청룡이 불쑥 끼어들었다.

"야, 너 말야……."

인은 청룡의 분위기가 심상치 않자 자신이 자리를 비켜줄까 어쩔까 고심을 했다. 하지만 청룡은 인에게 잠시 자리를 비켜달라는 요구가 없었고 인 역시 무슨 일인가 궁금했기 때문에 구석에 조용히 앉았다.

"무엇 때문에 너에게 그 여자가 접근하는지 모르겠지만… 여하튼 앞으로 그 여자가 접근하면 절대 피해. 특히 그 여자의 피는 직접적으로 만지지 말고."

그 여자라는 간접적 호칭이 사용되었음에도 은평은 그 여자가 누구인지 알 수 있었다.

"갑자기 왜 그렇게 경계하는 거야?"

은평의 의문은 지극히 타당했다. 지금껏 별 신경도 쓰지 않다가 갑자기 저렇게 신경을 곤두세우는 까닭이 대체 뭐란 말인가. 그것은 인 역시 마찬가지였다.

"어이, 백호. 보여줘."

청룡은 대답 대신 백호에게 턱짓을 했다. 백호는 아무 말 없이 입을 크게 벌리고 자신의 송곳니를 드러내 보였다. 새빨간 혀의 양옆으로 새하얀 송곳니가 자리 잡은 채, 삐죽이 솟아 있다.

"여기를 좀 보라구."

청룡이 손가락으로 가리킨 것은 삐죽한 송곳니의 끝 부분이었다. 그가 가리키고 있는 송곳니의 끝은 푸르죽죽하게 변해 있었다.

"…백호야, 너 충치가 있었던 거야?"

은평의 표정이 묘해지더니 의미심장한 눈길로 백호를 내려다보았다.

"헛다리 좀 짚지 마! 충치는 무슨. 아까 백호가 그 여자의 손끝을 물었잖아. 그리고 그것 때문에 그 여자는 피를 흘렸고 동시에 피가 백호의 송곳니에 묻었지. 그것 때문에 그런 거라구."

"피가 묻었는데 왜 이빨 끝이 푸르죽죽하게 변해?"

의문을 제기한 은평의 앞으로 인이 성큼성큼 다가왔다. 그리고 백호의 송곳니를 뚫어져라 바라보더니 이내 하나의 결론을 내렸다.

"아… 대충 알겠군. 왜 손 끝에 피가 맺혔을 때 그 계집아이가 눈에 띄게 당황했는지."

인은 무심코 백호의 송곳니에 손가락을 가져가 푸르스름하게 변한 부분을 만지려고 했다. 하나 청룡의 손이 다가와 인의 손을 저지시켰다. 그리고 조용히 고개를 내저었다.

"만지지 않는 게 좋아. 신수에게 닿았음에도 푸르게 변색될 정도의 독이야. 곧 중화는 되겠지만……."

백호는 벌리고 있던 입을 다물었다.

"기이한 일이군. 피에 그 정도의 극독이 섞여 있다……? 벌써 녹아 죽어야 마땅한 일인데 그 계집애는 어떻게 한 거지?"

인은 자신이 아는 한에서 그런 일이 없었다고 결론 내렸다. 설령 독인(毒人)이라 치더라도 독인으로서의 특징이 나타나기 마련이었다. 온몸의 피가 독에 물들어 검게 변한다던가 피부색이 까무잡잡하게 되다던가 하는 특징들 말이다. 하나 그가 본 바로는 그 계집아이의 피는 깨끗한 붉은 빛깔이었고 피부가 검어진다거나 하는 특징도 없었다.

"아마 그 여자의 피가 닿는다면 그것이 물건이든 혹은 사람이든 녹아내릴 거라구. 더구나 피에서도 피비린내가 아닌 짙은 독향이 풍겼어."

청룡은 자신이 느꼈던 냄새를 거론했다. 인간보다 월등한 시각과 후각, 그리고 청각을 갖고 있는 그였기에 가능한 것이었다.

"…그래서 그렇게 당황해서 손을 감싸 쥐고 뛰어가 버렸던 거구나. 혹시라도 옷이나 바닥에 피가 묻으면 피 그 자체가 독인 걸 다른 사람들이 알아채 버리니까."

은평은 께름칙하다는 태도로 정련 선자를 떠올렸다. 역시 처음 만났을 때부터 느낌이 좋지 않더라니…….

"아, 근데 백호한테 피가 묻었는데 괜찮으면 나도 괜찮은 거 아니야?"

"으이구… 이 맹추야……!! 아무리 선인이라고 해도 신체적인 능력은 신수들에게 뒤처진다고. 몸집이라던가 구조는 인간하고 전혀 다를 바 없는 게 선인의 육체야. 더구나 백호는 신수 그대로의 육체를 축소만 시킨 것일 뿐이라구. 네 능력하고는 비.교.할. 바.가 못 되지."

청룡은 은평의 신경을 살살 긁어놓는 소리만을 늘어놓았다. 은평이 이렇게라도 자극받기를 바라는 마음으로.

그녀를 노리는 목적은?

그녀를 노리는 목적은?

땅거미가 짙게 내린, 고즈넉한 오후였다. 간간이 창칼이 부딪치는 소리가 멀리서 들려오는 것 외에 마교의 장로전은 조용하기 이를 데 없었다. 일반 무사들에게는 출입 엄금을 시키고 있는 탓도 있겠지만, 원래 일이 없으면 장로들은 각자의 거처에 틀어박히기 때문이었다.

고요하기만 하던 장로전의 문이 삐그덕 소리와 함께 양옆으로 열리고 짙은 탕기가 흐르는 중년 미부가 들어섰다. 이 중년 미부는 마교의 유일한 여장로 천음요희임이 분명했다. 평범하기 이를 데 없는 생김새에도 걸음을 옮길 때마다 흩뿌리는 색기가 그것을 말해 주고 있었다.

"이런 시각에 어인 소집인지……."

천음요희가 투덜거렸다. 그리고 이내 그 목소리를 쫓아 듣기 싫은 괴음이 따라붙었다. 천음요희 다음으로 장로전으로 터덜터덜 발을 들여놓은 노인이었다.

"클클… 그러게나 말이야."

어떻게 서 있을까 싶을 정도로 마른 노인은 바로 마교의 또 다른 장로 인형사 제갈귀였다. 걸친 것은 몸을 덮고 있는 검은 천자락과 손가락 사이사이에 둘둘 말린 투명하면서도 가느다란 실 뭉치뿐이었다. 마른 나뭇가지에 검은 보자기를 둘둘 만 모양새가 이러할까. 제갈귀의 차림은 그런 모양새를 떠올리게 했다.

"크크크… 늦게들 오는군."

아무도 없는 줄 알았던 어둠 속에서 뒤룩뒤룩 살이 붙은 몸체가 튀어나왔다. 바로 마교의 또 다른 장로 육살도광 피륵이었다. 키도 작은 편인데다가 살까지 올라붙어 더없이 둔해 보였지만 그가 보여주는 움직임은 기민했다. 검은 무언가가 덕지덕지 말라붙은 누더기 차림임에도 그는 전혀 거리낌없이 장로석에 몸을 주저앉혔다. 그가 앉자 의자는 삐그덕대는 비명을 질러대며 항의했다.

"…어디에 숨어 있었느냐?"

제갈귀의 물음에 피륵은 천장을 가리켰다.

"내가 숨어 있을 곳이 저기 말고 또 있더냐?"

제갈귀는 피륵의 반대 편에, 천음요희는 태상장로의 자리와 가장 가까운 곳에 각각 앉았다. 마교의 장로들이 모두 와서 앉았음에도 불구하고 남은 자리는 꽤 많았다. 제일 상석인 태상장로의 자리를 제한다 하더라도 서너 개 정도가 남는 것이다. 거기다가 세 장로는 서로 붙어 앉지 않고 각각 이곳저곳에 거리를 두고 앉아 있었다. 아무리 보아도 기이했다.

"기다리게 했구먼."

바람이 스치는 소리와 옷자락의 펄럭이는 소리가 났다 싶더니 장로전의 제일 상석엔 전대 교주이자 지금은 태상장로의 자리로 물러난 녹혈환마 단절강이 앉아 있었다. 그가 오는 기척은 장로들 모두 느끼고 있었던 것이기에 별다른 놀람 없이 담담했다.

"이것을 좀 보시게들."

단절강이 소매를 털어 작은 서신 조각을 꺼내 장로들 쪽으로 던졌다. 살짝 내공을 실은 것인지 빳빳한 종이가 장로들의 눈앞에 놓여졌다.

"이게 무엇이오?"

"삼마영들의 단독 보고라네."

삼마영이라면 교주의 신변 보호를 위해 딸려둔 그림자들이 아니던가. 그것보다도 더욱 놀라운 것은 삼마영에게 단절강이 보고를 받고 있다는 사실이었다. 장로들의 그런 시선을 알아차렸는지 단절강을 잠시 헛기침을 해 보였다.

"아무래도 백발문사가 간간이 보내오는 보고만으로는 마음이 놓이질 않아 삼마영들에게 명해놓았네. 그리고 이건 방금 나에게 보내져 온 그들의 보고이고……."

모여 있는 장로들의 대표로 천음요희가 서신을 들고 읽어 나가기 시작했다.

"…태상장로께 보고드립니다. 교주께오서 무림대전에서 비무를 하셨는 바, 그 상대자로 나온 자가 바로 천무광혈이었습니다. 교주께오서 비무에 이기기는 하셨으나 내상을 입으셨고, 아무래도 그자가 비무에 나온 것은 일종의 경고인 듯싶습니다. 더군다나 교주께서 그자에 대해서 궁금해하시기에 옛날 전주의 직위에 있다가 죄를 짓고 파문당했다라고 얼버무렸습니다만……."

천음요희의 낭랑한 음성이 장로전에 울려 퍼지고 천무광혈이라는 네 글자가 나온 순간, 장로들은 모두 몸을 움찔거렸다. 서신을 모두 읽은 천음요희는 그 자리에 풀썩 주저앉았다. 천무광혈 양무, 그자가 살아 있었다니. 아니, 어딘가에 살아 있을 줄은 알았지만 이렇게 갑작스레 자신들의 눈앞에 나타날 줄이야. 세 장로들의 시선이 비어 있던 한 자리로 모두 옮겨갔다.

"천무광혈… 살아 있었군. 살아 있었어!!"

제갈귀가 쇠를 긁는 듯한 목소리로 내뱉었다.

"어디 그자가 죽인다고 죽을 자란 말입니까? 살아 있으리란 사실은 우리 모두 예상했던 바인 것을……."

천음요희의 손끝은 한없이 떨리고 있었지만 목소리만은 냉정했다.

"올 게 온 게지… 큭큭……."

피륵은 의외로 별다른 동요 없이 비웃음을 흘리고 있었다.

"너는 어찌 그리 태평하단 말이냐!"

제갈귀가 피륵을 향해 호통을 쳤다. 제갈귀의 몸이 부들부들 떨리고 있었다. 적어도 그에겐 그때의 기억이 너무도 생생했다.

천무광혈 양무. 그 역시 한때는 마교의 장로라는 신분이었다. 그가 마교의 장로로 있을 당시만 해도 여섯 명의 장로가 존재했다. 천음요희와 인형사 제갈귀, 육살도광 피륵 이 세 장로를 제외하고도, 천무광혈(擅無壙血) 양무(羊無), 적다마량(笛多麻梁) 상좌역(上座亦), 청조사비(聽爼土比) 담억군(擔抑君), 이 세 사람이 더 존재했다.

그러니까 이십 년 전, 장로 중 하나이자 장로들 중 가장 강했던 천무광혈 양무가 마교를 배신하는 일이 일어났다. 중죄인을 마교의 깊숙한 곳에 있던 수옥(水獄)에서 탈출시키려다 그것이 다른 장로들에게 발각된 것이다. 다른 장로들이 스스로의 손으로 탈출시키려 했던 중죄인을 벨 것인지 아니면 이 자리에서 그 죄인과 함께 배신의 대가를 받을 것인지를 선택하도록 했을 때, 그는 주저없이 다른 장로들을 향해 검을 뽑아 들었다. 마교의 장로였던 자가 마교를 버리고 동료들에게까지 검을 들이대는 배반을 한 것이었다.

배반자를 그냥 살려둘 수 없는 법. 그를 죽이기 위해 각 전의 전주들과 그 수하들이 육벽진(戮霹陣)을 펼쳤으나 그는 그것을 깨냈다. 더군다나 혼자의 몸도 아닌, 그의 옆에는 수옥에서 그가 탈출시킨 죄인마저 붙어 있었다. 그 당시 배교를 세외로 내쫓기 위한 백도와의 연합 때문에 많은 무사들이 빠져나가 있었음을 감안하더라도 그것은 대단한 일이었다. 그리하여 이번에는 장로들이 나섰다. 교의 밖에 나가 있었던 태상장로—그때 당시에는 교주였던— 단절강과 육살도광 피륵, 청조사비 담억군을 제외한 모든 장로가 그에게 협공을 펼쳤음에도 불구하고 그는 이기고야 말았다. 그 협공 과정에서 적다마량 상좌역이 목숨을 잃었으며 물론 천무광혈 그 자신 역시 만신창이가 되고 기혈이 끊어지는 엄중한 내상을 입었다.

장로들이 그에게 협공을 가할 당시 수적으로 열세였던 그를 우습게 보았던 터라, 장로들의 협공을 깬다면 탈출시키려 했던 죄인과 그 자신을 모두 살려 보내주겠다라는 약속을 했었고 그가 이긴 이상 그 약속을 지켜야만 했다.

"제갈귀, 진정하게나. 흥분할 때가 아니야. 배교의 잔당들과 세외로 넘어갔던 그가 지금 중원에 있다는 것은… 더구나 내 아들에게 비무를 청했다는 것은……!!"

단절강은 잔뜩 흥분한 제갈귀를 일단 진정시켰다.

"…태상장로, 교주께서… 냉문악… 그자에 관한 일을 캐고 있다는 걸 알고 계십니까?"

천음요희가 물었다. 단절강은 희미하게 고개를 끄덕였다. 그 역시 삼마영에게 계속 보고받고 있었던 것이다.

"교주께서 어째 냉문악 그자의 존재를 알았는지는 모르겠지만……."

천음요희가 하던 말을 단절강이 가로챘다.

"그 아이는 기민하니 금방 눈치를 챌 게야."

"아직 눈치 채지는 못한 것이오?"

제갈귀가 궁금해했다. 냉문악에 얽힌 일을 여기 모인 자들은 모두 알고 있었다. 그리고 사실을 쉬쉬하며 자신들 손으로 파묻었던 것 역시 여기 모인 장로들이었다.

"눈치 채지 못했다 하더라도 곧 눈치 채겠지요. 운향은 자신과 아비가 다르다는 것을……."

천음요희는 아미를 찌푸리며 짓씹듯이 말을 내뱉었다. 태상장로가 아직 핏덩이에 불과하던 운향을 죽이려 들 때 엄연히 하후의 피가 흐르는 아이를 죽일 수 없다며 말린 것은 자신이었다.

"…하후대 부인과 냉문악이 얽혔던 일이 중요한 게 아니지 않소? 어차피 그 아이를 죽이지 않고 마교 내에서 키웠을 때부터 교주가 언젠가는 알아채리란 것은 각오했던 것, 지금 중요한 건 따로 있지 않소?"

내내 잠자코 있던 피륵이 이를 갈았다. 천무광혈 양무의 손에 죽었던 또 다른 장로 적다마량이 피륵과 절친한 사이였음을 떠올린 천음요희는 그의 기분을 조금은 알 것도 같았다.

"…피 장로의 말이 옳아요. 지금 무엇보다 중요한 것은… 그들이 우리 대신 아무것도 알지 못하는 교주를 표적으로 삼아 노리고 있다는 것… 이겠지요."

*　　　　*　　　　*

모두가 잠든 이른 새벽, 은평은 일어나 있었다. 물론 은평만이 아니고 항상 옆에 붙어다니는 백호 역시 옆에서 은평이 하는 양을 가만히 지켜보고 있었다.

[갑자기 무슨 바람이 부신 겁니까?]

후원에 나와 제법 쌀쌀해진 새벽 공기를 기분 좋게 맞고 있던 은평은 백호의 질문에 고개를 백호 쪽으로 돌렸다. 얼굴은 살짝 상기되어 뺨에 은은히 홍조가 떠올라 어스름한 새벽 안개 사이에 묻힌 채, 백호를 바라보고 있었다.

"무슨 바람이랄 것까지는 없고… 이번 비무에 나간 걸로 조금 깨달은 게 있어서 말야. 조금만 더 하면 될 것 같은 기분이 들잖아."

은평이 웃으며 머리를 긁적였다. 정말 보기 드문(?) 은평의 순진한 모습에 백호는 무척 당황했다. 혹시 어디가 아픈 건 아닐까. 갑자기 사람이 바뀌면 죽을 징조라던데라는 흉흉(?)한 생각까지 머리를 스치고 지나갔다.

[철이 드시나 보군요.]

"어쭈, 너 지금 뭐랬어? 철?"

[에? 뭐가 말입니까? 바람 소리를 잘못 들으셨겠지요!!]

은평과 살면서 느끼는 것은 능청과 시침, 그리고 한숨뿐이라는 것을 백호는 이 순간, 다시 한 번 절감하고 있었다.

"백호, 너 시침이 많이 늘었구나. 뭐, 좋아. 오늘은 봐줄게."

은평은 백호를 바라보고 있던 몸을 돌리고 선선한 새벽 공기를 들이마셨다. 될 것 같으면서도 잘 안 돼서 애가 탈 때의 심정이 딱 현재 자신의 심정이란 생각이 들었다.

백호는 얌전히 풀밭에 몸을 웅크리고 앉아서 은평이 하는 양을 지켜보았다. 뭐가 잘 안 풀리는 건지 머리를 쥐어뜯다가도 이내 무언가를 생각하는 듯 골몰히 생각에 잠겨 있었다.

"에이, 몰라!"

갑자기 은평이 짜증을 부리며 풀밭에 털썩 주저앉았다. 백호는 은평의 옆으로 조심스럽게 다가갔다.

[잘 안 풀리시나 보군요?]

은평은 무릎을 굽혀 가슴에 안고 무릎 위에 턱을 괴었다. 그리고 먼 허공을 쳐다보았다.

"응. 머리 속이 무언가로 꽉 막혀 있어. 이것만 뚫으면 뭔가 될 것 같은 느낌이 드는데 말야. 그런데 뭐 때문에 막혀 있는지도 모르겠어. 그냥 답답하다는 기분만 들거든."

은평의 말에 백호는 문득 한 가지 의문이 들었다.

[은평님, 은평님은 정말로 못하시는 것입니까?]

"어? 갑자기 뜬금없이 그게 무슨 소리야? 뭘 못해?"

[요즘 들어 은평님을 보면 혼란스럽습니다. 분명 능력이 없으신 건 아니고… 가끔 보여주시는 걸 보면 분명 능력이 있으신데도 또 어느 때 보면 한없이 무능력해 보이시고…….]

백호의 무능력이라는 말을 포착한 은평의 눈꼬리가 가늘어졌다.

"무… 능… 력?"

[아, 아뇨. 그런 의미가 아니라…….]

백호가 눈에 띄게 당황하며 얼버무리려 했다. 그 허둥대는 모습을 본 은평은 기분이 풀렸는지 그제야 배시시 웃었다.

"됐어. 내가 무능력한 건 나도 알아."

정말 오늘의 은평은 너무도 이상했다. 이렇게 관대(?)할 리가 없는데…….

"뭐, 다들 나한테 그러잖아. 난 선인으로서의 자각도 능력도 떨어진다고. 그렇지만 난 선인이 되길 희망했던 사람도 아니라구. 정신 차려 보니까 되어 있었는걸. 평범했던 사람에게 갑자기 날개를 달아주고 넌 날개를 지녔어, 이제 날아봐! 라고 했을 때 새처럼 능숙하게 날 수 있는 사람이 과연 몇이나 될까? 난 요즘 걸음마를 하고 있는 거야. 막 날기 시작한 새처럼. 어느 때는 능숙하게 날았다가 잠시 방심하고 있으면 날지 못하고 굴러 떨어져 버리지. 예전과는 달리 요즘은 노력하고 있으니까 곧 능숙하게 날게 될 날이 올 거라고 생각해."

백호는 직감했다. 분명히 눈앞의 이 사람은 자신이 알던 은평님이 아닐 거라고 말이다.

[누구야, 당신? 절대 내가 알던 은평님이 아니라구!! 은평님이 이런 소리를 할 리가 없어!]

"이놈이! 기껏 진지하게 상대해 줬더니 뭐가 어쩌고저째!"

은평은 백호의 목을 잡고 폭신한 털로 뒤덮인 몸체를 자신 쪽으로 끌어당겼다. 그리고는 이내 백호를 자신의 품에 가둬 버렸다. 숨이 막힐 정도로 꽉 안아버린 것이다.

[캑캑…….]

"후후, 어때? 숨 못 쉬겠지?"

[뇨, 놔주세요… 캑캑.]

백호가 한참을 버둥대고 나서야 은평은 손에서 힘을 풀었다. 은평은 백호를 품에 앉은 채로 뒤로 벌러덩 드러누워 버렸다. 까슬까슬한 풀들의 바스락대는 소리가 몸 아래에서 울리고 옷자락 사이로 느껴지는 빳빳한 풀들의 느낌이 기분 좋았다. 이슬의 냄새랄까, 흙의 냄새랄까. 은은한 향내가 주변에서 풍기는 듯했다.

"백호야……."

[예?]

"항상 내 옆에 있어줘. 지금처럼… 웃고 떠들고, 장난도 치고, 가끔은 잘 때 내 난로도 해주고, 푹신한 쿠션 노릇도 해주고, 목욕 시중도 들어주고 말야."

백호가 볼멘소리로 외쳤다.

[전 신수지 시종이 아니라니까요!]

그 볼멘소리의 항의를 모른 척 무시한 은평은 백호의 몸을 번쩍 들어 드러누운 자신의 배 위에 올려놓았다.

"항상 내 옆에 있어줄 거지? 응?"

[왜 갑자기 그런 소리를 하십니까?]

"생각해 보니 이곳에 와서 가장 가까웠던 것은 너란 생각이 들어서 그래. 얼른 약속해! 항상 내 옆에 있어줄 거지?"

백호는 피식 하고 웃었다.

[…제가 없으면 은평님이 제대로 생활을 할 수 있겠습니까? 혼자서는 청소도 못하시고, 목욕도 못하시고.]

"응, 그래. 착해, 착해."

은평은 백호의 머리를 쓰다듬었다. 심야부터 새벽까지 잠도 안 자고 설친 탓인지 살살 졸음이 밀려오기 시작했다. 몸이 나른하니 다시 안으로 들어가기도 귀찮게 느껴졌다.

[저… 은평님.]

"…왜?"

은평의 목소리에 슬슬 졸음이 실리고 있다는 것을 아는지 모르는지 백호가 질문을 해왔다.

[은평님께서도 지키고 싶은 대상이 있으십니까?]

"지키고 싶은 대상……?"

백호의 머리를 쓰다듬던 손이 잠시 멈칫했다. 지키고 싶은 대상이라… 그런 것이 자신에게 있었던가.

[뭐, 굳이 지키고 싶은 대상이 아니더라도 소중한 대상조차 없는 겁니까?]

"…소중한 대상은 없지만 지키고 싶은 대상은 있어."

은평에게 지키고 싶은 대상이 있다니 과연 누구일까. 백호는 궁금한 마음에 은평의 그 다음 대답을 기다렸다.

[누구입니까?]

"나."

[예……?]

백호는 자신이 잘못 들었나 해서 반문했다.

"나. 나라구. 내가 제일 지키고 싶은 건 내 마음이야. 꼭꼭 숨겨놓고 지키고 싶어. 아무에게서도 상처받지 않도록."

[에이… 그런 게 어딨습니까?]

"뭐야, 정말인데. 그러는 넌 지키고 싶거나 소중한 대상이 있는 거야?"

[물론 있지요. 어딘가의 미숙하신 어느 분과는 달라서요.]

백호는 약을 올리듯 귀를 쫑긋거렸다.

"누군데?"

[모르셔도 됩니다.]

"그런 게 어딨어? 나한테는 말하게 해놓고."

은평이 분해했지만 백호의 입에서는 끝내 소중하고 지키고 싶은 대상이 누구인지 나오지 않았다. 대신 백호는 말꼬리를 살짝 돌려 은평의 관심을 그것으로부터 떨어뜨리고자 했다.

[은평님께도 소중한 대상이 생기시길 바랍니다. 지킬 대상이 있다는 건… 그 자신을 한층 더 성숙시켜 주거든요.]

백호의 대답을 들은 은평은 오래전에 들어본 말인 것 같다는 생각을 했다. 그러고 보니 막 죽었을 당시에 들었던 말 같은데……?

"아… 소중한 대상이라… 언젠가 들어본 기억이 난다. 누가 그랬더라? 아, 맞다. 염라대왕인지 염소대왕인지가 나에게는 소중한 것이 없기 때문에 지옥에 떨어져도 별 고통을 느끼지 못할 거라고 그랬어."

[염계의 대왕께 염소대왕이라니요!!]

"그럼 염산대왕이라고 해줄까? 아, 염전대왕도 괜찮겠다."

[…은평님!!]

백호가 소리를 지르자 은평은 즐겁다는 듯 깔깔대며 웃었다.

[아, 그것보다도… 염계를 거치셨다는 것은 이미 한 번 죽었다는 겁니까?]

"얼레, 내가 말 안 했던가?"

새까맣게 모르고 있던 사실이었다.

[금시초문입니다!!]

은평 역시 그런 내색 하나 없었고, 그녀가 처음 선인이 될 당시 염라대왕의 혈손인 염화가 찾아와서 부탁하고 갔다는 것밖에는……. 한데 그게 설마 한 번 죽었던 것이라고는…….

"에이, 너무 열내지 말라구. 지금이라도 알았으니 됐잖아."

백호의 푹신한 몸을 끌어안고 은평은 풀밭 위를 굴렀다.

"어쨌거나 백호야… 내 옆에서 네가 없어지면 많이 쓸쓸할 거야……."

[…예?]

입 안에서 웅얼거리기만 한 은평의 말을 백호는 알아듣지 못해 다시 반문했지만 되돌아오는 대답은 없었다.

[은평님?]

백호는 은평의 얼굴 쪽으로 고개를 쳐들었다. 언제 잠이 들었는지 쎄근쎄근 잠이 들어 있었다. 어쩐지 아까부터 목소리가 나른하더라니…….

[이런 곳에서 참 잘도 잠이 오시나 보군요.]

백호는 잠시 한숨을 내쉬었다. 설마 하니 선인이면서 날씨 때문에 추워할 일은 없겠지만 그래도 버릇처럼 백호는 은평의 품속으로 털이 북실북실한 몸뚱이를 파묻었다.

[은평님, 항상 곁에 있어드리죠… 언제까지라도요…….]

은평의 품 안에서 백호 역시 조용히 눈을 감고 잠을 청했다.

얼마나 시간이 흘렀을까. 점점 동이 터오고 있었다. 새벽의 청아한 기운을 몸 안에 담기 위해 후원으로 발걸음을 한 인은 아직 잠이 덜 깨어 비몽사몽인 눈앞에 희끄무레한 무언가가 보이는 걸 깨달았다. 인은 눈을 슥슥 비비고 다시 한 번 그 무언가를 바라보았다.

"얘네는 멀쩡한 침상 놔두고 왜 여기 와서 자고 있지?"

후원의 풀밭에서 누워 있는 은평과 그 품에 안겨 있는 백호를 바라보고 인은 기지개를 켰다. 깨워야 할 듯해서 몸을 굽히고 보니 어느새 품에 안겨 있던 백호가 눈을 가늘게 뜨고 자신을 노려보고 있다. 백호와 말이 통하진 않지만 그 눈빛이 무슨 말을 하려는 것인지는 대략 알 듯했다.

"깨우지 말라는 거냐?"

인의 물음에 만족한 듯 백호는 다시 은평의 눈을 감고 잠을 청한다.

'아무리 신수래도 고작 호랑이 주제에……'

청룡이야 인간의 모습을 하고 있지만 백호의 경우는 말도 통하지 않고 몸집도 작다 보니 백호를 보면 드는 생각은 '미물 주제에 버릇없이…' 라는 것이었다.

'뭐, 그래도…… 부럽군…….'

인은 은평의 품 안에 안겨 있는 백호를 보며 머리를 긁적였다. 가끔은 자신이 호랑이었어도 좋겠다는 생각이 들었다.

내일이 중추절이란 말에 은평이 고개를 갸웃했다. 등들을 내걸고 여기저기서 다채로운 음식 냄새가 피어오르는 것과 동시에 사람들의 표정도 밝았다.

"헤에… 중추절? 그래서 저렇게들 부산스러운 건가?"

"그래. 중추절."

인이 고개를 끄덕이며 어디선가 얻어온 월병 꾸러미를 탁자 위에 내려놓았다. 은평은 꾸러미를 풀고 안에 들어 있던 월병 하나를 꺼냈다.

"자, 이렇게 안을 보면……."

인은 손수 월병을 하나 들고 시범을 보여주었다. 월병을 두 조각으로 갈라 월병 속에 넣어져 있던 조그만 쪽지를 꺼냈다.

"이 안에 있는 건……."

인이 쪽지에 관해 설명하려고 목소리를 가다듬는 사이 은평은 두 조각으로 나뉜 월병을 한 입 베어 물었다.

"빠— 빠— 해—" (빡빡해)

입에 가득 든 월병 때문에 은평의 발음은 정확치 않았다. 인은 피식 웃음을 터뜨렸다.

"아아… 이러니저러니 해도 정말 애라니까."

"응, 그래. 난 어린애고 인은 늙어도 한참 늙은 노. 인. 네. 지."

입에 들었던 것을 목구멍으로 넘긴 은평의 반격이 이어졌다. 은평은 입가에 묻은 월병 부스러기들을 털어냈다.

"더 안 먹어?"

"너무 달아. 한 입 먹고 나니까 질리는걸."

펑—! 펑—!

밖에서는 폭죽 터지는 소리가 요란스러웠다. 조금 청력을 집중해 보면 사람들의 들떠 있는 분위기가 고스란히 느껴질 터였다.

"오늘은 그… 치고 박고 싸우는 건 안 열리는 거야?"

"아아, 뭐니 뭐니 해도 중추절 전야니까. 아마 내일까진 안 열리지 않을까? 대신 거리가 부산스럽겠지."

인의 대답에 은평은 주변을 조심스레 살폈다. 청룡이 근처에 있나 없나를 살핀 은평은 이내 무슨 꿍꿍이가 있는 사람마냥 히죽거린다.

"뭐, 뭐야. 왜 기분 나쁘게 히죽거리는 거야?"

"몰라도 돼."

거리가 부산스럽다는 인의 대답에 은평은 거리로 놀러 나갈 마음을 굳히고 있었다. 은평의 속셈을 인이 알았다면 괜히 입을 놀렸다 싶어 후회했겠지만 이미 엎질러진 물이었다.

탁자 밑에 쭈그리고 있던 백호는 그동안의 경험(?)을 바탕으로 은평의 속셈을 정확히 꿰뚫어 보았다.

[…은평님, 아무리 그래도 알리고 가시는 게…….]

"알려봤자 가지 말라고만 할걸. 내가 새장에 갇힌 새도 아닌데 사람도 만나지 말라, 뭣도 하지 말라. 얌전히만 있으라고 말하는 녀석이잖아. 아침부터 어디 갔는지 지렁이가 보이지 않으니 없을 때 스리슬쩍 다녀와야지."

[…하는 수 없죠. 제가 따라가겠습니다.]

"그럼 안 따라오려고 그랬어?"

은평은 백호를 번쩍 안아 들었다. 그리고 성큼성큼 문 쪽을 향해 걸어갔다. 왠지 불길한 예감에 은평을 예의 주시하고 있던 인은 나가려는 그녀를 저지한다.

"뭐야, 너 어디 가려는 거야?"

"볼일 보러. 왜? 너도 싸, 게?"

어디까지나 태연한 얼굴로 인의 입을 확실하게 막아버린 은평은 재빨리 거처를 벗어났다. 길게 뻗은 회랑으로 빠져나온 은평은 주변 낌새를 조금 살펴보았다.

[청룡님이 아시면 한탄하실 겁니다. 기껏 가르쳐 놨더니 이런 데나 써먹고…….]

"시끄러."

은평은 백호의 재잘대는 입을 막아버린 채 눈을 치켜뜨고 어느 담이 좀 더 넘기 쉬운가를 깊게 고민해 보기 시작했다.

아직 해가 중천에 높이 떴지만 중추절의 전날이라는 이유 때문인지 거리는 사람들로 넘실거렸다. 상인들은 일제히 목소리를 드높이고, 거리는 장사진을 이루었다. 평소에는 볼 수 없었던 제기(祭器)들도 넘쳐나고 여기저기서 터뜨려 대는 폭죽들로 인해 회색 연기와 펑펑대는 요란스런 소리로 가득했다.

중추절의 들뜬 분위기만이 가득할 것 같지만 한구석에는 심상치 않은 기운이 조심스레 번지고 있었다.

금황성 부근의 골목은 외진 곳에 있어서 그런지 커다란 대로변보다는 그 부산함이 덜했다. 늘어서 있는 상인들의 숫자치고는 인적도 드물었다.

"아이구, 아가씨. 이것 좀 보고 가십쇼!"

금황성에서 나온 은평을 본 상인들은 눈을 빛냈다. 옷차림으로 은평이 금황성의 사람이라 판단한 것일까.

'여기에 이렇게 시장통이 있었나? 예전에는 이 부근이 온통 한적했던 것 같은데… 중추절 전날이라 임시로 생긴 건가?'

예전에는 이 부근이 한산했던 것으로 기억하는 은평은 조금 의아했지만 중추절 전날이니 그렇겠지라고 스스로를 납득시켰다.

[은평님, 왠지 기분이 나쁩니다.]

"응? 갑자기 왜?"

[글쎄요…….]

백호는 등줄기에 오한이 달리는 것을 느끼고 몸을 부르르 떨었다.

사실 주변에 늘어서 있던 상인들은 수신호를 주고받으며 자기들끼리 무어라 말하고 있는 중이었다. 오고 가는 사람들이 보기에 그것은 그냥 손님들을 끌기 위한 동작 정도로밖엔 보여지지 않았지만 말이다.

　"이유도 없이 갑자기 기분이 나빠질 리가 있나?"

　은평이 구획으로 나눠진 골목을 거의 돌아 나왔을 때였다. 자꾸 등 뒤에서 따끔거리는 시선이 느껴지는 것 같아 은평은 고개를 획 돌렸다. 하나 있는 것은 물건을 팔고 있는 상인들뿐… 시선을 보냈을 법한 사람은 단 한 명도 없었다.

　[왜 그러십니까?]

　품 안에서 백호가 걱정스러운 듯 바르작거렸다.

　"아니, 누가 날 쳐다보는 것 같았는데… 뒤돌아보니까 날 바라보고 있는 사람이 없잖아."

　의심이 역력한 눈초리로 은평은 다시 한 번 주변을 둘러보았다.

　"어이쿠!"

　구획을 돌던 은평은 주변을 두리번거리느라 반대 편에서 오고 있던 노인과 몸을 부딪쳤다. 아니, 정확히는 노인이 갑자기 튀어나왔다는 표현이 옳을 것이다.

　"죄송합니다, 반대 편에서 오시는 기척이 없어서… 괜찮으세요?"

　은평은 반대 편에서 사람이 오고 있는 기척은 느끼지 못했음에도 별 의심 없이 노인에게 사과하고 몸을 일으켜 세울 수 있도록 손을 내밀었다.

　"허허허, 늙으니 혼자서는 일어나기도 힘이 드는군. 고맙네, 소저."

　노인은 은평의 부축을 받아 몸을 일으켜 세웠다. 품이 풍성한 갈색의 장포 자락에 묻은 흙을 툭툭 털어내고 구부렸던 허리를 쭉 폈다. 왜

소한 체구의 노인은 어디서나 볼 수 있을 것 같은 전형적인 노인의 모습이었다. 길게 기른 흰 수염에는 옆집 할아버지 같은 인자함이 배어 있어 은평은 마음을 푹 놓았다.

"고맙다니요. 저랑 부딪쳐서 넘어지신 건데요."

한껏 예의를 차려서 한 대답에 노인은 얼굴 가득 인자한 미소를 품는다.

"그렇게 말해 주니 도리어 이쪽이 미안해지는구면. 그나저나 소저는 어딜 가려던 길인가?"

"그냥 따분해서 구경 나왔어요. 할아버지께선 어딜 가시는 길이세요?"

은평의 물음에 노인은 대답하지 않았다. 그저 의미 모를 중얼거림을 내뱉었을 뿐.

"구경이라……."

"네, 구경이요."

"…그렇다면 이 늙은이에게 잠깐 시간을 내어줄 수도 있겠구면?"

노인이 내뱉은 말의 의미를 이해하지 못한 은평이 고개를 갸웃했다.

"예? 무슨 말씀이신지……."

[은평님!! 뒤를……!!]

백호가 뒤쪽에서 뻗어오는 기운을 눈치 채고 은평에게 주의를 주었다. 간발의 차이로 날아온 작은 별 모양의 암기를 재빨리 허리를 수그려 피해냈다.

"뭐, 뭐야!"

공기를 가르는 파공성과 함께 은평의 머리 위를 스쳐 지나간 암기는 어느새 노인의 손에 쥐어져 있었다. 노인의 손에 암기가 들려 있는 것을 발견한 은평은 노인으로부터 재빨리 서너 걸음 정도 거리를 벌렸다.

"보기보단 재빠르군."

노인이 피식 웃었다. 그의 얼굴 근육이 뒤틀리는가 싶더니 이내 길게 배인 흉터투성이의 얼굴로 변했다. 보기만 해도 끔찍한 얼굴이었다. 그리고 뼈가 딱딱 끊어지는 듯한 괴음과 함께 왜소했던 체구가 건장한 무인의 체구로 변해갔다.

"뭐야, 당신… 그 얼굴은……."

은평의 말이 채 끝나기도 전에 뒤쪽에서 암기가 날아왔다.

[은평님!! 위험합니다!!]

품에 안겨 있던 백호가 암기들 앞으로 뛰어올랐다. 백호의 몸에 닿은 암기들은 끼기긱— 대는 기분 나쁜 소음을 내지르며 힘없이 바닥에 툭툭 떨궈진다. 물론 백호의 몸에는 상처 하나 나지 않았음은 말할 것도 없고.

"오오, 진기명기~ 백호 나이스~!!"

[…제발 이런 순간에는 좀 진지해 지십쇼!!]

백호는 암기가 던져진 쪽을 바라보았다. 아까 보았던 평범한 모습의 상인들이 어느새 한 손에는 검을 빼 든 채 좁은 골목 안을 가로막고 있었다.

[어째 예감이 안 좋다 했더니. 결국…….]

"저 백호가 심상치 않으리라 예상은 했으나 이제 보니 필시 영물의 축에 드는 놈이로군… 모두 조심들 해라……."

그는 어느새 노인의 목소리가 아닌 장년인의 목소리를 내고 있었다. 모습 역시 노인과는 거리가 멀었고 말이다.

"댁도 심상치는 않잖아요."

어느새 기운을 회복한 것일까. 은평의 목소리에는 힘이 넘쳤다. 노인이 갑자기 장년인으로 변화되는 모습을 보았음에도 별달리 영향을 받지 않은 듯했다.

"에씨, 괜히 놀랐잖아. 인이 언젠가 역용하고 축골공에 대해서 가르쳐 줬는데……."

상인들… 아니, 정체불명의 괴인들 사이에서 다시 암기가 뻗어왔다. 물론 백호의 몸에 닿는 순간 지면으로 떨어져 땅에 푹푹 박히긴 했지만.

암기로는 당하지 않을 듯싶자 그들은 둥글게 거리를 좁혀왔다. 마치 검진을 짜듯이 검을 휘둘렀다. 물론 그들의 검 따위에 당할 백호가 아니었다. 비록 인간은 공격하지 못한다 하더라도 신수의 몸에 상처를 입힐 만한 무기는 극히 드물었다. 통통 튀듯이 뛰어다니는 백호는 사내들 사이를 종횡무진 오가며 검을 온통 못 쓰게 만들고 있었다.

"…쓸모없는 것들. 저런 금수 하나를 처리하지 못해서 저리 쩔쩔매다니."

얼굴이 온통 흉터투성이인 장년인은 은평 앞으로 한 걸음, 한 걸음 다가왔다. 일단 저 만만치 않을 것 같은 백호를 주인에게서 떨어뜨려 놨으니 이 소녀를 사로잡는 것은 자신의 몫이었다.

"소저, 잠깐 나와 같이 가주지 않겠소?"

"싫어요. 댁이 누군지 알고 따라가요!"

은평의 목소리는 제법 앙칼졌다. 맹한 평소의 모습과는 조금 달라 보였다.

"그다지 상처 입힐 의도는 없었다오."

"아하, 암기를 날려놓고도 상처 입히려는 의도가 없었단 말이죠? 대단하네요. 칼부림해서 사람 죽여놓고 별로 죽이려는 의도는 없었다라고 말하는 것과 똑같은 이치군요."

"소저 정도면 간단히 피할 수 있을 거라고 생각했소."

장년인의 대답이 끝나기가 무섭게 챙강— 하는 소리와 함께 은평의 목에는 검이 대어져 있었다. 새파랗게 빛나는 검날이 목에 대어져 있음에도 은평은 전혀 동요하는 기색 없이 장년인을 똑바로 노려보았다.

"본인에게 잠시 시간을 내주실 수 있겠소?"

"제가 왜 댁한테 시간을 내줘야 되는지를 '육하원칙'에 맞춰서 설명해 주시면 시간을 내드릴게요. 그전에는 국물도 없어요."

갑자기 뒤쪽에서 괴인들과 백호가 싸우던 소리가 멈췄다. 모두를 전투 불능으로 만들어놓은 백호는 유유히 은평의 뒤에 와서 섰다. 괴인들이 지녔던 검은 모조리 부러지고 그들은 전부 바닥에 널브러져 있었다.

크르릉……!!

백호의 노성이 장년인을 향해 울렸다.

"아저씨 부하처럼 보이는 작자가 '저런 금수'에게 모조리 당했는데요. 자, 이제 어떻게 하실 거죠?"

"저 백호를… 변수에 넣지 못했던 것은 실수였소. 난 소저의 주변에 있을 천무존만 배제하면 된다 여겼거늘."

장년인은 부하들을 모두 잃었음에도 별로 억울해하는 기색이 아니었다.

"아아, 인 말이에요? 그 녀석보다는 '저런 금수'를 배제하는 게 더 나았을 텐데."

은평은 자신의 목에 대어져 있던 장년인의 검을 슬쩍 들어 올렸다.

그제야 장년인의 눈가에 움찔하는 기색이 나타났으나 이내 사라져 버렸다.

"대단한 소저구려. 내 검을 맨손으로 쥐다니… 어떤 사술을 부렸는지는 모르겠지만……."

"툭하면 사술이래. 여긴 조금 특이하면 무조건 다 사술인가?"

장년인은 은평의 손아귀에 붙잡힌 검을 빼내려 했으나 의외로 검은 꼼짝도 하지 않았다.

"하압!"

힘있는 기합 소리와 함께 장년인의 검이 푸릇푸릇하게 빛났다. 그리고 이내 은평의 몸이 뒤로 쭉쭉 밀려나기 시작했다.

"어, 얼레."

장년인이 힘으로 자신을 밀어내고 있음을 깨달은 은평은 이내 검을 놓고 옆으로 재빨리 비켜섰다. 공력이 실린 검을 애써 쥐고 있었더니 손끝이 저릿저릿했다.

'다 늙어서 힘만 세긴.'

은평은 속으로 투덜거렸지만 겉으로야 어쨌든 드러내지 않았다.

"소저를 상처 입히지 않기 위해 일부러 공격하지 않는 것임을 알아주시기 바라오."

"마교의 교주를 공격한 것으로는 성에 차지 않았나 보네요. 저까지 노리다니……."

은평은 눈앞의 이 장년인이 화우와 비무를 했던 상대임을 알아차렸다. 똑같은 말투, 냉막한 음성, 비슷한 분위기… 못 알아차리는 게 오히려 더 바보 같지 않은가.

"여러모로 비교해 본 결과… 소저를 공격하는 것이 가장 효과적임을 깨달았소."

예고없이 장년인의 검이 휘둘러졌다. 공기를 가르는 쾌속성의 검날에 은평은 한쪽 발로 늘어서 있던 건물의 벽면을 치고 껑충 뛰어 검날과 몸의 사이를 넓혔다.

"치사해!! 공격 안 한다더니!!"

기습에 당한(?) 은평이 불평을 토해냈다. 계속해서 장년인의 검이 은평을 공격하는 것을 볼 수 없었던 백호가 검 사이로 자신의 몸을 날렸다. 어차피 자신의 몸에 상처를 낼 수 있는 검은 거의 없다시피 했으니.

캉—!

금속성의 소음과 함께 검과 백호의 몸 사이에서 불꽃이 튀었다. 마치 쇠와 쇠가 격렬하게 부딪쳤을 때처럼 말이다. 장년인은 백호가 자신의 검과 부딪쳤을 때를 노려 백호의 목덜미를 붙잡았다.

'크윽……'

백호의 목덜미를 쥔 순간 손이 난도질당해 찢겨 나가는 듯한 통각이 일었지만 장년인은 이를 악물고 백호의 몸뚱이를 벽을 향해 던졌다.

"백호야!!"

장년인이 손을 보니 난도질을 당한 듯 살이 날카로운 무언가로 듬뿍 베어져 나가 뼈가 온통 드러나 있고 피가 흥건했다.

'…뭐지… 대체 저 새끼 백호는……'

그 목덜미를 만졌을 때 마치 날카로운 칼날 위에 자신의 손을 얹은 것 같은 느낌이었다. 내던져진 백호는 바람을 타듯이 바닥에 여유롭게 착지해 있었다.

[감히 신수의 목덜미를 붙잡다니!!]

백호는 자신이 짐짝처럼 내던져진 것에 대단한 모욕감을 느꼈다. 감히 인간 주제에… 라는 분노랄까.

"…당신… 지금 뭐 하는 짓이야? 누구 맘대로 백호를 던져?"

"뭐……?"

은평의 신형이 순간 장년인의 눈앞에서 사라지더니 어느새 장년인의 뒤쪽에 서 있었다. 뒤쪽에서 장년인이 그랬던 것처럼 그의 목덜미를 잡아챈 은평은 그의 귓가에 속삭인다.

"인 말로는 이 부근이 사혈이라고 그랬는데… 여기 누르면 아저씨도 위험하겠지? 응?"

장년인의 뒷줄기로 식은땀이 송글송글 돋아났다. 어느새 자신의 뒤로 가 있었단 말인가. 마교의 교주에게 패해서 별것 아닌 실력이며 자신이 충분히 누를 수 있는 실력이라 믿고 있었건만.

"혈도의 자리를 바꾸는 일이야… 아주 손쉽지."

장년인의 신형이 아래로 숙여진다 싶더니 어느새 신형을 돌린 채였다. 은평이 붙잡고 있던 목덜미도 어느새 빠져나가 있었다.

짝짝짝—

"…제법이군… 둘 다."

긴장된 공기를 비집고 껴들어온 박수 소리에 은평과 장년인의 시선이 일제히 한 방향으로 집중되었다. 언제부터 있었던 것일까. 얼마 떨어지지 않은 거리에 노회한 학자 풍모의 학창을 걸친 노인이 서 있었다.

"저건 또 어디서 굴러먹던 뼈다귀야?"

은평의 입에서 튀어 나간 말이 당연히 고울 리 없었다.

"누구신가 했더니… 연학림주셨구려."

장년인이 노인을 아는 체하자 은평은 재빨리 몇 발자국 뒤로 물러났다.

"뭐야, 같은 편이야?"

백호 역시 긴장된 기색으로 장년인과 노인 두 사람을 한 번씩 바라본다.

"같은 편? 껄껄… 얼마 전까지만 해도 동지였지……."

노인이 흰 수염을 쓰다듬으며 호인의 웃음을 지었다. 하나 그 눈은 절대 웃고 있지 않았다. 야심가의 눈이랄까.

"혈맹을 깨겠다는 것이오?"

"먼저 깨려 한 것은 너희 쪽이 아니던가!"

노회한 학자의 몸에서 일순 뻗어 나온 강대한 기에 은평은 눈살을 찌푸렸다. 지금껏 받아본 적 없는 강력한 사기였다. 사기라 느낄 수 있을 만큼 확연한.

"네놈이 하는 양을 쭉 지켜보았다. 저 소녀는 내가 받아가지."

노인의 말에 은평이 발끈했다. 정작 당사자는 앞에 두고 자기들끼리 뭐 하는 짓이란 말인가. 자신은 절대 물건이 아니었다.

"잠깐!! 이봐요, 노인장!! 듣자듣자 하니 기분 나쁘네. 내가 물건이야?! 받고 자시고 하게?!"

"어린것아… 건방 떨지 마라. 가만히 있으면 네게 해가 되진 않을 것이니라."

노인의 입에서 튀어나온 말에 은평은 분함으로 몸을 부르르 떨었다. 은평의 모습에서 심상치(?) 않은 기운을 느낀 백호는 뒤로 후닥닥 물러났다. 은평의 머리 위로는 마치 김이 피어오르고 있는 것 같은 착각이 들었다.

"일단 이 녀석을 꺾고 나서 내가 널 데려가 주마."

"이쪽이라고 연학림주의 마음대로 하도록 호락호락 당하고 있을 성 싶소?"

장년인과 노인은 가시 돋힌 말을 주고받으며 서로를 견제했다.

"…이… 노망난 늙은이가… 어쩌고저째!!"

마침내 은평이 폭발하고야 말았다.

[에구, 난 몰라.]

백호는 뒤로 저만치 물러나서 현실(?)을 외면한 채 먼 산만 바라보았다.

"지금 누굴 어떻게 한다고! 응!"

머리끝까지 화가 난 은평은 손을 뻗어 노인의 멱살을 움켜쥐려 했다. 물론… 노인 역시 호락호락하게 멱살을 잡혀주진 않았지만 말이다.

"허어… 감히 본좌의 멱살을 잡으려 들어?"

태연을 가장하고 있었지만 노인과 장년인 둘 다 놀랐다. 방금 은평이 보여준 그 손속의 빠름은 무시할 수 없는 수준이었다.

"본좌 좋아하시네. 이 노망난 늙은이, 내가 물건으로 보여? 그쪽 눈에는 내가 물건으로 보이냐고!!"

은평은 길게 뻗은 노인의 수염을 잡아 확 당겨 버렸다.

"큭……!!"

수염을 한꺼번에 잡아당겨진 아픔에 노인이 짧은 신음을 내뱉었다. 상대에게 수염을 한꺼번에 잡혀져 뽑힌 황당한 경험은 처음이었다. 눈물이 찔끔 배어 나올 정도로 아팠지만 명색이 연학림주 체면에 눈물을 흘릴 수도 없고, 여러모로 고역이었다.

"난 노인 공경을 좋아하는 사람이야. 제발 내가 노인 공경 좀 하게 해줘. 부탁할게. 그리고 아무리 나이가 많아도 아랫사람을 함부로 물건 취급하면 안 되지… 그쪽은 얼마나 잘났다고 그래?"

장년인은 여전히 냉막한 표정을 유지하고 있었지만 속으로는 우스워서 견딜 수 없어하고 있었다. 정말 이 소녀의 행동은 예측 불허다.

"그리고 당신, 마교 교주도 공격하고. 목적이 뭔지는 모르겠지만 은원이 있으면 그쪽하고 풀라구요. 애꿎은 주변 사람한테 민폐 끼치지 말고. 복수는 당사자들끼리 하는 거지, 지 성질난다고 주변 사람들한테 화풀이하는 건 천하에 둘도 없는 XXXX하고 XXX한 놈들이나 하는 짓이에요."

은평은 그대로 돌아갈 셈으로 저만치 떨어져 있는 백호를 품으로 안아 올렸다. 그런 은평의 어깨를 노인이 잡아끌었다.

"그대로 보낼 성싶으냐?!"

"손대지 마!"

은평은 자신의 어깨를 잡아온 손을 낚아채 뿌리쳤다. 손이 닿은 자리가 혐오감으로 인해 부르르 떨리고 오한이 일었다. 노인이 자신의 어깨를 잡아왔을 때 느낀 강렬한 사기로 인해 온몸이 부르르 떨릴 정도였다. 생각을 읽어낼 재간은 없지만 노인이 품고 있는 야심과 탐욕은 아주 생생히 다가왔다.

"어딜……!!"

노인이 재차 수도를 뻗어 은평의 어깻죽지를 가격했다.

"손대지 말라고 했잖아!"

은평의 손이 있는 힘껏 노인의 손을 받아쳤다. 노인이 휘청거리며 한 발자국, 뒤로 물러났다.

"제법 하는군. 그러나 절대 이대로 보내진 않겠다. 넌 여러모로 아주 쓸모가 많을 것 같으니……."

황당함에 얼이 나가 있던 노인이 제정신을 차리고 은평을 향해 독기를 뿜어냈다. 은평은 생긋 웃었다.

"그대로 안 보내면? 뭘 어쩌시려고?"

보기와는 달리 은평이 상당한 고수(?)이며 저 백호 역시 한낱 미물에 불과하지 않음을 짐작한 둘은 섣불리 공격하진 않았지만 그렇다고 순순히 물러서 주지도 않았다.

"…소저의 말은 한 치의 틀림도 없소. 하나 그렇다 해도 본인은 소저를 그냥 보내 드리지는 못하겠소."

"어째서?"

"내 주군의 명이기 때문이오."

장년인의 입에서 튀어나온 '주군'이란 단어에 은평은 눈을 치켜떴다. 이 바닥은 주군 만들기가 유행인 것일까. 왜 툭하면 주군을 찾는지 은평의 사고로는 도무지 이해가 가지 않는 일이었다.

"누가 네놈에게 선수를 뺏길 성싶으냐?"

노인이 장년인의 말을 비웃었다. 하지만 은평의 일갈이 노인의 비웃음을 틀어막았다.

"노인장, 입 좀 닥쳐요!! 이봐요, 아저씨. 그 주군의 명이 아무리 더럽고 치사한 것이라 해도 따를 셈인가요? 그것이 부당한 일임을 알고 있어도? 난 댁들과 아무런 상관도 없는데 날 끌어들이는 건 분명히 잘못 아닌가요? 아저씨가 주군이라고 말하는 작자가 대체 누군지는 난 잘 모르겠지만 적어도 주군으로 모시고 있다면 멍청한 주군 놈의 엉덩이를 걷어차고 두들겨 패서라도 깨우치게 해야 할 거 아녜요?! 하라는 대로 무조건 예— 예— 하고 따르면 그게 진정한 충성인가요? 그저 발바닥을 핥을 뿐인 개와 뭐가 다르죠? 주인이 어떤 사람이건 간에 꼬리만 살랑살랑 흔들어대는 개랑 뭐가 다르냐구요!!"

노인은 옆에서 지켜보고 있다가 어이가 없었다. 저자를 '개'라고 지칭한 자가 과연 몇이나 있었던가. 서슴없는 소녀의 표현에 가슴이 서늘해졌다.

"맞을지도 모르오. 나는 '그분들을' 위해 평생을 개로 살았소."

"그분들을……? 주군이 한 열댓 명쯤 되는 모양이죠?"

장년인은 자신의 말을 비꼬는 은평의 말에 조용히 한숨을 내쉬었다. 아무리 봐도 순순히 따라가 줄 것 같진 않았다.

─어떻소? 합공을 하겠소?

장년인이 보내온 전음이 노인의 미간을 찌푸리게 했다. 정말 뜻밖이 아닌가. 저자가 합공을 하겠다는 말을 먼저 걸어오다니.

─자존심 높은 배교의 '개'께서 어쩐 일인가. 본좌에게 합공을 청하다니.

─저 소녀도, 저 소녀가 데리고 있는 백호도 범상치 않소. 어차피 당신 혼자만이라면 힘이 부칠 터인데?

둘이 전음을 주고받는 사이 은평은 싱긋 웃으며 옆으로 발걸음을 옮겼다.

"더 이상 나에게 볼일이 없는 것 같으니 이만."

은평의 눈앞에 새하얀 뭔가가 작렬하더니 목에 검날이 드리워졌다. 검날을 따라 시선을 옆으로 돌리자 장년인이 검을 겨누고 있었다.

"미안하오. 이대로 보낼 수는 없소."

햇빛을 강렬히 반사하는 검날에 손가락을 가져간 은평은 손끝으로 검날을 밀어낸다.

"치워요. 정말로 화내기 전에."

"아무리 네가 날고 기는 재간을 지녔다 해도 우리 둘의 손에서 벗어
나진 못한다."

은평의 앞을 장년인의 검날이 가로막았다면 뒤는 노인의 수도가 가
로막았다. 은평은 이 얄미운 작자들을 어떻게 해야 속이 시원할까라는
생각에 아무 말도 하지 않고 둘을 노려보았다.

"어머나, 이게 무슨 일이람."

허공에서 천진난만한 소녀의 목소리가 울렸다. 은평은 어디서 많이
들어본 음성이라 생각하며 등골을 오싹하게 하는 한기를 애써 무시했
다.

'서, 설마… 저, 정련 선자는 아니겠지?'

"누구냐!"

노인의 일갈과 함께 아무것도 없던 벽에서 인영이 하나 빠져나왔다.
언제부터 있었던 것일까. 벽과 완벽하게 동화된 그 절정의 은둔술은
마치 동영의 닌자들이 쓴다는 술법과도 비슷했다.

"…저, 정련 선자……."

은평의 입에서 절망 어린(?) 음성이 흘러나왔다. 아아… 눈앞의 얼빠
진 노인과 장년인으로도 모자라서 그녀마저 나타나다니.

[은평님, 조심하세요.]

"시끄러워. 내가 몰려(?) 있을 때 옆에서 가만히 보고 있던 주제에."

[…방어는 할 수 있어도 인간에게 직접적인 위해를 가하는 건 신수
에겐 금지되어 있다니까요.]

백호와 은평이 실랑이를 벌이는 사이 정련 선자는 점점 노인과 장년

인의 눈앞으로 다가왔다. 살랑살랑, 부드러운 봄바람을 떠올리게 하는
보법으로 말이다.

"이게 대체 어찌 된 일이죠?"

고개를 갸웃하는 정련 선자의 자태는 무척이나 귀여웠다. 세속의 때
가 전혀 묻지 않은 듯 천진난만한 모습은 노인과 장년인과는 커다란
대조를 이뤘다.

"정련 선자……?"

노인은 아무리 은둔술을 썼다지만 자신의 이목을 속이고 기척을 내
지 않을 정도의 실력이 이 계집에게 있다고는 생각지도 못했다. 낭패
한 기색을 애써 내리누르며 저 계집이 어찌 이곳에 있는 것인가에 대
해 염두를 굴리기 시작했다.

"……"

장년인 쪽은 한치의 동요도 없이 조용히 침묵을 지켰다.

—저 계집의 상대는 당신이 하시오. 난 이 소녀를 지키고 있을 터이
니.

—좋네.

장년인의 성품을 잘 알고 있는 노인은 정련 선자를 상대하라는 장년
인의 말을 따랐다. 그의 성품이라면 일단 합공을 하기로 한 상태에서
비겁하게 은평을 데리고 도망치지 않을 거라는 확신이 있었기 때문이
다.

"전(前) 한림학사께서 절 알아봐 주시다니 기쁘기 한량없네요."

정련 선자는 노인의 정체를 한눈에 알아보았다. 전 한림학사 황보영
이었다.

"역시 무림의 세 꽃들 중 특출한 자가 없다 했더니, 마지막 꽃이 본

좌를 기쁘게 해주는군. 본좌를 한눈에 알아보다니."

무림삼미라 일컬어지는 다른 자들을 모두 비웃는 그런 말이었지만 정련 선자는 생긋 웃으며 답했다.

"와아, 칭찬 감사해요."

'…이, 이 계집은 도대체 어떻게 생겨먹은 머리지?'

비꼬는 기색이라 여길 수 없는, 순수하게 어린아이마냥 기뻐하는 모습에 노인은 머리가 멍해졌다.

"한데… 전 한림학사께서 은평님은 왜 붙잡고 계시는 건가요?"

노인이 뭐라 대답하려 할 때, 은평의 투덜거림이 노인을 가로막았다.

"왜긴 왜야! 노망이라도 났나 보지."

노인에게 서슴없이 '노망이 났다' 라는 표현을 쓴 은평은 유감 섞인 눈으로 노인을 노려보았다.

"아… 그렇군요. 노망이 난 거였군요. 천하를 떨쳐 울리던 대학사의 모습을 찾아볼 수 없더라니……. 역시 그랬어요. 노망이 나신 거로군요."

정련 선자는 은평의 말을 그대로 믿는 것인지 소매로 눈가를 꾹꾹 찍어 누르며 눈물을 떨구었다. 새카맣게 어린 계집 둘에게 졸지에 노망난 늙은이 취급을 받게 된 노인은 너무도 황망해 어찌할 바를 모르고 고개를 절레절레 흔들었다.

"걱정 마시어요. 저희 사부님께서 굉장한 의원 분을 알고 계신답니다. 의원으로서는 독보적이라 해도 좋을 분이세요. 그분께 부탁드리면 전 한림학사께오서도 틀림없이 예전의 그 영명함을 되찾으실 수 있을 거예요."

노인에게 가까이 접근해 얼빠져 있는 노인의 손을 두 손으로 꼭 붙잡고 정련 선자는 눈물을 글썽였다.

"노, 놓아라!"

노인은 어이없다는 기색으로 정련 선자의 두 손을 뿌리쳤다. 그 찰나 정련 선자의 입가에 뜻 모를 미소가 스쳤다.

"목숨이 아깝거든 썩 꺼지거라. 네 사부의 얼굴을 봐서 널 죽이진 않을 터이니."

"어마… 그럴 수가 없는걸요."

"…뭐라?"

정련 선자가 노인을 지나쳐 은평에게로 성큼성큼 다가갔다.

─천하의 연학림주께서도 너무 무르시군요. 불청객이 숨어들었다면 발견 즉시 절 죽이셨어야죠.

낭랑한 목소리의 전음이 노인의 귀를 간질였다.

'…어찌 이 계집이 날 알고 있단 말인가.'

비릿하면서도 역한 냄새가 코끝에 느껴진다 생각한 순간, 노인은 재빨리 보법을 운용해 뒤로 물러났다. 그 뒤를 이어 새빨간 액체가 흡사 지공처럼 빠르게 날아와 노인이 있던 자리를 수놓았다. 새빨간 액체가 닿은 자리는 이내 희미한 연기와 함께 녹아내렸다. 마치 강한 산(酸)을 들이부은 것 같았다.

"아아, 빗나가 버렸네요. 전 아직 수련이 부족한가 봐요."

울상의 얼굴을 하고 정련 선자는 손끝을 추슬렀다. 공기와 접촉된 피가 피부에 닿자 쓰리고 아팠다.

"피가… 맹독이란 말인가?"

노인은 눈살을 찌푸리는 반응을 보여주었으나 은평이나 장년인은 별로 표정이 변하지 않았다. 은평이야 백호와 청룡에게 미리 귀띔을 들어 정련 선자의 피가 심상치 않음을 알고 있었다지만 장년인은 무슨 이유에선지 평상심을 유지하고 있었다. 원래부터 무표정 일색인 자이긴 했지만 말이다.

'설마 독인? 아니다. 그럴 리가 없다. 독인이라면 온몸 구석구석이 독에 물들어 검푸르게 변해야 하거늘.'

자신이 알고 있는 지식을 동원해 봤지만 노인은 도무지 답을 찾을 수 없었다.

"저래서 맹독이라고 한 건가?"

은평의 감탄(?)에 정련 선자가 어깨를 으쓱하며 수줍은 표정을 지었다.

"누가 제 피를 맹독이라 했는지 모르겠지만 맹독 같은 게 아니에요. 그저……."

말을 하던 도중 정련 선자의 두 손이 각각 장년인과 노인을 향해 뻗어졌다.

"강한 산일 뿐."

손톱에 상처 입은 손가락 끝에서 핏줄기가 솟구쳐 노인과 장년인을 향했다.

"으엑!! 조준 좀 잘해! 여기까지 튀잖아!"

은평이 재빨리 옆으로 몸을 이동시켰다. 장년인이 있던 자리는 푸시식— 대는 소리를 내며 움푹 패어 있었다. 독한 산의 냄새가 연기와 함께 피어올라 코끝을 맵게 했다.

"역시 두 분 다 보통이 아니시네요. 역시 정련 선자는 수련이 멀었나 봐요."

몸을 피한 두 사람을 향해 계속해서 지공으로 피를 뿌려대는 정련 선자는 자신의 수련이 부족하다며 한탄했다.

"…이 계집이……!!"

날아드는 피 때문에 가까이 접근할 수가 없었던 노인은 역시 피를 피해 이리저리 몸을 움직이며 지공을 날렸다.

─느리군요. 연학림주께오서 겨우 이 정도의 무공 실력밖에는 안 됐단 말입니까? 아아… 아니면 혹시 인피면구를 뒤집어쓴 다른 누.군.가. 일까……?

정련 선자의 고소 어린 전음에 노인의 신형이 부르르 떨렸다.

─그 인피면구… 답답하지 않으신가요? 답답하시다면 벗겨 드릴 수도 있는데요.

노인은 순순히 자신의 패배를 인정해야 했다. 무공 실력도 실력이거니와 한눈에 인피면구를 쓰고 있음을 알아본 정련 선자의 그 능력에 말이다. 장년인이 순순히 속아주어서 다행이다 여겼건만.

"오, 오늘은 이만 물러가겠다!"

공중에서 노인의 신형이 스르르 사라졌다. 그걸 본 장년인 역시 무슨 생각을 했는지 들었던 검을 검집에 끼워 넣고 싸울 의사가 없음을 내비쳤다.

"백호야, 뭐가 어떻게 돌아가는 걸까?"

[…글쎄요.]

은평과 백호가 뭐가 어떻게 돌아가는 상황인지 혼란스러워할 때, 정련 선자 역시 장년인에게 행하던 공격을 멈췄다.

"저쪽은 가짜였지만 이쪽 분은 진짜 같군요."

장년인은 눈앞의 소녀를 유심히 살폈다. 어차피 그 노인이야 본인이 아니라 타인이 인피면구를 쓰고 분장했다는 것을 알면서도 모르는 체 넘겼던 것이지만 이 소녀는······.

"물러나 주시겠어요?"

"···좋소."

장년인은 정련 선자의 눈빛에서 무엇을 읽었는지 순순히 물러났다.

"양보해 주셔서 감사해요."

그의 신형이 완전히 사라지는 걸 끝까지 지켜보고서야 정련 선자는 은평에게 고개를 돌렸다. 고운 아미를 둥글게 말며 눈웃음 짓는 모습은 선량하기 그지없었다.

"···많이 놀라셨지요?"

"별로."

'어차피 네 피가 이상하다는 건 알고 있어서 별로 놀라지 않았어' 라고 말하고 싶었으나 애써 내리누른 채, 담담히 굴었다.

"다행이네요. 아, 맞다. 그럼 비밀로 해주시겠어요?"

손끝에서 흘러내리는 피를 골목길의 벽에 아무렇지도 않게 쓱 비비자 치지직— 대는 소리를 내며 피에 닿은 부분이 부식되어 갔다. 어찌보면 입을 다물라는 무언의 협박 같기도 했다. 물론 정련 선자의 얼굴은 생글생글 웃고 있었지만.

"으앙, 어쩌죠? 벽이 부식되어 버렸어··· 무심코 피를 닦는다는 게······."

부식된 벽을 붙잡고 정련 선자가 울먹였다. 방금 전, 노인과 장년인에게 굴던··· 전혀 정련 선자스럽지(?) 않은 태도는 다 거짓말처럼 느껴질 정도로 평소의 모습으로 돌아와 있었다.

"으··· 냄새······."

벽이 부식되면서 산의 역한 냄새가 퍼졌다. 은평은 얼굴을 찌푸리며 조금 뒤로 물러났다.

"어쨌거나 도와줘서 고마워요. 저놈들을 어떻게 할까 고민 중이었는데……."

"괜찮아요. 이 정도가 도움이랄 수 있나요? 게다가 저 역시 부탁을 받고 온 거니까요."

그녀는 피가 어느 정도 멈춘 손가락을 어린아이처럼 입에 물고 빨면서 애교스럽게 웃어 보였다. 물론 그녀의 피가 어느 정도의 위력을 지녔는지를 직접 눈으로 목격한 은평으로서는 공포스러워 보이는 광경이었지만 말이다. 어떻게 저런 피를 지니고 살 수 있는지, 게다가 자신 앞에서 비밀을 펼쳐 놓은 의도가 궁금해져 왔다. 도대체 그녀는 무슨 속셈인 걸까.

"부탁?"

"아아, 헌원 사제가 은평님을 뵙고 싶다고 저에게 모셔와 달라고 부탁을 해와서요. 모셔가려고 온 거죠."

"…날 모셔오라고 했단 말인가요? 아니, 그것보다 왜 이쪽으로 접어들었죠? 정문으로 와도 상관없을 텐데."

문득 떠오른 의문을 말하자 정련 선자는 입가에 손가락을 가져다 대고 쉿─ 이라는 표시를 해 보였다. 그리고 무슨 커다란 비밀을 말하는 사람마냥 은평의 귀에 대고 속삭였다.

"원래 이런 만남은 쥐도 새도 모르게 하는 거래요~"

"그렇게 비밀스럽게 만날 정도로 난 그 사람이랑 친근하지 않아요."

매정하게 정련 선자를 밀쳐 낸 은평은 주저없이 돌아섰다.

"아앗! 가시는 거예요?"

뒤에서 정련 선자의 곤란해하는 목소리가 들려왔으나 은평은 개의치 않고 계속 발걸음을 옮겼다. 다행히도 그녀가 쫓아올 기색은 없었고, 발자국 소리도 없었다.

'의외로 안 쫓아오네. 쫓아올 줄 알았더니. 그나저나 오늘 무슨 날인가. 왜 전부 날 데려가려고 하는 거야?

은평은 백호와 함께 골목길을 빠져나왔다. 그때까지 잠자코 있던 백호가 걱정스러운 듯 은평을 올려다봤다.

[무슨 속셈일까요? 그 여자… 자신의 최대 비밀이라고 할 수도 있는 걸 은평님 앞에서 아무렇지도 않게 밝히고…….]

"내가 그 비밀을 밝히지 않을 거란 확신이 있나 부지. 에이, 알게 뭐야."

은평은 아까 보았던 노인과 장년인과 정련 선자의 얼굴을 떠올렸다. 셋 다 자신을 데려가려 했다. 데려가서 뭘 어쩌려는 것인지는 모르겠으나 장년인의 경우는 주군인지 주식인지가 데려오라 했다 했고, 정련 선자의 경우는 맹주 놈(?) 이었다. 그리고 노인의 경우는…….

[그 노인의 경우는… 인피면구를 쓰고 있었습니다만…….]

"알아, 좀 정교하긴 했지만 알아보고 있었어. 게다가 제일 실력도 형편없었고 말야. 나에게 수염을 뽑힐 정도니까. 게다가 수염을 뽑을 때의 감촉도 이상한 게 진짜 수염 같지 않았다구. 어디서 나타난 개뼉다구인지, 참."

[역시 청룡님께 알려야…….]

"시끄러. 청룡에게 입 놀리면 그날이 네 제삿날인 줄 알아!"

백호의 입을 틀어막은 은평은 눈앞에 펼쳐진 대로로 시선을 돌리고 정말 오랜만에 밖으로 나온 것이니만큼 질릴 만큼 돌아다니리라 마음먹었다.

＊　　　　＊　　　　＊

　희미하게 빛이 내리쬐는 서고엔 강호인들이 봤다면 눈이 휘둥그레질
정도의 무공비급들이 쌓여 있었다. 구파일방을 비롯해 백도무림의 정
화를 모아놓았다 해도 과언이 아닐 비급부터 시작해 돈 몇 푼만 있다면
아주 손쉽게 구할 무공 입문서까지 그 종류도 매우 다양했다. 한때 중
원을 쑥대밭으로 만들었던 배교로 인해 많은 무공비급들이 손실되었다
하지만 여전히 서고에 채워진 장서들은 그런 말들을 무색케 했다.
　맹의 구석에 위치한 오래된 서고에 들어갈 자격이 있는 사람은 구파
일방의 장문인들과 맹주뿐이다. 덕분에 이곳은 맹주 헌원가진에게 있
어서 더할 나위 없는 휴식처이자 피난처로 쓰여지고 있었다. 그리고
오늘 헌원가진은 오랜만의 휴식을 서고에 와서 보내고 있었다. 서고는
책장을 넘기는 바스락대는 소리만 들릴 뿐, 쥐 죽은 듯 조용했다.
　책에 신경을 집중하고 있던 그가 갑자기 고개를 쳐들더니 한숨을 쉬
었다.
　“…나오시지요. 신경이 쓰여서 책을 읽을 수 없지 않습니까!”
　말 끝나기가 무섭게 정련 선자가 공중에서 그의 앞으로 뛰어내렸다.
헌원가진은 그녀의 생글생글 웃는 낯을 보자 한숨을 내쉬며 읽고 있던
책을 덮었다.
　“사저… 여긴 어쩐 일이십니까.”
　정련 선자의 분위기는 확 바뀌어 은평이나 혹은 다른 사람들 앞에서
굴던 순진한 소녀의 모습은 간데없고 매혹적인 웃음을 지을 줄 아는
요염한 소녀가 되어 있었다.

"맹을 아무리 돌아다녀도 헌원 사제가 안 보이기에 틀림없이 여기 있을 거라 생각했어."

"이곳은 맹주나 구파일방의 장문인 외에는 출입 금지인 것 모르십니까?"

"어차피 사부가 죽고 나면 내가 곧 아미파를 이을 텐데 미리 봐두는 것도 나쁘진 않잖아."

다른 누군가가 이 둘의 대화를 들었다면 필시 귀를 의심했을 것이다. 사부를 지극 정성을 다해 모시기로 유명한 정련 선자의 입에서 저런 소리가 나오다니 말이다.

"그런 소리는 함부로 입에 담으시는 것이 아닙니다."

"그런 쌀쌀맞은 소리를 하다니. 기껏 내가 사제의 일을 도와주기로 했는데 너무하지 않아?"

"도움을 바란 적 없습니다."

정련 선자는 헌원가진의 앞으로 바짝 다가갔다. 그의 허벅지 사이에 옆으로 살짝 걸터앉아 두 손을 목에 걸친 채 귀에 속삭였다.

"뭐, 하여간… 사제의 예상이 맞았어. 내 피의 비밀을 눈앞에서 보여주었는데도 전혀 놀라지 않더군. 게다가 전 한림학사, 아니, 연학림주의 수족이 연학림주인 것마냥 분장을 하고 그 소녀에게 접근까지 했고 말야. 정말 사제를 알면 알수록 질리지가 않는다니까. 이 비상한 머리가 정말 부러워."

정련 선자의 손끝이 헌원가진의 이마를 쓰다듬었다. 사혈을 그녀의 손끝이 지나치고 있음에도 헌원가진은 한 치의 동요 없이 그녀의 손끝을 이마에서 밀쳐 냈다.

"그렇다면 그 수족의 정체도 아시겠습니까?"

"날 보고 흠칫 놀라는 것 같더만… 분명 내가 아는 사람 중 하나겠지? 아… 그렇다면 틀림없이 제갈세가의 소가주일 거 같은데? 어때? 내 예상이 맞아?"

정련 선자가 더욱더 헌원가진에게 달라붙었다.

"…지분 냄새가 거슬립니다. 떨어져 주시겠습니까?"

헌원가진은 한숨을 푹 내쉬었다. 코끝에 걸리는 지분 냄새가 역하게 느껴진다. 역시 어릴 때부터 자신은 지분 냄새를 싫어해 어머니의 지분 냄새조차 역해했으니 뭐, 당연한 일일지도 몰랐다.

"흐음, 싫은데. 난 도와준 값은 꼭 받아야 하거든."

"그녀는 뭐라 합니까?"

"너와 비밀스럽게 만날 정도로 친하지는 않다던데? 그것보다도 너, 무슨 속셈이야?"

"그건 제가 사저께 물어야 할 질문 같은데요. 사저야말로 무슨 속셈이십니까?"

나누는 대화야 서로의 심중을 알아내기 위한 탐색이었으나 겉으로 보기에 두 사람의 모습은 둘도 없는 정인지간으로 보였다.

"난… 네가 싫거든."

"싫다는 이유로 절 도와주시는 겁니까?"

"정확히는 지금의 네 모습이 싫어. 지금의 넌 너답지 않아. 얼른 원래대로 되돌아왔으면 하니까."

"묘한 이유로군요. 제가 싫어서 도와주시는 거라니."

헌원가진은 정련 선자를 밀어내고 의자에서 일어섰다.

"실례하겠습니다. 슬슬 돌아가야 할 시간이라……."

문 쪽으로 다가서려는 헌원가진의 등 뒤로 정련 선자의 옥음이 뒤따랐다.

"…그렇게도 마교의 교주가 신경 쓰여? 그가 그렇게 신경 쓰인다면 내가 그를 죽여줄 수도 있어. 그가 죽으면 마교는 다시 혼란에 빠져 봉문을 할지도 모를 일이잖아?"

우뚝 멈춰 선 헌원가진은 어깨에 올려진 정련 선자의 손을 잡아 부드럽게 내려놓았다. 그리고 말도 안 되는 소리라는 듯 실소를 터뜨렸다. 흰 이를 살짝 드러내며 웃는 모습에서는 그의 심중을 조금도 읽어 내릴 수 없었다.

"죽이다니요. 그 무슨 말도 안 되는 소리를 하십니까? 그에게 신경을 쓰는 거야 사실이지만 사저의 말대로 마교의 입지를 줄이기 위해 그를 죽이고 싶어하는 건 아닙니다. 그는 살아야 합니다. 살아서 앞으로 닥칠 배교의 중원 침공을 정도무림과 같이 견뎌내야 하니까요."

정련 선자는 그의 맨 마지막 말에 신경이 쓰이는 듯 다시금 반문해 왔다.

"마치 배교의 중원 침공을 단정하듯이 말을 하는군?"

"그거야 두고 보면 알 일이 아닙니까?"

헌원가진은 뜻 모를 말을 남겨놓고 그대로 문을 나섰다.

"꽤나 흥미로운 말을 해주네… 이러면 더 더욱 궁금해지잖아."

헌원가진이 나가 버리고 난 뒤의 적막함이 찾아온 서고에서 정련 선자는 나지막이 웃었다. 겉으로 보기야 더없는 미남자에 무공 출중, 가문 역시 오대세가의 하나. 나무랄 데 없는 사내지만 자신 마음대로 조종되지 않는다는 것이 조금 마음에 걸렸다.

"…내 가면을 단숨에 알아보았던 자이니… 후훗."

정련 선자는 한 가지 마음을 굳혔다. 헌원가진이 그 알 수 없는 속에 무슨 생각을 품고 있을지는 몰라도 그의 의표를 찔러보리라 마음먹었다.

경고

"…어찌 경솔히 나섰더란 말이냐?!"

노인의 책망의 목소리가 진회하의 골목 깊숙한 곳에서 울려 퍼졌다. 저 멀리서 떠들썩한 폭죽 소리와 함께 뿌연 연기와 투박한 빛깔의 불꽃이 하늘을 물들이고 있었지만 여기 있는 이 두 사람에게는 별 상관 없는 이야기인 듯했다.

"하오나……."

"변명은 듣지 않겠다."

노인은 청년의 말을 단칼에 잘랐으나 청년은 개의치 않고 자신의 의견을 피력했다.

"사부께서 알려주신 바에 따르자면 마교 교주를 낚을 미끼로서 저쪽 역시 그 소녀를 노리고 있지 않습니까? 우위를 선점하려면 행동이 빨

라야 하는 법 아니옵니까?"

노인은 자신의 말에 반론을 제기하는 청년을 보며 입을 다물었다. 역시 너무 많이 키워놓은 듯싶었다. 자신의 말에 감히 말대꾸한다는 것이 마음에 들지 않았다.

"어차피 우리는 그들보다 우위에 있다. 굳이 저들에게 우리의 속셈을 드러낼 필요는 없다. 명석하다 하는 놈이 그런 이치조차 생각지 못했더란 말이냐? 어차피 무림의 절반은 마도… 마도를 차지할 수 있다면 백도를 무너뜨리는 것쯤이야 식은 죽 먹기다. 배교 놈들이 아무리 날고 긴다는 수를 써봤자……."

노인은 말을 잇다 말고 지그시 눈을 감았다. 머리 속으로 자연스레 세력 판도가 그려지고 있었다. 노인의 머리 속에서는 각각의 장기말들이 놓여지고 그 장기말들을 어찌 다룰 것인지에 대한 것 역시 자연스레 떠오르고 있었다.

"어찌하여 말씀을 멈추십니까?"

"그래… 이번에는 그게 좋겠군."

노인은 청년에게 무어라 전음으로 지시를 내리는 듯 아무 말도 하지 않고 청년만을 빤히 뚫어져라 바라보았다. 청년은 고개를 살며시 끄덕이면서 비죽이 웃었다.

"허를 찌르자는 말씀이시군요. 분부대로 당장 행하겠습니다."

청년은 사람 좋은 선한 미소를 지었다. 미소로만 보자면 이런 음습한 곳에서 수상쩍은 대화를 나눌 사람이 아닌 것처럼 보였다.

*   *   *

"…또냐?"

잘 가꿔져 있던 후원이 또다시 개박살난 처참한 몰골을 둘러본 인은 한숨을 푹푹 내쉬었다. 아침나절부터 시작한 수련—을 가장한 환경 파괴—은 도통 그 끝이 보이지 않았다. 벌써 몇 번째일까. 이젠 세기도 지겨울 지경이었다. 제발 자기 주변으로는 파편이 튀지 않기를 간절히 빌 따름이었다.

"어이, 호랑아. 저거 정말로 수련이 맞긴 한 거야? 선인이나 신수는 수련하는 게 저런 식으로 주변을 다 개.박.살. 내는 건가?"

후원이 내려다보이는 거처의 지붕 위에 걸터앉아서 인은 자신의 옆에 쪼그리고 있는 백호에게 질문했다. '개박살'이란 단어에 잔뜩 힘을 주고서 말이다. 물론, 백호에게 답이 돌아오지도 않았을뿐더러 '캬옹캬옹' 거리는 소리만 실컷 들었을 뿐이지만. 백호에게 특별한 답이 나오길 기대하고 물어본 것은 아니라 하더라도 그 캬옹대는 소리에 절대 그렇지 않다고 항변하는 기운이 서려 있는 것 같다는 느낌은 인의 착각일까.

'신기하단 말야. 그 캬옹캬옹거리는 소리를 청룡이나 은평은 어떻게 알아듣는지…….'

백호를 힐끔 내려다보며 딴생각을 하던 인은 쾅 하는 폭팔음과 함께 눈앞에서 펼쳐진 아수라장에 입을 쩍 벌리고 할 말을 잃었다.

"콜록콜록… 청룡, 너 정말 너무해!!"

"너무하긴 뭐가 너무해?! 나름대로 봐줬구만."

모락모락 연기마냥 피어오르는 흙먼지 사이에서 두 인영이 스르르 나타났다. 중추절 전날이라고 아침부터 난영이 한 짐 가지고 온 옷을 정갈하게 차려입었던 본래 모습은 온데간데없고 먼지로 원래의 색을 찾아볼 수 없는 누더기(?)가 그 자리를 대신하고 있었다.

"오늘도 인정사정없이 했으면서 봐주긴 뭘?"

옷을 툭툭 털어내며 은평은 흙바닥에 털썩 주저앉았다. 입으로는 여전히 툴툴거려도 다시 일어나지 않는 걸 보니 힘든 모양이었다. 청룡 역시 들고 있던─실은 잠시 인에게 빌린─검을 땅바닥에 푹 꽂아 넣으며 그 자리에 주저앉았다.

"치사해. 난 맨손으로 하게 하고 넌 검을 쓰고."

"그런데도 네가 어디 다치지 않고 멀쩡하게 있는 걸 보면 모르겠냐? 내가 얼마나 널 봐주고 있는지?"

한 치의 양보도 없이 입을 놀리던 두 사람은 지붕 위에서 훌쩍 뛰어내리는 인을 보고 말을 멈추었다. 인의 뒤를 따라 백호 역시 폴짝(?) 땅 위로 내려섰다.

"휘유, 오늘도 한바탕 했네. 조용히 넘어가는 날이 없냐, 어떻게 된게."

주변 꼬락서니를 둘러본 인이 고개를 절레절레 흔들었다. 그나마 다행인 건 이럴 때마다 백호가 후원에 바람으로 장막을 형성해 여기서 나는 큰 소란이 주변으로 퍼져 나가지 않는다는 점이었다. 망가진 후원의 정리는 언제나 청룡이 맡고 있었다.

"으으… 뼈마디가 욱신거려."

자신의 어깨와 등을 두들기던 은평은 가까이 다가온 백호를 보더니 뭘 떠올렸는지 히죽 웃음을 흘렸다. 물론 웃음을 본 백호는 등줄기가 갑자기 서늘해져 왔지만.

"목욕하러 가자, 백호야~"

[…서, 설마 저더러 또 등을 밀라는 말씀은 아니시겠지요?]

백호가 식은땀을 비칠비칠 흘리며 뒤로 물러섰다. 물론 그걸 가만히 내버려 둘 은평이 아니었다.

"왜 아니겠어, 자~ 가자."

바둥바둥대는 백호를 데리고 잽싸게 안으로 사라져 버리는 은평의 뒷모습을 멍하니 바라보던 청룡은 한숨을 쉬었다.

"잘돼가?"

청룡에게 의미 모를 말을 던지며 인은 땅바닥에 깊숙이 박혀 있던 자신의 검을 들어 등 뒤의 검집에 쑤셔 박았다. 스르릉 소리와 함께 검이 검집 속으로 미끄러져 들어갔다. 그리고 청룡을 향해 손을 내밀었다. 청룡은 인의 손을 잡고 주저앉아 있던 자리에서 몸을 일으켰다.

"…글쎄… 잘돼가는 걸까?"

옷가지의 흙먼지를 툭툭 털어낸 청룡은 주변으로 손을 뻗고 천천히 자신의 힘을 개방했다. 마치 시간이 역으로 거슬러 올라가듯 빠른 속도로 주변은 본래의 모습을 되찾고 있었다. 언제 봐도 신기한 광경에 인은 잠시 넋을 잃었다.

"확신이 안 서. 내가 잘하고 있는 건지."

주변을 정리하는 것을 끝낸 청룡은 백호가 쳐놓았던 바람의 장막을 거두어들였다. 인위적으로 바람의 흐름을 잡아놓았던 것을 다시 원상태로 풀어놓기만 하면 되는 것이었으니 청룡이 행해도 별 무리 없는 일이었다.

"거미줄에 걸린 날벌레의 심정이야."

청룡은 원래대로 다시 돌아온 후원의 탄탄한 바닥을 꾹꾹 눌러 밟으며 쓴웃음을 지었다.

"…천하의 용님께서 그 무슨 가당치도 않은 비유야?"

"용이라고 전지전능하진 않으니까."

갑자기 대기의 흐름이 바뀌고 바람이 불어왔다. 청룡은 휘날리는 머리를 쓸어 넘기며 바람의 방향을 가늠해 보았다. 북풍이었다.

"저 애의 잠재 능력을 계속해서 일깨우는 게 잘하는 것인지 모르겠어. 능력이 깨어나면 깨어날수록 어쩌면 안 좋은 방향으로 치달을 수 있는데… 더군다나 현무가 무슨 꿍꿍이속인지, 어떻게 나올지도 알 수 없고. 내 짐작대로라면 좋겠지만 내 허를 찌르고 온다면… 이럴 수도 없고 저럴 수도 없는 심정이야."

"잘되겠지. 아니, 잘돼야만 해. 너도 있고, 나도 있고, 그리고 백호도 있으니까… 그리고 은평은 그렇게 호락호락 당할 애가 아니잖아. 나 같으면 은평에게 밉보이느니 범의 아가리에 머리를 처넣으라고 권해주고 싶다구."

인은 그리 말하며 청룡의 어깨를 툭툭 토닥여 주었다.

"그래, 그렇지. 은평이 쉽게 당할 애도 아니지. 아마 열 배로 보복을 당할걸? 게다가 지금도 계속 성장하고 있고……."

청룡은 인의 위로에 피식 웃었다.

"…그… 수련—을 가장한 환경 파괴—은 효과가 좀 있는 건가?"

"본인은 자각하지 못하고 있지만 말야. 효과가 없으면 청룡이란 이름이 운다고."

*　　　*　　　*

'살려줘……!!'

사내는 죽을힘을 다해 외쳤지만 정작 살려달라는 외침은 목구멍 안에서만 맴돌 뿐, 입 밖으로 나온 소리는 꺽꺽대는 신음에 불과했다. 잘려 나간 팔과 다리 하나가 저편에서 나뒹굴고 있었다. 잠시 전까지만 해도 자신의 몸에 붙어 있는 것들과 이리 마주하고 있다는 사실이 믿어지지 않았다.

눈앞에서 흰 문사의를 휘날리며 자신을 내려다보고 있는 청년의 손속은 매섭고도 잔인했다. 후지기수들 중 단연 으뜸이라는 신진오공자 중 하나라지만 무공은 가장 떨어진다고 알려져 있지 않은가. 하나, 그것이 아니었다. 저자는 가면과 함께 자신의 진정한 무공 실력을 숨기고 있을 뿐이었다.

"지혈할 정신도 없으신 거로군요… 오호라… 조금 더 버텨주셔야지요. 이래서야 재미가 없잖습니까?"

청년은 지그시 웃으며 사내의 앞으로 성큼성큼 다가왔다. 이미 전의를 상실하고 공포에 질린 사내가 할 수 있는 일이란 피에 전 몸뚱이를 바르작거리는 것밖에는 없었다. 잘려 나간 자리에서는 피가 꾸역꾸역 흘러나와 흙을 적셨다.

"사… 살려줘……."

사내의 동공이 잔뜩 움츠러들었다. 청년은 소매를 펼쳐 보일 듯 말 듯 투명한 은사를 꺼내 들었다. 깊은 밤인데도 은사의 여부를 확인할 수 있는 것은 달빛을 반사해 희미하게 빛나는 광택 덕분이었다.

"아직 할 일이 남았습니다… 이제 장난도 질려가니 슬슬 죽어주시겠습니까?"

청년의 입가에 만족스런 미소가 번졌다. 자신을 향해 공포에 질려 떠는 저 모습이 더없이 흡족했다. 발밑을 축축하게 적셔오는 끈적한 피와 느른하게 올라오는 피비린내가 향기롭게 느껴질 정도였으니……. 그리고 그렇게 밤은 깊어갔다.

"…꺄아아아악!!"

여인의 날카로운 비명성이 아직 날도 밝지 않은 이른 새벽 무림맹 가득 울려 퍼졌다.

"무, 무슨 일인가?"

무림맹의 표식이 새겨진 무복을 입은 몇몇 보표들이 비명이 울려 퍼진 지점으로 황급히 달려왔다. 어쩐지 새벽답지 않게 공기가 텁텁하다 느끼며……

보표들은 비명을 지른 당사자로 보이는 젊은 시녀를 발견할 수 있었다. 시녀는 겁에 질려 바닥에 주저앉아 고개를 푹 수그린 채 바들바들 떨고 있었다. 그 주변에는 누군가의 소세를 위해 물을 떠가던 중이었는지 대야가 나뒹굴고 있었고, 시녀는 떠가던 물에 옷을 흠뻑 적신 채였다.

"무슨 일인가!"

보표들이 채근해도 시녀는 수그린 고개를 들지도 못하고 덜덜 떨기만 할 뿐이었다. 그러더니 어느 한 방향으로 덜덜 떨리는 손을 뻗어 가리켰다. 보표들의 시선은 자연스레 시녀에게서 시녀가 가리킨 방향으로 옮겨갔다.

"…이건……"

보표들은 일제히 숨을 턱턱 막히는 걸 느꼈다. 텁텁하다 느꼈던 이유는 바로 진동하는 피비린내 때문이었던가……. 보표들은 더 이상 쳐다볼 수 없어 모두 고개를 돌렸다.

시녀가 가리킨 방향에는 생전의 모습을 짐작할 수도 없을 만큼 훼손된, 필시 원래는 사람의 형상을 하고 있었을 인육덩어리가 널브러져 있었다. 주변에 퍼부어진 피 웅덩이에서는 연신 비릿한 냄새를 풍겨냈다.

제일 온전한 모양새를 하고 있는 것은 사자(死者)의 목으로, 죽은 당시의 고통을 알려주듯 잔뜩 일그러진 표정으로 입에는 피거품을 물고 바닥을 나뒹굴고 있었고 사지는 절단되거나 뭉개진 모습으로 주변 여기저기에 걸쳐져 있었다. 몸뚱어리는 처마에 대롱대롱 매어져 있었는데 뱃가죽과 내장을 갈라 그 내장에 무어라 글씨가 새겨져 있는 듯했다.

"어, 어서… 총관께 알려라!"

이 참혹한 광경에 할 말을 잃었던 보표 몇이 한참이 지나서야 정신이 드는지 자신들이 할 일을 찾았다. 총관에게 알리는 한편 공포에 질려 떨고 있는 시녀를 달래야 했고, 혹시나 시녀의 비명을 듣고 무림맹에 머무르고 있는 무림 방파의 사람들이 이 광경을 본다면 맹의 체면이 서지 않는 일이었기에 주변 통제도 해야 하는 것이었다.

교언명은 보표들의 보고를 듣는 순간, 관자놀이가 지끈지끈 쑤셔옴을 느끼고 자신도 모르게 손을 머리께로 들어 올렸다. 아닌 밤중에 홍두깨라고 무슨 날벼락이란 말인가.

"그래, 알았다. 너희는 주변을 통제하고 망자(亡者)가 누군지 알아보아라."

"그, 그것이… 망자는……."

벌써 망자를 알고 있는 듯한 보표의 표정에 교언명은 눈썹을 꿈틀했다.

"누구란 말이냐?"

그의 채근에 보표는 쭈뼛쭈뼛 입을 열었다.

평소의 교언명이라면 들어가기 전에 맹주의 방문 앞에서 헛기침을 몇 번 해 기척을 알렸겠지만 지금은 그럴 여유가 없었다. 비상사태인 것이다.

"기침하셨습니까?"

잠시 뒤, 문 안쪽에서 대답이 흘러나왔다.

"이런 이른 새벽부터 무슨 일이오?"

예상대로 헌원가진은 깨어 있었다. 교언명은 문을 열고 안으로 들어섰다. 그는 벌써 오래전에 기침한 듯 의관까지 단정히 한 모습이었다.

"맹주, 큰일이오이다."

교언명이 다급히 말하자 헌원가진은 눈살을 찌푸렸다.

"무슨 일이라도 있소? 아까부터 주변이 어수선해 보이더니……."

"…간밤에 맹 내에서… 태을방(太乙幫)의 방주가… 참혹히 살해… 당했……."

쥐어짜는 듯한 목소리를 내던 교언명은 끝끝내 말을 잇지 못하고 고개를 푹 수그렸다. 다른 곳도 아니고 맹 내에서… 하수도 아니고 한 방파의 방주가 살해당했다. 세인들은 무림맹을 뭐라 손가락질할 것이며, 정도의 위신은 또 얼마나 떨어지겠는가. 그것을 생각하니 교언명은 머리가 아찔해져 옴을 느꼈다.

"태을방이라면… 요즘 급성장 중인 방파가 아니오?"

잠시 태을방의 이름을 되뇌여 보던 헌원가진은 곧 그 문파에 대해 생각해 냈다. 대문파는 아니지만 요즘 급부상해 이름을 떨치고 있던 방파 중 하나였다. 그런 방파의 방주가 살해당했다는 것은 보통 일이 아니었다.

"…어디오? 앞장서시오."

사태의 심각성을 인지한 헌원가진의 목소리가 한없이 낮아져 있었다.

교언명을 따라간 걸음을 옮기던 헌원가진은 비릿한 피비린내가 진동하는 것을 느끼고 입술을 악물었다. 지나가던 보표들이 굳은 얼굴의 헌원가진을 알아보고 모두 꾸벅꾸벅 고개를 숙여 인사를 해왔다.

"…이곳입니다……."

헌원가진은 참혹한 현장을 보고 침음성을 흘렸다. 하지만 고개를 돌리거나 하지 않고 오히려 시신을 똑바로 응시했다.

"시신을 살펴보니 최초 발견 시로부터 최소 한 시진, 최대 두 시진 전에 사망한 듯합니다. 아마도 심야에 살해됐겠지요."

"…제일 먼저 시신을 발견한 자는 누구냐?"

얼음을 얼릴 듯한 냉기가 그의 목소리에 실려 있었다. 처음 보는 그의 이런 모습에 주변 사람들은 놀란 표정으로 헌원가진을 바라보았다. 지금까지 이런 식으로 분노 어린 그를 본 것이 처음이라면… 처음이었다.

"저희들입니다."

맨 처음 현장에 달려왔던 보표 몇이 헌원가진의 앞으로 나섰다.

"그대들이 이 시신을 처음 발견했는가?"

"예, 그렇습니다. 시녀의 비명 소리를 듣고 달려와 보니 이런 몰골이었습니다……."

보표들은 잔뜩 긴장한 채 헌원가진의 하문을 기다렸다.

"…그 시녀는 지금 어디 있는가?"

"충격을 많이 받은 듯해 거처로 옮겨 쉬도록 했습니다. 불러올까요?"

헌원가진은 살며시 고개를 끄덕였다. 고개를 끄덕이기가 무섭게 보표 하나가 잽싸게 어디론가 달려가기 시작했다. 그리고 그의 질문은 계속되었다.

"시신 외에 발견된 흔적은 없었는가?"

"망자의 검으로 보이는 것이 시신에서 멀리 떨어져 있었습니다."

잠시 헌원가진은 무얼 생각하는 듯하더니 현장 가까이로 성큼성큼 다가가 흔적들을 살피기 시작했다. 보표들의 발자국인 듯 말라붙은 피웅덩이 위에 발자국 몇 개가 찍혀 있었다. 하나 그것과 널브러진 인육 조각 외에는 아무런 것도 없었다.

"…그 검 근처에는 뭔가 다른 흔적은 없었나?"

"예, 없었습니다. 그것보다도… 그 시신의 뱃가죽에…….."

보표의 말에 헌원가진은 시신의 몸뚱어리를 올려다보았다. 그리고 곧 보표가 뱃가죽을 거론한 이유를 찾을 수 있었다. 갈라진 배와 드러난 내장 사이로 깨알 같은 글씨가 새겨져 있었던 것이다. 그는 시신의 뱃가죽에 새겨진 글씨를 잠시 읽어보고 두 주먹을 불끈 쥐었다.

이십 년 전의 환란이 다시금 중원에 닥칠 것이다.

누가 남겼다는 말도 없었다. 그저 짤막한 글 한 줄에 불과한 말이었지만 그 안에 내포된 의미는 어마어마한 것이었다. 이십 년 전, 중원이 잔인하게 유린됐던 악몽은 어느 정도 나이가 먹은 이라면 모두 다 알고 있었고, 그 이후에 나고 자란 아이라 할지라도 주변으로부터 귀에 못이 박히게 들었을 터였다.

"배교의 소행인 듯합니다."

교언명이 헌원가진의 뒤로 다가와 자신이 생각하는 바를 털어놓았다. 추측성의 말이었지만 그는 저것이 틀림없는 배교의 소행이라 단정 짓고 있는 듯했다. 헌원가진은 입을 꽉 다문 채 아무런 말도 하지 않았다.

헌원가진은 한참을 아무 말 없이 참혹하게 널브러진 시신 사이를 오가며 유심히 이것저것을 관찰했다. 그리고 뭔가를 알아낸 듯 고개를 잠시 끄덕여 보다가 멀찌감치 서 있던 보표들에게 명령했다.

"조용히 처리하라. 유가족들에게 저런 참혹한 시신을 건네줄 수야 없지 않은가? 유품만 골라내 태을방에 전달하고 시신은 정리하도록."

헌원가진의 말이 떨어지기가 무섭게 보표들이 처마에 걸려 있던 시신의 몸뚱이를 끌어내리고 주변 여기저기 널린 사지를 한곳에 모았다. 그리고 품 안에서 약병을 하나씩 꺼내 들어, 병의 마개를 뽑고 안에 들어 있던 화골산을 시신 위에 흩뿌렸다. 시신은 매캐한 연기와 함께 부글부글 끓어가며 순식간에 누런 액체로 변해 땅속으로 천천히 스며들었다. 군데군데 흩뿌려진 핏자국만 아니라면 방금 전까지 널려 있던 시체 조각이 환각인 양 느껴졌으리라.

"…비무가 열리기까지 얼마나 남았소?"

"아직 새벽녘이고… 두 시진 정도의 시간은 남아 있습니다."

"당장… 구파일방의 장문인들과 맹의 주요 인사들을 불러모으시오."

헌원가진이 교언명에게 막 명을 내렸을 때 최초의 목격자인 시녀를 데리러 갔던 보표가 돌아왔다. 뒤에는 겁먹은 안색이 역력한 시녀가 보표를 따라오고 있었다.

"…데려왔습니다."

시녀는 시신이 흔적도 없이 치워진 것에 안심한 기색이 역력했다.

"부, 부르셨사옵니까?"

"…네가 이 현장을 최초로 발견한 자더냐?"

"예, 그러하옵니다. 태, 태을방의 방주께 소세할 물을 가져다 드리기 위해 갔다 오던 중에 발견했나이다.”

덜덜 떨면서도 공손히 대답하는 모양새가 애처롭기 그지없었다.

“거처에 가보니… 방주께오선 계시지 않았고 침상에도 주무신 흔적이 없어 벌써 일어나셨나 하는 마음에 소세할 물을 들고 밖으로 나와 이 모퉁이를 돌아가는데 저런 휴, 흉측한 것이……”

“침상에서 잤던 흔적이 없었다 이 말이더냐?”

“그, 그러하옵니다.”

“알았다, 그만 물러가라. 그리고… 오늘 본 일에 대해서는 영원히 함구(緘口)하라.”

“명심하겠습니다.”

교언명의 보고가 모두 끝났을 때 모두들 침중한 표정으로 입을 열 생각을 하지 않았다. 이 무슨 황망한 일이란 말인가. 중추절을 앞두고, 그것도 맹 내에서 살인 사건이라니.

“…이것은 쉬쉬하며 넘어갈 일이 아닙니다.”

처음 나온 누군가의 발언에 모두의 시선이 발언자에게로 모아졌다. 발언자는 다름 아닌, 정검수호단의 단주 자격으로 지금 이 자리에 와 있던 잔월비선이었다. 그는 단호한 어조로 쉬쉬하며 넘어갈 일이 아니라고 주장했다.

“이 일은 신출내기가 나설 자리가 아닐세. 위신이 있지, 맹 내에서 살인이 일어났다고 강호에 떠들고 다니란 말인가?”

잔월비선의 말에 반론을 제기한 것은 무당파의 태방 진인이었다. 구파일방의 장문인을 대신해 이 자리에 온 모양이었다.

“지금 당장 비밀리에 온 무림의 자객 집단을 수소문해 봐야 합니다.

시신에 남겨져 있던 글씨대로라면 분명 배교의 소행이 분명하겠으나…배교가 맹 깊숙이까지 숨어들진 못했을 것이고 분명 자객의 소행 같아 보입니다."

정형사태가 둘 사이에 끼어들었다. 정형사태는 아마도 살인 사건의 주범이 자객이라 판단한 모양이었다.

"…수소문하고 자시고 할 것이 있겠소? 이 자리에 강호 최고의 자객 집단이라는 잔영문의 문주께오서 계시는데."

누군가가 잔월비선을 두고 빈정댔다. 그가 정검수호단주이면서 잔영문의 문주라는 사실은 이미 널리 알려진 바였다. 모두 그런 생각을 염두에 두고 있던 탓인지 갑자기 잔월비선을 바라보는 시선이 곱지 않았다.

"설사 망자가 자객의 손에 죽었다 치고 힘들게 자객 집단들을 수소문해서 어디서 자객을 보냈는지도 알아냈다 칩시다. 의뢰자의 신분을 철저히 비밀에 부치는 자객 집단에서 옛소― 하고 의뢰자의 정보를 가르쳐 줄 것 같소? 그리고 본인이 보기에 이것은 자객의 소행이 아니오."

모두의 곱지 않은 시선 속에서도 잔월비선은 전혀 기죽는 일 없이 자신의 주장을 펼쳤다. 오히려 지금의 이런 적대적인 분위기를 즐기는 듯한 분위기였다. 아무리 무공이 뛰어나다지만 출신도 불분명한 자가 어느 날 갑자기 굴러들어 와 정검수호단주가 된 일은 여러 사람들의 눈에 좋게 비치지 않은 모양이었다. 물론 잔월비선의 오만한 태도도 사람들의 반응에 일조하긴 했지만……

"그럼 대체 누구의 소행이란 말이오?"

그 말에 잔월비선은 대답 대신 히죽 웃으며 제일 상석에 앉은 헌원가진을 바라보았다.

"맹주, 내가 대신 말해도 되겠소? 아마도 맹주의 생각은 본인과 비슷할 것 같은데……."

헌원가진은 쓴웃음을 지으며 고개를 끄덕였다.

"이것은 내부자의 소행이오. 자객 따위가 아니오. 그리고 범인은… 망자와 잘 알거나 혹은 안면이 있고 어느 정도 믿고 있던 상대가 아닐까 하오."

쾅—!

탁자가 거칠게 내리쳐지고 종남파의 선황철검이 자리에서 벌떡 일어났다. 그의 얼굴에 실린 것은 노기였다.

"말도 안 되는 소리 마시게! 어찌 내부자가 그런 일을 벌인단 말인가. 말도 안 되네. 거기다가 이 일은 틀림없는 배교의 소행이 아닌가. 그렇다면 내부자의 일은……."

"맹 내부가 흰 비단처럼 깨끗할 거라 생각하시오? 그렇다면 한참 잘못 짚으셨소. 그리고 배교가 벌인 일이라 해도 맹 내에 협조자나 간자가 있을 것이란 생각은 못하시는 게요?"

"뭐, 뭣이!"

비웃음 띤 잔월비선의 표정에 선황철검은 심한 모욕을 느꼈다. 그가 화를 내거나 말거나 잔월비선은 말을 이었다.

"범인은 망자와 어느 정도 일면식이 있던 자로 심야에 망자를 불러냈을 게요. 아마도 긴히 할 말이 있다던가 용무가 있다는 핑계를 대지 않았겠소? 그리고 그가 방심한 틈을 타 살수를 펼쳤을 테고… 긴장을 늦추고 있던 망자는 제대로 저항하지도 못한 채, 죽음을 맞았소."

제법 그럴듯한 잔월비선의 추측이었다.

"흡사 그 현장을 본 사람처럼 말하는구려."

"증거가 있소?"

하나 사람들이 곧이곧대로 그 말을 납득하진 않았다. 여기저기서 불만 섞인 반론이 터져 나왔다.

"아까 총관의 보고를 모두 같이 듣지 않았소? 시신이 널브러져 있던 곳에서 여타 다른 흔적을 발견할 수 없었다고 말이오. 적어도 그 자리에서 싸움을 벌였다면 흔적이 남기 마련인데 피가 흩뿌려지고 망자의 검이 멀리에 떨어져 있던 것 이외에는 아무것도 없다 하였소. 이것은 필시 죽기 전에 아무런 저항도 하지 않았거나 저항할 틈조차도 없었다는 이야기가 아니오?"

"망자가 산책을 나왔을 때 자객이 덮쳤을 가능성도 있지 않습니까?"

자객에 대한 미련(?)을 버리지 못했는지 정형사태가 소리를 높였다.

"모두들 논쟁은 그만두시오. 나 역시 정검수호단주와 비슷한 생각을 갖고 있소. 어디의 소행인지는 확실히 알 수 없지만 말이오."

"…범인이 무슨 목적으로 이런 짓을 벌였는지는 모르겠지만 시신에 남겨둔 글귀만 본다면 이건 분명 배교의 짓이오."

잔월비선은 자객의 소행은 아니지만 배교의 짓이라 여기고 있는 듯했다. 사실 정황 증거상 다른 어느 곳을 배후로 꼽기엔 애매했다.

"시신의 절단면이 어찌하다 하였는가?"

헌원가진이 교언명에게 물었다. 갑작스런 질문이었지만 교언명은 평상시와 다름없이 말을 이었다.

"마치 짓뭉갠 듯한 것도 있었고 아주 날카롭고 가느다란 실로 잘려나간 듯 깨끗한 절단면도 있었습니다."

날카롭고 가느다란 실로 잘라 나갔다는 말에 모두의 시선이 다시 한번 잔월비선을 향했다. 그녀의 여동생(?)으로 알려진 잔혹미영이 쓰는 무기가 그런 것이 아니었던가.

"이제… 본인이 생각한 바를 말해 보겠소. 죽인 뒤에 시신을 흉한 몰골로 잘라낸 것이 아니라 처음부터 망자를 조각내어 천천히 죽인 것으로 보이오. 공격 자체가 잔혹하고 무차별적이었을 거요. 무엇으로 그리 만들었는지는 확실히 짐작할 수 없으나 공격과 동시에 사지가 잘려 나가고 주변 여기저기로 파편과 피가 튀었을 테고, 아마도… 여기까진 망자가 살아 있었을 거라 추측하오."

사지가 잘리고서도 살아 있었다는 헌원가진의 말에 모두의 얼굴이 굳었다.

"그리고 아직 살아 있는 망자의 뱃가죽을 가르고 내장을 꺼내 지공으로 글씨를 새겨 넣고 목을 자른 것으로 보이오. 아마 목을 자르기 전까지 숨이 붙어 있었던 것 같소."

모두들 소태를 씹은 듯 안색이 좋지 않았다. 망자의 고통이 얼마나 컸는가를 생각하니 절로 몸서리가 쳐지는 것은 어쩌면 당연한 일인지도 모른다.

"사지가 잘리고 배가 갈렸을 때까지 망자가 살아 있던 것으로 보아 범인은 의학에 어느 정도 지식이 있을 거고… 절단면과 뭉개진 면이 동시에 발견된 것으로 미루어볼 때 범인은 살인 그 자체를 즐긴 것 같소. 그랬기 때문에 아마도 사지를 자른 뒤, 잘려 나간 사지를 밟아 짓뭉개는 만행을 벌였겠지……. 어쨌거나 정검수호단주의 말대로 망자에겐 저항이 조금도 없었소. 그렇다면 그것은 분명 망자와 일면식이 있을 정도의 사람이란 소리이고 그자 역시 강호에서 어느 정도 이름을 떨치고 있지 않겠소?"

                    *   *   *

거의 나갈 채비를 마친 뒤라 여유롭게 차를 즐기고 있던 화우는 불안해하는 기색이 역력한 백발문사를 보고 고개를 갸웃거렸다.

"무슨 일인가?"

"…조금 이상합니다. 새벽녘부터 맹 내의 분위기가 어수선한 것이 무슨 일이 있었던 것 같습니다."

맹에서 아무리 숨기려 해도 은연중에 풍기는 수상한 낌새는 어쩔 수 없었다. 원래 아무리 함구를 하려고 사람들의 입을 막아도 쉬쉬하면서 어디선가 모르게 새어 나오는 소문들은 있기 마련이었다.

"무슨 일이 있었단 말인가?"

그때였다. 문이 덜컹 열리고 능파가 뛰어들어 왔다. 면사 사이로 보이는 눈동자에는 불안함이 가득 차 있었다.

"…무슨 일이오?"

"간밤에 맹 내에서 살인 사건이 일어난 모양이에요."

"살인?"

능파의 말을 듣고 방 여기저기 흩어져 있던 옥화, 운향, 밀랍아가 주위로 모여들었다. 과연 천안의 주인인 그녀는 소문이나 쉬쉬하는 이야기를 알아내는 속도가 빨랐다.

"죽은 자의 별호는 사을진군(士乙進君) 노숙자(盧夙者), 올해 나이는 오십일 세, 슬하에 이남일녀가 있고, 태을방의 방주이며, 태을방은 도가 계열의 방파로 금릉 근처에서 위세를 떨치고 있었어요."

"그래서?"

"흉수는 아마도 가늘고 날카로운… 이를테면 천잠사 같은 것으로 망자의 사지를 토막내어 죽인 것 같아요. 실제로 그 현장을 목격한 목격자들의 말에 따르면 차마 인간으로서 그런 짓을 할 수는 없을 거라 하더군요. 그것 때문에 현재 맹 내의 수뇌부에 비상이 걸려 있는 듯해요. 거기다가… 시신의 뱃가죽을 갈라 그 위에… 지공으로 글귀를 하나 새겨놨다고 하는군요. '이십 년 전의 환란이 다시금 중원에 닥칠 것이다'라고요…….″

강호 최고의 정보통이라 말하는 천안의 여주인다웠다. 어찌 알아냈는지는 모르겠지만 능파가 알아낸 것들은 정확했다.

"…배, 배교의 짓인가……?"

화우의 목소리 끝이 갈라져 있었다.

"배교 말고 또 누가 있겠습니까?"

잔뜩 흥분한 기색의 운향은 애초부터 배교의 짓이라 단정 지은 듯 단호했다. 중원 한가운데라 할 수 있는 이곳에서 그런 천인공노할 짓을 벌인 게 아닌가. 자신들을 얼마나 얕보고 있으면 그런 짓을 벌일 수 있겠는가.

"당신의 생각은……?"

화우의 질문에 능파는 고개를 저었다.

"배교의 짓은 아닐 거예요. 이십 년이나 숨죽이고 있던 자들입니다. 게다가 그들이 제일 필요로 하는 서장의 세력들이 움직였다는 보고 역시 받지 못했어요. 아무리 배교의 세력이 중원 깊숙이 침투해 있다고는 해도 이렇게 허술하게 자신들을 드러낼 시기가 아니죠. 더군다나……."

"더군다나?"

"…아, 아무것도 아니에요. 어쨌든 이건 분명 배교의 짓은 아니라고 봐요."

백발문사는 능파의 말에 뭔가 짐작 가는 바가 있는 듯 자못 불안하고 초조한 안색이었다.

"주군, 이건 아마도 연학림의 짓일 겁니다. 아마도… 배교를 견제하기 위해, 강호에 위기감을 고조시키기 위해 꾸민 짓이겠지요."

"연학림이라면 그대의……."

백발문사가 연학림 출신이었던 것을 떠올린 화우였지만 황급히 말을 멈추었다. 연학림에 대한 일을 거론하는 것이 그에게 상처가 되는 일임을 미처 생각하지 못했다는 자책이 밀려왔다.

"괜찮습니다. 어차피 다 지난 일인 것을요."

백발문사는 희미하게 웃었지만 눈에는 불안함이 가득 차 있었다.

"연학림이 그런 거라면 그들은 대체 무슨 속셈일까."

화우의 혼잣말에 능파가 답했다.

"허를 찌르려는 거겠죠. 깊숙이 숨어서 때를 기다리는 배교의 허를……."

이때 백발문사가 끼어들었다. 그 자신은 의식하지 못했지만 목소리가 높아져 있는 것이 약간 흥분한 기색이었다.

"제가 알기로 연학림과 배교는 일종의 동맹을 맺은 상태입니다만, 그렇다면 그건 동맹이 깨졌다는……?"

"연학림주가 욕심 많은 자라면 그럴 수도 있겠군."

화우는 나름대로 결론을 내놓았다. 원래 하나보단 둘을, 둘보단 셋을, 이런 식이 되어가는 게 사람의 탐욕이 아니었던가. 어차피 둘의 목표는 둘 다 중원일 터… 어느 쪽이 먼저인지는 모르지만 둘 다 속으로는 언제든지 등을 돌릴 마음을 품고 있었을 것이다.

"단, 이제 앞으로는 어쩔 작정인가요?"

"어쩔 작정이냐니? 어쩌고 자시고 할 것이 있나?"

능파의 물음에 화우는 빙그레 웃었다.

"어차피 배교가 어떤 식으로든 다시 한 번 중원을 넘볼 거란 것은 옛적부터 예상하고 있던 바였고… 내가 안달한다 해서 나아질 건 없으니까. 중원에 숨어들었다는 건 알아도 어디에 어떤 모습으로 숨어 있는 지조차 모르지만, 언젠가는 수면 위로 떠오를 테니 그때를 기다릴밖에."

화우는 자못 태평스러운 모습이었다. 물론 배교가 전면적으로 싸움을 걸어올 경우 마다하진 않겠지만 말이다.

＊　　　　＊　　　　＊

그리 함구를 내렸음에도 맹 내에는 소문이 파다하게 퍼져 있었다. 아니, 맹 내뿐만이 아니라 금릉 전체로 퍼져 나가고 있다 해도 과언이 아니었다. 쉬쉬하면서도 사람들의 입은 쉴 새 없이 그 일에 관해 이야기를 하고, 그러는 과정을 거치다 보면 그것은 본래의 것에서 크게 벗어나 있기 마련이었다. 이것저것 쓸데없이 과장되고 부풀려진달까. 그리고 그 소문은 마침내 인과 은평의 귀에까지 들어갔다.

"…에? 사람이 죽어?"

"그래, 그것도 무척이나 참혹한 몰골로 말이지."

소식을 물어온(?) 인은 침통한 표정을 지었다. 아무리 그래도 사람이 죽었다는 이야기에는 기분이 나쁜 듯했다. 인에게 대략의 자초지종을 들은 은평은 아무 말이 없었다.

"그래서 그 살인지는 누군데?"

"아직 못 밝혔다는 이야기지. 맹에서도 함구령을 내리고 비밀스럽게 범인을 쫓고 있다고 하는데 말이 '비밀스럽게' 지… 내 귀에까지 들어왔을 정도면 이미 퍼질 대로 퍼졌다는 이야기 아니겠어?"

"응, 그렇네. 꼭 누가 고의로 퍼뜨린 것 같아."

은평이 자신의 감상을 털어놓았다. 그 말에 인은 깜짝 놀랐다.

"뭐?"

"함구령을 내렸다며. 게다가 그걸 최초에 발견한 사람은 채 열 사람도 안 되고. 누군가 입을 열었다면 바로 발각될 게 뻔한 인원이잖아. 그럼에도 불구하고 이야기가 퍼졌다는 이야기는 그 퍼뜨린 놈이 간이 붓다 못해 배 밖으로 튀어나온 놈이거나 최초 발견자 이외에도 사람이 죽었다는 걸 알고 있는 놈 아니겠어? 게다가 사건이 일어난 게 오늘 새벽이라며. 근데 벌써 금릉 전체에 퍼졌다는 건 너무 부자연스럽지 않아? 누군가가 고의로 퍼뜨리고 있다고밖에는… 에, 뭐야. 왜 그렇게 뚫어져라 쳐다봐?"

자신의 생각을 늘어놓던 은평은 인이 자신을 뚫어져라 바라보는 것을 느끼고 말을 멈추었다. 인은 얼빠진 표정을 하고 있다 한마디 내뱉었다.

"아니, 좀 놀라서."

"뭐가?"

인을 바라보는 은평의 시선에는 점점 곱지 않은 빛이 들어가 있었다. 그걸 아는지 모르는지 인은 자신이 느낀 바를 솔직히 털어놓았다.

"네가 이런 식의 이야기를 하다니. 내일은 해가 서쪽에서 뜨려나……."

"뭐야, 그건. 꼭 내가 지금까지는 이런 식의 이야기를 할 줄 몰랐다는 것처럼 들리잖아!"

"그렇다는 건 아니고……."

인은 따가운 은평의 시선을 피해 괜히 먼 산 쪽으로 고개를 돌렸다. 인은 은평의 투덜대는 소리가 당연히 뒤따를 것이라 예상하고 만반의 준비를 하고 있는데 아무런 소리도 없이 조용하자 황급히 은평 쪽으로 고개를 돌렸다. 원래 조용한 게 더 무서운 법이다.

"……."

은평은 아무런 말도 없이 가만히 앞을 노려보고 있었다.

"야, 화 많이 났냐?"

저걸 달래려면 큰일났다라는 생각에 인이 은평의 반응을 떠보듯 조심조심 물었다. 하지만 은평의 입에서 나온 말은 뜻밖에도…….

"응? 아니. 화 안 났어. 인, 그것보다도 말야. 그런 일이 있었는데도 오늘 비무대회하는 건 중지하거나 하진 않는 거야?"

"아… 글쎄. 표면상으로는 아무 일도 없는 거니… 하지 않을까?"

인은 대답을 해주면서도 갑자기 히죽 웃는 은평의 표정에 스멀스멀 엄습해 오는 불안함을 느꼈다. 뭔가 안 좋은 예감이 든달까.

"잘됐다."

'뭐가?' 라고 묻고 싶었지만 차마 묻진 못하고 싱글싱글 웃는 은평의 표정을 바라볼 수밖엔 없었다.

"인, 같이 안 갈래?"

역시나 하는 심정이었지만 인은 애써 못 들은 체했다.

"어? 뭘?"

"나가고 싶은데… 같.이. 갈. 거.지?"

한 자 한 자 똑똑 끊어서 정확히 발음하는 은평을 보며 인은 불안하던 예감이 적중했음을 느끼고 땅이 꺼져라 한숨을 내쉬었다. 그래, 어차피 은평을 만난 이후로 자신에게 평온이란 없었다.

사람들의 시선을 확 잡아끄는 아름다운 소녀와 떠돌이 무사의 행색인 청년은 넓은 대로변을 걷고 있었다. 다름 아닌, 청룡 몰래 밖으로 빠져나온 은평과 은평에게 도살장에 끌려가는 소마냥 질질 끌려나온 인이었다.

"아아… 이 사실을 청룡에게 들키면… 난 바로 척살당할 거야."

"에이, 괜찮아. 내가 책임진다니까."

불안해하는 인의 등을 팡팡 내리치며 은평이 자신만만하게 말했다. 은평은 어떨지 몰라도 인은 가끔 보여주는 청룡의 진면목을 볼 때마다 그가 지닌 힘의 일부분을 느끼고 전율한 적이 여러 번 있었다. 그와 진정으로 겨룬다면 자신은 그의 백 초 지적조차 되지 않을 것이라 느끼고 있을 정도였으니까.

"게다가 아침부터 청룡이랑 백호랑 둘 다 어딜 갔는지 보이지도 않았잖아. 알 리 없어. 괜찮아."

은평은 아침부터 청룡과 백호가 둘 다 갑자기 보이지 않던 사실을 들먹이며 인을 안심시키려 했다.

"괜찮지 않아. 갑자기 돌아오면 어쩌라고."

"뭐야, 늙은이 주제에 뭘 그렇게 소심해?"

"내가 뭐가 소심하다고 그래! 그리고 늙은 거랑 소심한 거랑 무슨 상관이야?"

늙은이라는 말에 발끈한 인이 바락 소리를 내질렀다. 그에게 있어서 '늙었다'라는 말은 최대의 역린이었다. 더군다나 은평을 만난 직후부터는 말이다.

"당연히 상관있지! 늙었으면 늙은이답게 좀 대범해져 봐!"

"내 어디가 늙었냐! 이렇게 젊은 늙은이 봤어!"

"그럼 이백 살 넘게 먹은 게 늙은 거지 그럼 늙은 게 아니야? 네가 늙은 게 아니면 대체 누가 늙은 거냐고! 이 늙은이야!"

"자꾸 늙은이, 늙은이 할래!"

세상 사람들의 눈으로 보기엔 한창때(?)인 청년과 아직 어린 소녀가 '늙은'이란 단어를 연발하며 말다툼을 하는 게 길을 지나다니는 행인들의 눈에는 어이없어 보일 따름이었다. 그리고 길 한복판에서 싸우다 보면 사람들의 시선이 쏠리는 것은 당연지사. 인은 사람들의 시선을 알아채고 하는 수 없이 싸움을 멈추고 말꼬리를 다른 곳으로 돌렸다.

"그런데 갑자기 무슨 바람이 분 거야? 그걸 조사해 보고 싶다니."

그 물음에 은평은 히죽 웃기만 할 뿐 별다른 답이 없었다. 궁금한 마음에 그는 대답을 재촉했다.

"뭐냐니까?"

"별거 아냐. 그냥 김전일놀이(?)가 하고 싶어져서."

"…응? 그게 뭔데?"

은평의 입에서 흘러나온 생소한 단어에 인은 호기심이 동했다.

"뭐라고 해야 하나. 그냥 사람들 모아놓고 '범인은 이 중에 있습니다'라고 외치는 놀이랄까? 재밌을 거 같지 않아?"

"…전혀."

인은 어이없다는 얼굴로 주저없이 고개를 돌리고 발걸음을 재촉했다. 어서 이 금황성 뒷골목을 벗어나 대로변으로 가고 싶었다.

"에이, 같이 가! 혼자만 가는 법이 어딨어."

은평 역시 발놀림을 빨리해 앞서 가는 인을 좇았다.

"청룡이 아침부터 없어진 건 좋은데 백호까지 안 보이니 조금 서운하네. 뭐, 덕분에 이렇게 나와도 잔소리할 사람은 없지만."

"해가 서쪽에서 뜨겠구나. 백호가 없어서 서운하다는 소릴 다 하고."

"원래 있던 게 없어지면 서운한 법이야. 게다가 백호가 얼마나 편리한데. 놀려먹는 재미도 쏠쏠하고."

은평은 백호가 들었으면 통탄했을 이야기를 아무렇지도 않게 늘어놓았다. 인은 잠시 가슴속으로 백호에게 깊은 애도를 보냈다.

맹 내는 어수선함으로 가득했다. 겉으로야 맹의 수뇌부가 입을 꾹다물고 있으니 대놓고 떠들어대진 못하더라도 쉬쉬하며 속으로 말을섞고 있었고 사람들은 모두 비무보다는 지금 현 상황에 대해서 떠들어대고 있을 뿐이었다. 비무에 열중하는 사람들은 비무의 심판을 맡고있는 교언명과 그 비무의 당사자들 정도였다.

"모두 그 이야기뿐이네."

사람이 없는 외진 구석에서 인이 투덜거렸다. 자신의 얼굴이 알려지는 바람에 맹 내에서는 큰길로 다니지도 못할 지경이 되었다. 끝까지자신의 정체를 물고 늘어진 헌원가진에게 없던 원망이 생기려 했다.새삼스레 이제 와서 누구를 탓할까만은.

"그나저나 정말로 가보려고? 장소를 잘 알지도 못하잖아, 어딘지."

그랬다. 은평이 지금 가보려고 하는 곳은 비무가 펼쳐지고 있는 비무장도 아니요, 다른 누군가를 찾아가려는 것도 아닌 오직 그 사람이죽었다는 현장으로 가려는 것이었다.

"찾을 수 있을 것도 같아."

"…무슨 재주로?"

은평은 대답 대신 냄새를 맡듯이 코를 킁킁거렸다.

"니가 무슨 개새끼냐? 냄새로 찾게?"

인은 '어이가 두 뺨을 내리치네'라고 써 붙인 듯한 표정으로 혀를 찼다. 그렇다고 해서 은평의 행동을 저지시키는 것은 아니었지만.

"가만히 좀 있어봐. 가뜩이나 냄새가 엷어져서 잘 안 맡아진단 말야."

"네네, 마음대로 하세요."

앞서 가는 은평의 뒤를 쭐레쭐레 따라가며 인은 기지개를 켰다.

"찾았다."

"…어떻게 찾냐? 코를 갑자기 개코로 바꿔 달기라도 했어?"

인이 뭐라고 하거나 말거나 은평은 자신이 찾은 방향을 향해 바삐 걸음을 옮겼다. 코끝에 잡히는 혈향과 바람의 방향으로 미루어볼 때 저 방향이 틀림없으리라. 시간이 오래 지난 탓인지 혈향은 희미해져 있었지만 말이다.

"저 구획만 돌아가면 나올 거야."

긴가민가하고 있던 인은 은평이 확신에 찬 어조로 말하자 껄렁껄렁 하던 태도를 바꾸었다.

"이곳 같아."

과연 그런 일이 벌어졌었나 싶게 말끔히 정리된 회랑과 회랑 옆에 자리한 자그마한 정원을 보며 인은 눈살을 찌푸렸다. 대충 시체가 있던 자리라던가 핏자국은 없앤 듯하지만 나뭇잎 사이에 희미하게 말라붙어 있는 핏방울은 미처 지우지 못했는지 흔적이 남아 있었다. 안력을 돋우어 보니 더 확실했다. 갈색으로 말라붙은 자국. 어디선가 희미하게 혈향이 풍겨오는 듯 비린내가 나는 착각이 일었다.

"여기가… 맞는 건 같군."

주변 정경을 둘러보며 인은 한숨을 내쉬었다. 그 핏자국 외엔 발견한 것이 없었지만 어쩐지 기분 나쁜 공기가 이 주변에만 가득 찬 느낌이었다.

'어라… 누군가가……'

인은 그 와중에 부근에 두 개의 기척이 감지되는 걸 느끼고 기척들이 다가오는 방향으로 몸을 돌렸다.

"어머나, 선객이 계셨군요."

옥구슬이 굴러가는 듯 고운 목소리가 먼저 울려 퍼지고 두 인영이 나타났다. 한쪽은 둘도 없는 절세의 미남자, 다른 한쪽은 아름답기 이를 데 없는 미녀. 겉으로 본다면 더없는 미남미녀였지만 은평의 의견(?)은 또 다른 듯했다.

"변태 남매!"

그랬다. 그 둘은 바로 잔월비선과 잔혹미영이었던 것이다.

"어라… 우연이군?"

잔월비선이 은평을 보더니 피식 웃음을 지었다. 은평이 자신들에 대해 뭐라 하거나 말거나 신경조차 쓰지 않는 듯 그는 관심을 인 쪽으로 돌렸다.

"…뵙기 드문 분이 선객으로 와 계셨던 것 같소?"

비꼬는 것인지 정말로 감탄하는 것인지 알기 모호한 말투였다. 어조는 은근한 비꼼이었고 말이다. 그 말투를 듣고 있던 인은 화가 난다기보단.

'저런 식으로 하고 다니다간 야밤에 등 뒤로 칼침 맞기 딱 좋지.'

라는 생각이 더 들었다.

"당신네들이 여긴 왜 온 거예요?"

"…왜 오긴, 우리도 조사차 왔지. 나름대로 힘들다구. 이쪽도."

어깨를 으쓱해 보인 그(?)는 자신의 동생에게 눈짓했다. 잔혹미영은 품 안에서 무언가를 꺼내어 들었다.

"뭔가 그건?"

특이하게 생긴 무기에 대한 관심을 보인 건 바로 인이었다. 잔혹미영의 품 안에서 끄집어내진 무기는 두꺼운 천잠사로 되어 있어 마치 추를 연상케 했다.

"꽤 훌륭한 무기로군. 게다가 가느다란 천잠사를 가닥가닥 꼬아서 두껍게 만든 건가? 게다가 끝에 달린 저 추는……."

살아온 연륜(?)만큼 인의 무기를 알아보는 눈썰미는 빼어났다. 자신의 무기에 대해 알아봐 주니 기분이 좋았는지 잔혹미영이 빙그레 요염한(?) 눈웃음을 지었다.

"주변 기운이 더럽게 안 좋군. 한 구획 차이인데 이리도 차이가 날까?"

잔월비선은 주위를 둘러보며 한마디 내뱉었다. 그 역시 주변의 기운이 무척이나 안 좋게 느껴지던 참이었다. 피부에 끈적끈적 달라붙는 느낌에 소름이 돋을 정도다.

"…원념(怨念)이야……."

낮은 목소리가 마치 은평의 것이라고는 생각할 수 없어 목소리를 듣고도 모두는 자신의 귀를 의심해야 했다.

"지금 뭐라고 했냐?"

인의 질문에 대한 대답인지, 아니면 혼잣말인지 알 수가 없었다.

"망자의 원념……."

셋은 모두 어쩐지 평소의 은평과 다른 것 같다는 생각을 했다. 그리고 인은 문득 주변의 기운이 좋지 않았다는 사실이 혹 은평에게 어떤 영향을 끼쳤을지도 모른다는 것을 깨달았다.

'설마…….'

설마 하는 생각에 은평의 팔을 붙잡는 순간, 인은 오싹 소름이 돋았다. 은평의 눈동자는 초점을 잃고 있었다. 그리고 인의 눈앞에도 환각마냥 이상한 무언가가 비쳤다.

38
범 인

범인

　'괴인이 흰 소매를 휘둘렀다. 소매 끝에서 튀어나온 흰 가닥이 남자의 몸에 휘감기고 남자는 고통스런 비명을 내질렀다. 피가 사방으로 솟구치고, 남자는 사지가 절단된 채로 땅바닥을 데굴데굴 굴러……'

　"뭐, 뭐야, 이건!!"
　인은 눈을 질끈 감으며 황급히 붙잡았던 은평의 팔을 놓고 몇 발자국 떨어졌다. 은평의 팔을 놓는 순간, 눈앞의 환각은 흔적도 없이 사라져 있었다.
　"무슨 일이죠?"
　잔혹미영이 걱정스럽게 인의 상태를 떠보지만 인은 방금 본 환각이 뇌리에서 지워지질 않았다. 잔뜩 굳은 표정으로 은평을 돌아보니 은평은 여전히 넋이 빠진 듯한 표정으로 허공을 응시하고 있었다. 다만 이상하리만치 창백한 안색이었다.

대체 자신이 본 장면은 무엇이었을까. 설마 하니… 간밤에 벌어졌던 살인 장면이라도 된단 말인가.

그때, 잔혹미영이 잔월비선을 향해 소리쳤다.

"오라버니!! 저걸 좀 봐요."

잔혹미영이 가리킨 것은 눈가에서 새빨간 핏방울을 흘리고 있는 은평이었다. 잔월비선은 기겁을 하고 은평에게로 다가갔다. 마치 피눈물을 흩뿌리는 것마냥 붉은 피가 눈물처럼 흘러내리는 광경을 뭐라 형용해야 할까.

"은평아!"

인 역시 황급히 은평에게 달려갔다. 얼굴을 붙잡고 정신 차리라고 볼을 내리쳐도 초점이 풀린 은평의 동공은 원상태로 돌아오지 않았다.

"어이, 정신 좀 차려!!"

거의 동시였을 것이다. 인이 목소리를 높인 것과 은평의 신형이 갑자기 아래로 푹 꺼지듯 쓰러진 것은.

"은평아!!"

"괜찮은가?"

"괜찮습니까?"

은평 주변으로 몰려든 세 사람은 어찌할 바를 모르고 쩔쩔맸다. 갑자기 픽 쓰러진 원인조차 알 수가 없었다.

"정신 좀 차려봐. 얘가 갑자기 왜 이래?"

인은 일단 은평의 몸을 바닥에 뉘었다. 혹시나 싶어 은평의 감은 눈꺼풀을 뒤집어보려는데 갑작스레 은평의 눈이 번쩍 뜨였다.

"정신이 좀 들어? 갑자기 쓰러져서 깜짝 놀랐잖아."

놀라기는 인이나 잔월비선, 잔혹미영 모두 매한가지였다. 갑자기 피눈물을 흘리질 않나, 픽 쓰러지질 않나, 게다가 쓰러진 줄 알고 걱정하는데 번쩍 눈을 뜨질 않나. 안 놀라는 쪽이 오히려 이상할 지경이다.

"괜찮냐?"

인은 은평의 상태를 조심스럽게 살폈다. 멍했던 눈도 본래의 빛을 되찾고 있고 창백했던 얼굴도 혈색이 돌아와 있었다. 눈가에서 말라가고 있는 핏자국만 아니라면 별다를 바 없다 봐도 무방할 것이다.

은평은 손으로 자신의 입을 가리고 주저앉았던 몸을 벌떡 일으켰다. 하지만 몇 발자국 못 가서 다시 자리에 쭈그리고 앉았다.

"왜 그래? 어디가 안 좋은 거야?"

"웩― 우웩― 콜록, 콜록……."

토기가 치미는지 은평은 뱃속에 든 것을 게워냈다. 하지만 아침으로 먹은 것이 없어 토사물 대신 나온 것은 누런 위액뿐이다.

"어디가 안 좋은 건가요?"

잔혹미영은 고운 아미를 살짝 찡그린 채 은평의 곁으로 다가섰다.

"…다가오지 마……!"

자신의 곁으로 누군가가 다가오는 것이 싫었는지 다가오지 말라고 쥐어짜듯 말하는 것과 동시에 은평은 비틀비틀 몸을 일으켰다.

"야, 갑자기 왜 이러는 건데?"

인은 걱정이 되는지 다가오지 말라는 은평의 말을 무시하고 지척까지 다가가 팔을 붙잡았다.

"원인을 알아야지. 몸이 안 좋아?"

그는 어디가 아픈가 하고 조심스레 물어보며 소맷자락 끝으로 은평의 눈가의 핏자국을 꾹꾹 눌러 닦아주었다. 한데, 갑자기 은평이 손을 입가에 대고 몸을 쭈그려 주저앉았다.

"또 왜 그래? 또 토할 것 같아?"

"인……."

"어어? 왜?"

인의 대답에 은평은 자신의 앞에 같이 쭈그리고 앉은 인의 팔을 덥썩 붙잡았다. 그러더니 갑자기 눈물을 주르륵 흘렸다.

"야, 너 우냐? 왜, 왜 우는 거야, 너?"

'은평이 운다'라는 스스로의 눈으로 보고서도 믿을 수 없는 이 사태에 놀란 그는 무척이나 놀란 듯 말을 더듬었다. 잔월비선과 잔혹미영은 이 이해할 수 없는 사태에 서로 얼굴을 마주 보고 시선을 주고받으며 어떻게 된 일인지를 따져 볼 따름이었다.

"사람도 아니야… 세상에… 어떻게 사람을……."

"그게 무슨 소리야?"

"…용서 못해… 개자식……."

중얼대는 소리가 점점 작아진다 싶더니 이내 은평은 눈을 감고 정신을 놓아버렸다. 얼떨결에 쓰러지려는 은평의 상체를 부축한 인은 이 난감한 사태에 할 말을 잃고 망연자실 서 있을 따름이었다.

인은 업어온 은평을 조심스레 침상 위에 눕히며 한숨을 내쉬었다. 은평이 쓰러진 이후에 어찌나 난감했던지… 방금도 은평을 업고 몰래 거처로 돌아온 참이었다. 슬쩍 주변을 살피기엔 청룡이나 백호가 아침에 없어진 이후로 아직 돌아오지 않은 듯해 그나마 다행이었다.

'다행이군. 청룡 그 녀석이 알면 얼마나 더 잔소리를 해댈지.'

땀을 흘린다는 것 자체를 잊고 산 지 몇십 년이나 흘렀지만 왠지 이마 위로 식은땀이 흘러내리는 듯한 느낌이 들어 소맷자락으로 이마를 쓱쓱 훔쳤다.

"…이제야 왔냐?"

조용조용한 말투였지만 어쩐지 한기와 노기가 잔뜩 서려 있는 말투가 자신의 지척에서 들리자 인은 주춤거리며 하던 행동을 멈추었다. 갑자기 들려온 목소리에 놀라기도 놀랐고 상대가 가까이 다가오도록 몰랐다는 것도 그렇지만, 어쩐지 지금 등 뒤를 바라보면 신상에 이롭지 않다는 생각이 제일 먼저 들었다.

"아하하하… 으응……."

웃음으로 무마해 보려던 인은 뒤에서 풍기는 기운이 심상찮음을 느끼고 천천히 몸을 틀었다. 만면에는 변명조의 웃음을 가득 띠고서 말이다.

크르르릉…….

난데없이 들려오는 으르렁 소리에 아래를 내려다보니 백호가 자신을 노려보며 이를 드러낸 채 으르렁대고 있었다. 청룡의 눈에는 형형한 빛이 잔뜩 실려 있어 이대로 순순히 넘어가진 않을 듯했다.

"어, 언제 왔냐?"

"아까 전에. 그런데 말야……."

청룡이 팔짱을 낀 채, 상당히 마주 보고 있기 힘든 눈빛으로 인을 째려보며 한 마디 한 마디 똑똑 끊어 내뱉었다.

"어? 왜……."

"내가 은평을 밖으로 나가게 하지 말라고 신신당부까지 하지 않았던가……?"

"아니… 저기 그게 말이지."

뭐라고 해야 청룡의 화가 누그러질까에 대해 염두를 굴리며 인은 필사적으로 변명거리를 찾으려 애썼다. 하나 그런 노력이 무색하게도 청룡은 인의 말을 반으로 뚝 잘라 버렸다.

"변명은 됐어. 설명이나 해봐, 어떻게 된 건지."

서릿발 같은 청룡의 분위기에 눌린 그가 더듬더듬 입을 열려 할 때였다.

"…애꿎은 사람 붙잡고 닦달할 필요 없어. 인은 잘못한 거 없으니까."

분명 은평의 목소리는 맞지만 청룡 못지않게 착 가라앉은 것에 어쩐지 은평답지 않게 느껴졌다. 청룡과 백호, 인의 시선이 침상 위로 쏠렸다. 침상 위에는 은평이 상체를 반쯤 일으킨 채 눈살을 찌푸리고 있는 것이 보였다.

"내가 분명히 말했잖아. 나돌아다니지 말라고."

청룡은 단단히 화가 난 듯했다. 겨우 반나절 자리를 비웠다고 그렇게 쏙 빠져나가다니, 은평이 잘못되면 어쩌나 안달난 자신만이 바보스럽게 생각됐다.

"내가 한두 살 먹은 애야? 아니면 네가 내 보호자라도 돼? 어째서 내 행동까지 제약하는 거야? 아아, 관둬. 지금 너하고 이런 이야기 하고 있을 시간 같은 거 없으니까."

은평은 침상에서 훌쩍 뛰어내려 와 문 쪽으로 다가서려 했다. 하지만 청룡은 은평이 가려는 곳 앞을 가로막고 서서 비켜주지 않았다.

"…비켜."

은평의 눈은 평소와 달랐다. 하지만 그 역시 흥분한 상태라 그것을 미처 발견하지 못했고 청룡은 평소라면 못 이긴 척 물러서 줬겠지만 오늘만은 어림없다는 태도를 고수하고 있었다.

"어딜 가려고?"

"너랑 실랑이 벌이고 있을 틈이 없다구! 비키란 말 안 들려?"

"네가 나가서 뭘 어쩌겠다는 건데. 제발 얌전히 좀 처박혀 있으라잖아!!"

청룡의 고함이 방 안을 쩌렁쩌렁하게 울렸다. 그리 크지 않았지만 청룡이 자신도 모르게 목소리에 힘을 실어낸 탓인지 방 안을 둘러싸고 있는 집기들이 지진을 만난 것마냥 흔들거릴 정도였다.

"다녀와서 이야기하자구. 난 지금 당장이라도 달려가서 그 자식의 면상을 한 대 후려갈겨 주지 않으면 못 견딜 것 같단 말야!"

"가긴 어딜 간다고 그래? 절. 대. 안. 돼."

두 사람은 서로를 노려본 채 꼼짝도 하지 않았다. 난데없는 둘의 다툼에 인과 백호는 불안한 기색이었지만 어느 한쪽의 편을 들 수도, 그렇다고 끼어들기엔 둘을 둘러싸고 있는 분위기가 너무 위압적이어서 이렇다 할 엄두를 내지 못하고 있었다.

"내가 내 맘대로 돌아다니는 것까지 네 허락 받고 싶은 생각 없어!"

은평은 자신의 앞을 가로막은 청룡의 몸을 밀치고 앞으로 내달리려 했다. 하지만 가만히 보고만 있을 청룡이 아니었다. 그는 빠져나가려던 은평의 왼팔을 붙잡아 거칠게 끌어당겼다.

"놔!! 이거 못 놔!"

"가긴 어딜 가겠다고 그래!"

거칠게 몸부림치는 은평을 제압하기 위해 청룡은 잡고 있던 은평의 팔로 전격의 기운을 조금 흘려보냈다.

"아파……! 놓으라구!!"

짝―!

은평의 고함과 타격음이 동시에 울렸다. 은평도 굳고, 청룡도 굳고, 보고 있던 백호와 인마저도 굳어버렸다. 은평은 아직도 얼얼한 자신의 오른쪽 손바닥을 바라보며 망연자실해 있었다. 청룡은 벌써 붉게 달아오르고 있는 뺨에 손을 가져다 댄 채 굳어 있었다. 청룡은 은평이 자신의 뺨을 때렸다는 사실이 믿어지지 않았고, 은평 역시 자신이 청룡의 뺨을 후려갈겼다는 것이 믿어지지 않았다.

[은평님!! 청룡님은 은평님이 걱정됐을 뿐이라구요……!!]

가장 먼저 정신을 차린 백호가 기겁을 하며 둘 사이에 끼어들었다. 더 이상은 보고 있을 수가 없었던 것일까.

"은평아, 네가 심했어. 어서 사과해. 청룡은 정말로 네가 걱정돼서……."

인은 은평의 어깨에 손을 올려놓으며 다독였다. 은평은 얼얼하고 후끈한 느낌이 고스란히 전해져 오는 손바닥을 내려다보다가 입술을 깨물었다. 주저주저하다가 은평이 무언가를 말하기 위해 입을 열었다.

"저기 청룡… 내가……."

"…됐어. 내가 바보스러웠어. 앞으로 네게, 네가 하는 일에, 네 모든 것에 상관하지 않을게."

어느새 청룡의 한 쪽 뺨은 눈에 띄게 부어올라 있었다. 청룡은 부어오르고 있는 뺨을 한 채 입꼬리를 비틀어 억지로 웃어 보였다. 소매 사이로 가려져 눈에 띄지는 않았지만 그의 손끝은 부들부들 떨리고 있었다.

[청룡님!!]

백호가 비명에 가까운 소리를 냈다. 은평 역시 놀란 얼굴로 눈을 치켜뜬 채 청룡을 바라보았다.

"…뭐라고……?"

"못 알아들었어? 다시 한 번 말해 줄까? 다시는 너 따위에게 신경 쓰지도 상관하지도 않는다고 했어!! 이게 네가 원하던 바 아냐? 나도 이젠 지긋지긋해. 너같이 제멋대로인 애 뒤좇아 다니며 뒤치다꺼리하고 신경 쓰는 거 누구는 하고 싶어서 하는 줄 알아? 내가 미쳤지… 나도 이제 몰라. 너 같은 게 어떻게 되든 난 이제 모른……."

[청룡님!! 말씀이 지나치십니다!!]

듣다 못한 백호가 청룡의 말을 가로막고 나왔다.

"은평아, 신경 쓰지 마. 지금 청룡도 마구 화가 나서……."

청룡에겐 백호가 은평에겐 인이 달라붙어서 둘의 감정을 진정시키기 위해 애썼다.

"그래… 이제야 본심을 드러냈네. 언제쯤 드러날까 했어, 그 속마음……."

좀 전까지 격렬하게 다투고 있었다는 게 거짓말 같은 차분한 목소리로 은평이 생긋 웃었다.

"나 역시 너 따위한테 간섭받고 싶지 않고, 신경 쓰고 싶지도 않아! 누가 언제는 신경 써달랬어!"

은평은 그 말을 끝으로 몸을 돌려 문밖으로 뛰쳐나갔다.

"은평아!! 은평아!!"

인은 청룡 쪽을 한번 보았다가 잠시 갈팡질팡하는 눈치더니 차마 따라 나가진 못하고 청룡 옆에 남았다. 인이 남자 백호는 은평을 좇기 위해 재빨리 문밖으로 사라져 버렸다. 은평이 나가 버린 쪽을 노려보던 청룡은 피식 웃으며 자조 섞인 웃음소리를 흘렸다.

"후후……."

"너 너무 심했어."

인의 목소리에는 자연스레 책망이 섞여 나왔다. 무조건 청룡 탓만 할 수는 없겠지만 말이다.

"…내가 뭘?"

그는 바닥에 철푸덕 주저앉은 채 한숨을 쉬었다. 허공을 응시한 채 한껏 찌푸린 얼굴에서는 약간의 자괴감이 엿보였다.

"은평에게 솔직히 말하는 것이 낫지 않아?"

"백호에게도 차마 다 털어놓지 못하는데… 그걸 은평에게 전부 털어놓으라고?"

"그래도 뭔가를 알면 은평도 납득하지 않을까. 네가 이렇게까지 하는 이유……."

다 틀렸다는 듯이 청룡은 고개를 설레설레 내저었다. 그런 식으로 해서 납득할 애 같았으면 이야기해도 진작에 이야기했다. 도통 진중함 이라고는 모르는 애한테 덥석 사실을 밝혔다가 나중에 감당하지 못할 만큼 길길이 날뛰면 그것보다 더 골치 아픈 일은 없을 터였다.

"어찌 됐든 은평이 다시 돌아오면 사과해. 어찌 됐거나 말이 너무 심했다구."

한참을 달리고 보니 사람들로 넘쳐 나는 대로변이었다. 대로변임을 깨닫고 멍하니 멈춰 서 있던 은평은 여기저기 지나다니는 사람들에게 몇 차례 치이고 나서야 겨우 정신을 차렸다.

[헥헥, 은평님!! 웬 걸음이 그리 빠르십니까?]

혀를 길게 내뺀 채 뒤좇아온 백호가 은평의 발치께를 빙글빙글 맴돌았다. 은평은 버릇처럼 백호를 품에 안아 든 채 푹신한 털에 얼굴을 묻었다.

"아까 말야… 인과 밖에 나가서… 어떤 곳에 갔었어."

은평은 천천히 말하며 사람이 없는 곳을 찾아 발걸음을 떼어놓았다.

[어떤 곳에 가셨길래요?]

은평의 기분이 상하지 않도록 백호가 조심스럽게 응수했다.

"어떤 사람이 죽은 장소."

[예? 그런 곳엔 왜 가셨단 말입니까?]

"그곳에 가니까 말야, 무지 기분이 나쁘더라구. 바로 근처까지만 해도 상관없었는데 그 장소에 들어서니까 그 주변에 고인 기가 사람들이 많이 모인 장소에서 뿜어져 나오는 기보다도 더욱 기분이 나빴어. 꼭 늪에 빠진 것마냥 주변이 온통 끈적끈적하게 변해서 날 끌어들이려고 하는 느낌이었다구."

여기에서 백호는 한 가지 사실을 미루어 짐작할 수 있었다. 사람이 죽었다 하더라도 자연스럽게 죽었다면 그런 식으로 주변의 기운이 변질될 리 없었다. 분명히 어떠한 사연을 가지고 참혹하게 죽었으리란 데 생각이 자연스레 미쳤다.

"그러더니 갑자기 주변이 어두컴컴하게 변하더라? 그러더니… 내 귓가에 쇠로 긁어내는 듯한 목소리가 들려왔어. '살려줘, 죽고 싶지 않아'라고. 게다가 눈앞에 뭔가가 환각처럼 스쳐 지나가는 거야. 마치 영화를 보고 있는 것 같은 느낌이었어."

어떠한 장소에서 그곳에 고인 원기의 영향을 받는 경우는 종종 있는 일이었다. 백호는 은평이 주변의 원기에 휩쓸린 것이라 판단했다.

[신경 쓰실 것 없습니다. 주변의 기에 휩쓸려 그 기에 실린 기운에 침범당하는 일은 종종 있는 일입니다.]

"그런데 말야. 거기서 죽은 사람의 원념이 나한테 말을 걸었어. 살려달라고, 죽고 싶지 않다고 말야. 게다가 망자가 죽기 전에 느꼈던 공포라던가 느낌 같은 게 너무 생생하게 전해지더라구… 마치 내가 직접 겪는 일인 양……. 잠시 그러더니 구토가 치밀고… 그리고 나서야 겨우 정신을 차렸는데 나도 모르게 눈물이 흐르는 거야. 정신도 갑자기 흐릿해지고."

[그래서 인이 은평님을 업고서 돌아왔던 거로군요.]

"응, 아마 그랬을 거야. 그런데 정신 차려서 일어나 보니 청룡 녀석이 인을 추궁하고 있잖아. 인은 아무런 잘못도 없는데 말야. 게다가 날 몰아붙이기까지 하고……. 때린 건 본심이 아니었는데. 그래서 사과하려고 했는데… 이젠 나 따위 신경 쓰지 않겠대잖아……."

품의 백호를 껴안은 손에 점점 힘이 들어갔다. 백호는 앞발을 들어 자신의 털에 얼굴을 파묻은 은평의 머리를 툭툭 쓰다듬어 주었다.

[괜찮습니다. 은평님이 가서 먼저 사과하시면 청룡님도 언제 그랬냐는 듯이 다시 원래대로 돌아오실 겁니다. 그리고 설사 청룡님이 정말로 은평님께 그러신다 해도 은평님 옆에는 제가 있지 않습니까.]

백호의 말에 은평은 희미한 웃음을 지었다. 가장 친근하고 가장 가까운 상대, 백호는 언제나 자신의 품 안에서, 자신의 곁에서 자신을 바라봐 주고 있었다.

"응, 그래. 내 옆에는 네가 있으니까."

기운을 차려야겠지— 라는 말을 굳이 입에 담지는 않았지만 은평의 어조는 아까보다는 훨씬 더 활기 찼다. 좀 전까지만 해도 우울해하던 어조였던 것과는 정반대로 말이다.

"…해야 할 일이 있어."

[무슨 일입니까?]

"난 말야, 그 죽은 사람을 죽인 사람의 얼굴을 봤어. 그 사람을 알아. 찾아가서 만인에게 그놈의 흉악범죄를 알려야 직성이 풀릴 것 같다구. 역시 세상 오래 살고 볼 일이라더니, 양의 탈을 쓰고서는…….."

재잘재잘대는 모습은 영락없이 평소의 은평이었다. 백호는 적잖이 안심했지만 은평이 하는 말의 내용이 심상찮았다.

[흉악범죄… 라니요?]

"썩을 놈, 내가 살던 세상이었으면 그 딴 놈은 당장에 잡혀가서 교살형이라구."

은평이 다시 힘을 찾은 건 좋은데 너무 힘을 불어넣어 놨나라는 생각이 백호의 머리를 스쳤지만 이미 뒤늦은 후회였다.

*　　　*　　　*

금릉 한구석에 위치한 조용한 다점.

"일을 벌여놓으셨더구려. 하지만 그 작자는 이 정도로 호락호락한 작자가 아니외다."

황보영이 앉은 자리의 탁자 맞은편 의자에 비스듬히 걸터앉은 막리가는 쓴웃음을 머금고 있었다. 능구렁이 노인네인 줄 알았더니 고작 생각한 짓이 이것이었던가— 라는 비웃음이 섞인 쓴웃음이었다.

"이걸 호기로 삼아 배교의 교주가 오히려 대놓고 나오면 어쩌시겠소? 우리 목표는 배교와 중원의……."

손을 들어 올려 막리가의 말을 막은 황보영은 자신의 긴 수염을 쓰다듬었다.

　"그럴 일은 없을 테니 안심하시게. 내 그자를 자네만큼 오래 겪지는 않았네만 오히려 지금 분해서 발을 동동 구르고 있을 게야. 이번 일로 마교의 교주가 오히려 위기감을 느끼고 깊숙이 몸을 낮추면 그자는 그 '복수'란 것을 하지 못하게 되거든."

　황보영은 자신이 예측했던 바가 한 번도 빗나간 적이 없음을 일종의 자부심마냥 여기고 있는 자였다. 그런 황보영을 보는 막리가는 속으로는 비웃음을 흘렸다. 똑똑한 줄 여겼더니 자신이 상대하고 있는 자가 개 새끼인지 범 새끼인지도 구분하지 못하는 노망한 노인네였을 줄이야.

　'그리 만만한 자였다면 내 이미 그자의 피를 내 손에 묻혔을 게요. 두고 보시구려.'

　어차피 저자가 어찌 되든 자신에겐 아무런 상관이 없었다. 자신은 그저 자신이 나고 자란 새외의 패자가 되고 싶을 뿐이었다.

　"그자에겐 천하를 무릎 꿇리겠다는 야망은 없네. 그저 복수에 미쳐 있을 뿐이지……. 아무리 날고 긴다 하는 놈이라도 아직 애송이에 불과해."

　황보영은 두고 보라는 듯 확신에 찬 어조로 말했다.

　'복수에 미쳐 있다는 건 사실이지만 그건 어디까지나 그의 어머니에 해당되는 말이고, 그는 그 어머니의 장기말에 불과하다오.'

　동상이몽이라 했던가. 한 인물에 대한 평가는 막리가와 황보영 사이에서 극명하게 갈렸다.

　"큰일났습니다!!"

황보영은 다점의 한쪽에서 들려온 목소리에 눈살을 찌푸렸다. 목소리는 점점 더 가까워져 마침내 황보영의 근처까지 다가오고 있었다. 다점 안에 사람들은 그리 많지 않았지만 사람들의 시선이 모두 황보영에게로 쏠리는 것은 당연지사였다.

"큰일났습니다!"

눈앞에서 큰일났다고 외치는 남루한 행색의 사내는 황보영이 기억하기로는 자신이 한 번도 만나본 적이 없는 자였다. 대갓집에서 부리는 종복인 듯 이마에 두른 두건에 무어라 문장이 새겨져 있었다.

막리가는 흥미로운 눈으로 남루한 행색의 사내를 바라보았다. 유심히 살펴보니 동공이 살짝 풀린 것이 누군가가 이자에게 미혼술을 걸어 조종하고 있다라는 의심이 들었다.

"대체 누구길래 날 찾아와 큰일이 났다고 하는 겐가?"

"저희 공자님께서 큰일이 나셨습니다."

그제야 황보영은 눈앞의 이 사내를 누가 보낸 것인지 짐작이 갔다. 눈이 살짝 풀려 있으나 겉으로 보기엔 전혀 이상이 없는 것이 미혼술을 쓴 흔적임이 분명했다. 분명 자신의 제자가 보낸 자임에 틀림없었다. 자신이 미혼술을 전수한 것은 연학림 내에서도 단둘뿐이었으니까.

"그것 외에 따로 전하라는 말은 없던가?"

"발각되었다라고 전하시랍니다."

사내의 말에 황보영은 잠시 몸을 굳힐 정도로 당황했지만 그런 것을 얼굴에 드러낼 만큼 녹록치는 않았다. 막리가는 옆에서 사내의 말을 들으며 그럴 줄 알았다는 미소로 일관했다. 자신만만해하더니… 내심 고소함을 금치 못했다.

*   *   *

제갈묘진은 당황함을 감춘 채, 겉으로는 어디까지나 태연함을 가장해 아무렇지도 않은 모습으로 질문을 되돌렸다.

"도대체 무엇을 말이오?"

자신이 그랬다는 증거는 그 어디에도 없다. 증인이 있는 것도 아니요, 그렇다고 망자가 되살아나 자신이 그랬다라고 고변할 수 있는 것도 아니다. 저 계집애가 어찌 알아챘는지는 몰라도 설마 하니 지금의 이 상황을 벗어날 수 없겠는가라는 자신감이 제갈묘진에게 있었다.

"몰라서 물어요? 아니지. 너 같은 놈한테는 존댓말도 아까워!! 이 살인마!!"

"무슨 소리를 하는 것인지 도통 모르겠구려."

점점 몰려오기 시작한 사람들이 웅성댔다. 사람들 틈에 휩싸여 있던 제갈묘진에게 다가와 갑자기 삿대질을 하며 살인마라고 외친 소녀와 제갈묘진의 대립이 묘하게 재밌었다. 사실 사람들 중에는 새벽에 있었던 처참한 살인 사건을 모르는 이보단 아는 이가 더 많았다. 하지만 그 사건을 들은 그 누구도 그 사건의 범인을 제갈묘진과 연관 지어 생각해 보진 않았던 것이다. 사건을 아는 사람들은 저 소녀가 무슨 근거로 그 사건의 범인으로 제갈묘진을 지목하는지도 궁금해했고 모르는 사람들은 무슨 일인가 하는 호기심으로 이 대립을 지켜보고 있었다.

"살인마라니, 본인은 도무지 소저의 말을 이해할 수가 없소."

미혼술을 걸어 이것저것 알려지기 곤란한 잡일을 맡기고 있는 자에게 술법으로 명령을 내려 자신의 사부에게 알리도록 했는데 과연 사부가 어찌 대처할까 궁금했다. 제갈묘진은 눈앞의 은평을 아주 우습게 보고 있었다.

"…시치미 떼는 것 좀 봐. 뻔뻔한 것도 정도가 있는 거야!!"

"생사람을 잡으시는구려. 본인은 맹 내에서 사람이 죽었다는 사실조차 금시초문이라오."

점잖은 태도의 제갈묘진과 잔뜩 흥분해 있는 은평 중 누구의 말에 더 신뢰할 것인가. 이미 정해져 있는 답이었다.

"맹 내에서 사람이 죽었다 칩시다. 한데 그게 어째서 본공자의 짓이 되는 것이오? 증거라도 있소? 증거나 증인이라도 있느냔 말이오. 억울하구려."

안색 하나 변하지 않고 자신은 무고하다를 외치는 제갈묘진을 보며 은평이 이를 부드득 갈았다. 자신이 본 환각에서도 저자는 저런 얼굴을 하고 살려달라 외치는 사내의 팔을 베고 배를 갈랐다.

[은평님… 만만치 않은데요?]

품에 안겨 있던 백호 역시 기가 막힌 모양이었다. 은평으로부터 대충 어찌 된 일인지를 전해 들었음에도 불구하고 저렇게 시치미를 뚝 떼는 제갈묘진을 보니 정말 아닌가? 라는 생각이 들 정도였다.

[그런데… 은평님은 확증 같은 것이 없잖습니까. 그렇다고 은평님이 본 걸 봤다고 떳떳이 밝힐 수 있는 것도 아니구요. 역시 청룡님이나 인에게 먼저 말하는 편이 좋았을 것 같은데요?]

백호가 자신의 견해를 주저리주저리 꺼내놓고 있는 사이, 은평은 다시 한 번 제갈묘진을 향해서 앙칼지게 쏘아붙이고 있었다.

"아, 그러셔? 자기가 하지도 않은 일을 의심받은 사람치고는 굉장히 침착하네? 보통은 억울해서라도 아니라도 강하게 부정하지 않던가?"

"오히려 강하게 부정하는 게 더 수상해 보이지 않겠소? 어차피 본공자는 하늘을 우러러 한 점 부끄럼도 없거니와……"

"개소리하고 자빠졌네."

"자꾸 이리 본공자를 모독한다면 가만히 있지 않겠소. 소저의 지금 행동은 천무존의 힘을 믿고 날뛰는 걸로밖에는 보이지 않소. 그렇지 않고서야 어찌 무고한 사람에게 살인마라는 폭언을 퍼부을 수 있겠소?"

제갈묘진의 말에 주변에 모여든 사람들의 웅성거림이 커져 갔다. 은평이 천무존과 같이 다니거나 천무존에게 아무렇지도 않게 하대를 하는 것을 본 사람들은 많았다. 그렇기에 그녀와 천무존의 사이가 꽤나 친밀하다고 짐작하는 것이었고 말이다. 그리고 제갈묘진의 말대로 지금 은평의 행동은 천무존을 믿고 날뛰는 어린 계집애의 버릇없는 작태로밖에는 해석되지 않았다.

"…뭐라고!"

"본공자의 말이 틀렸소?"

은평은 분함에 이를 부득부득 갈았다. 잘 몰랐을 때야 그러려니 했지만 실체를 알고 나니 저 얼굴이 무척이나 얄미웠다. 은평의 현재 심정을 간단히 표현하자면 저 맨들맨들한 낯짝을 강판에 벅벅 갈아버리고 싶달까.

그때였다.

"자자, 그만들 두시오. 이러다간 끝이 없겠소."

처음으로 둘 사이에 사람 한 명이 끼어들었다. 건장한 체구의 거한으로 생김새는 우락부락했지만 눈빛만은 부드러웠다.

"어디선가 소문으로 지난밤에 맹 내에서 사람이 죽었다는 이야기는 나도 들었소. 그렇지만 소저의 주장은 믿을 수가 없구려. 증거나 증인이 있는 것도 아니고 말이오. 무조건 만학신귀 제갈묘진 공자를 살인마라 지칭하는 까닭이 무엇이오? 뭔가 확증이라도 있어서 그리하는 거라면 말씀해 주시구려. 그래야 모두가 소저의 말을 믿지 않겠소?"

거한의 말에 틀린 구석은 없었다. 주변 사람들이 고개를 끄덕끄덕할 정도로 말이다.

"증거? 증거는 없지만 내 눈으로 똑똑히 봤단 말예요!! 저자가 사람을 어떻게 죽였는지……!"

은평의 말이 떨어지자마자 사람들 사이로 수군거림이 번져 나갔다. 지금 저 말을 해석해 보자면 자신이 직접 보았다고 말하고 있지 않은가.

"소저가 보았단 말이오? 정말로?"

거한은 믿기지 않는다는 듯 몇 번이고 되물어왔다.

"봤으니까 봤다고 하죠."

제갈묘진은 등줄기가 서늘해짐을 느꼈다. 자신이 태을방의 방주를 죽일 당시 그 주변에는 개미 새끼 한 마리 없었건만… 분명 저 소녀가 거짓을 말하고 있는 것이 틀림없다 여겨졌다. 그렇다고 저 소녀가 자신의 이목을 가릴 만한 실력이 된다고는 믿기 어려웠으니까.

"믿을 수가 없소. 만학신귀 제갈묘진 공자로 말할 것 같으면 제갈세가의 소가주인데다 장차 제갈세가의 가주 직을 이어받을 몸이고 강호에서도 뛰어난 학문과 인품으로도 그 이름이 드높단 말이오. 그런 사람이 어찌 그렇게 참혹히 사람을 죽일 수 있단 말이오? 이건 분명히 그마도 놈들의 짓이 분명하오!"

거한의 말에 전부는 아니었지만 몇몇은 동조를 표했다. 백도인들 중에서 살인자가 있을 것이란 생각은 추호도 할 수 없으며 이건 전부 마도의 짓이라 굳게 믿고 있는 자들이었다.

"옳소! 분명 마도의 짓이오. 혹 소저가 다른 사람과 착각한 게 아니오? 그것도 아니라면 소저가 거짓을 말하고 있던가."

동조해 목소리를 드높이는 사람마저 나타났다. 자신의 말을 믿지 못하고 흑백 논리에만 빠져 있는 저들이 은평의 눈에는 더없이 한심스럽게 비춰졌다. 백도에서 그런 짓을 저지를 리가 없다니, 말이나 되는가. 백도라 해서 전혀 범죄를 저지르지 말라는 법이 세상천지 어디에 있단 말인가.

"동네 애들 편 갈라서 패싸움하는 것도 아니고. 무조건 자기 쪽은 그런 짓을 할 리가 없다라? 하! 웃기고들 있네. 그런 신념은 대체 어디서 나오는 거래?"

전부 들으라는 듯 비웃음과 함께 흘린 은평의 말에 몇몇이 광분했다.

"소저, 어찌 그리 말을 함부로 한단 말이오?"

"…이런 걸 두고 뭐라고 하는지 알아? 지랄 염병이라고 하는 거야. 무조건 착한 사람이 존재할 수 있어? 아니면 무조건 악한 사람이 존재할 수 있어? 둘 다 없잖아. 설사 존재한다 해도 그게 어떻게 사람이야? 신 아니면 악마지! 사람이라면 선과 악 두 가지가 모두 혼재하는 게 당연한 거지! 백도에 속해 있다 해서 무조건 선하란 법이라도 있어? 있냐고!"

간단히 끝날 것이라 예상했던 제갈묘진의 추측이 빗나가고 있었다. 분명 아무런 증거도 갖고 있지 않을 것이건만, 은평은 절대 물러나지 않고 끝까지 물고 늘어지는 것이다.

"잠깐만요!"

이때 제갈묘진에게는 구세주(?), 은평에게는 난감한 상대가 나타났다. 은평과 제갈묘진이 묘한 대립을 하고 있다는 소리를 듣고 부랴부랴 달려온 난영이었다.

"이게 대체 무슨 일인가요? 은평도 그렇고, 제갈 공자도 그렇고."

난영이 나서자 은평은 난감한 표정을 지었다. 저 제갈인지 자갈인지 하는 놈은 때려죽여도 시원찮을 놈이지만 난영은 은평에게 머물 곳도 제공해 주고 나름대로 친숙한 사이이질 않은가.

"네가 뭔가 오해를 하고 있는 게 틀림없어. 제갈 공자님께서 살인을 하다니, 그럴 리가 없잖니. 설사 죽이셨다고 해도 이유가 없다구."

"내 눈으로 똑똑히 봤다구요. 은사를 휘둘러서 사람의 팔다리를 잘라내며 그것이 더없이 재미있다는 듯이 웃고 있었어요. 얼마나 소름이 끼쳤는지 알아요!"

제갈묘진은 자신이 태을방의 방주를 죽일 때 사용했던 것이 은사라는 것을 저 소녀가 알고 있다는 것에 흥미로워했다. 저 소녀는 정말로 본 것일까?

"왜 죽였는지는 나도 모르죠. 그렇지만 저 개자식이 사람을 죽였다는 것만은 틀림없어요. 모두들 저놈의 두 얼굴에 속고 있는 거라구요!!"

답답한 심정 반, 울분 반으로 은평은 크게 소리 질렀다.

*　　　*　　　*

문 앞을 서성대는 청룡의 모습은 영락없이 뭐 마려운 똥강아지의 모습이었다.

"애가 왜 이리 안 온담."

안절부절못하고 왔다 갔다 하는 청룡의 모습을 보고 있던 인이 혀를 찼다.

"그만 하고 좀 앉아. 정신 사납다. 신수 체면은 전부 갖다 어디다가 엿 바꿔 먹었는지… 쯧."

인의 핀잔에 청룡이 발끈한 듯 버럭 목소리를 높였다.

"…이렇게 된 게 대체 누구 탓인데 그래!"

은평과 몰래 밖에 나갔다 온 일을 추궁하자 인은 볼멘소리로 대꾸했다.

"백호가 따라갔으니 별문제없겠지."

"…이러다가 무슨 일이 생기기라도 하면……!"

머리를 쥐어뜯는 청룡의 태도에 인은 혀를 찼다.

"아, 글쎄, 괜찮을 거래도."

벌써 같은 대답만 열다섯 번째였다. 서성대는 청룡을 보며 그만 좀 서성대라 핀잔을 한 것도 열다섯 번째고, 이 대답 직후에 이어질 말들 역시 열다섯 번째이다. 지겹지도 않은가? 이럴 거면 왜 애한테 모진 소리를 해서 뛰쳐나가게 한단 말인가. 스스로 제 무덤을 판 주제에 안절부절못하는 꼴을 보고 있자니 속이 답답해져 왔다.

"그게 문제가 아니라고. 민폐가 달리 민폐인 줄 알아? 은평 같은 애를 밖에다가 방목(?)하는 것 자체가 민폐라니까."

"애가 무슨 가축이냐? 방목하게."

말은 그리했지만 청룡의 말에 인은 속으로 반쯤은 동조하고 있었다.

"아무래도 안 되겠어. 나가서 찾아봐야지."

금방이라도 뛰쳐나갈 기세인 청룡을 인이 붙잡았다. 이 넓은 금릉 어디에 은평이 있는 줄 알고 찾는단 말인가. 그건 그야말로 모래사장에서 바늘 찾기와 다름없는 짓이었다.

"이 넓은 금릉 땅 어디에 은평이 있는 줄 알고?"

"백호의 기를 추적해 보면 돼. 분명히 둘이 같이 있을 테니까."

그 말에 인은 '신수끼리는 그런 것도 가능하냐?' 라는 의문을 얼굴에 그렸다.

"어쨌든 가봐야겠어."

"야야, 너만 가는 게 어딨어? 같이 가!!"

허공으로 몸을 날린 청룡을 따라서 인 역시 신법을 전개해 청룡을 좇았다. 뭐라 재잘거리고는 싶었지만 어떤 신법을 쓰는 것인지는 몰라도 청룡을 따라잡기 위해서는 절정의 신법을 전력으로 질주해야만 했기 때문에 이내 입을 다물 수밖에 없었다.

"도대체 얘는 뭘 하고 있는 거래? 저렇게 사람이 많은 곳에서."

백호가 있는 곳을 알아냈는지 청룡이 투덜거린다. 인은 청룡을 따라가는 것만으로도 바빴기에 뭐라 말을 할 순 없었지만 말이다.

"뭘… 하고… 있길… 래?"

인이 띄엄띄엄 이어 겨우 한마디 말을 꺼냈다.

"모르겠어. 맹 내 한복판인 것 같은데……."

인적 드문 골목길에 몸을 내린 청룡이 혀를 찼다.

"일단 가보자고."

*　　　　*　　　　*

"그게 무슨 소리오?"

헌원가진이 반문해 왔다. 잔월비선이 하는 말을 잘 알아들을 수 없었기 때문에.

"오라버니께오서 말씀드린 그대로입니다. 지금 그 소녀가 간밤에 있었던 살인 사건의 범인으로 만학신귀 제갈묘진을 지목했지요."

잔월비선 대신 잔혹미영이 나서 한 소리 거들었다. 헌원가진의 눈이 이채를 띠었다. 어째서 하필이면 그란 말인가.

"지목을 했다면… 확실한 증거를 갖고 있다는 말이오?"

"본인 스스로가 증인이라 주장하고 있다 합니다만."

증인이라면 더할 나위 없는 확증이었다. 다만, 자신이 그 장면을 실제로 봤다는 걸 어찌 증명할지가 관건이겠지만 말이다.

"음… 단주께서는 어찌 생각하시오?"

"본인은 그 소녀의 말이 사실이라고 생각하오만."

헌원가진의 질문에 답한 잔월비선의 말투는 확신에 차 있었다.

"그리 생각하시는 까닭이라도 있소?"

"그냥 그런 생각이 들었소이다."

사실 은평과 함께 그 장소에 가서 은평이 어떤 반응을 했다는 걸 맹주에게 미주알고주알 알려줄 마음이 없었기 때문에 잔월비선은 그리 얼버무렸다.

"알았소. 그만 물러가시오. 내 알아서 처리하리다."

헌원가진의 축객령에 잔월비선과 잔혹미영은 조용히 방을 빠져나갔다. 그리고 얼마나 시간이 흘렀을까. 혼자 남은 방에서 그는 혀를 찼다. 일부러 그 두 사람을 내보내고 숨어 있던 자가 나오기를 기다리는데 상대는 그럴 마음이 없는 모양인지 움직이질 않고 있었다.

"슬슬 나오시지요. 사저께오서는 제가 꼭 불러내야 나오시겠습니까?"

그 말이 끝나기가 무섭게 천장에서부터 지면으로 인영 하나가 떨어져 내렸다. 날렵한 몸동작으로 바닥에 착지한 것은 바로 정련 선자였다.

"언제부터 도둑고양이 같은 버릇을 들이신 것입니까? 저번부터 계속해서 제 주변을 맴도시는군요."

"쳇, 기척을 완전히 숨겼다고 생각했는데. 역시 내 무공은 사제보단 하수인가 봐."

정련 선자는 헛바닥을 내밀며 귀엽게 투정했다. 그가 이런 애교에 호락호락 넘어가진 않겠지만 말이다.

"하루 이틀은 보아 넘겼습니다만… 점점 도가 지나치시지 않습니까?"

"어머, 사제의 곁을 맴돌아야 재미있는 이야기도 들을 수 있는걸. 맹의 대소사라던가… 덤으로 일을 처리하는 사제의 멋진 모습도 볼 수 있고 말야."

진지한 헌원가진의 목소리에 반해 정련 선자는 어디까지나 장난조였다. 헌원가진이 만만한 상대가 아닌 것과 마찬가지로 그녀 역시 순순히 자신의 본심을 드러낼 만큼 멍청이는 아니었다.

"사제, 이제 어쩔 생각이지? 그 소녀 덕에 연학림주의 수족이나 다름없는 제갈묘진이 걸려들었잖아. 호기 아냐?"

"이대로 그에게 죄를 덮어씌우란 말씀입니까? 설사 그가 한 짓이 틀림없다 해도 만학신귀란 이름은 그리 만만치 않아요. 아니… 만학신귀라는 이름보다는 제갈세가의 소가주라는 이름이 더 만만치 않겠지만."

"그가 정말 무죄라 해도… 강호에는 의혹이 생겼다는 것만으로도 솔깃해져서 떠드는 호사가들이 있기 마련이야. 조금만 더 지켜보면 알게 될걸? 지금이야 천하의 만학신귀가 그럴 리 없다 떠들어대도 설마? 설마? 하면서 기울어지는 사람들이 생겨날 테니까. 그 태을방의 방주를 죽인 것이 배교라 한다면 오히려 배교에 감사해야겠는걸? 연학림주의 수족을 잡을 기회를 우. 리. 에게 줬으니까."

헌원가진은 자신과 본인을 '우리'라 칭하는 정련 선자의 말에 쓴웃음을 지었다. 역시 자신에게 이 여자는 상대하기 버거운 자들 중 하나였다. 절대 만만치 않고, 적으로 돌리면 상당히 골치가 아파질 그런 여자였다. 적으로 만드느니 일찌감치 회유해 두는 것이 나을 것이다.

"그럼 제가 어찌하면 되겠습니까?"

"어머, 그걸 왜 나에게 묻지? 그건 사제가 더 잘 알고 있지 않아?"

"모르니까 묻고 있지 않습니까? 제발 제게 사저의 고견을 들려주시지요."

정련 선자는 그 말에 포만감에 젖은 암고양이 같은 표정을 지었다. 본심은 아니겠지만 헌원가진의 대답이 마음에 든 듯했다.

"능청스럽기도 해라. 뭐, 사제가 내 입으로 말하길 바란다면 말해 주지. 일단 그 소녀의 손을 들어야 하겠고… 그것과 동시에 만학신귀는 조사를 명목으로 옥에 가둬. 제갈세가에서 항의가 들어온다면 무고든 아니든 일단 의혹이 있으니 조사를 한다는 명분을 내세우면 돼. 문제라면 연학림주가 가만히 있을까겠지. 사실 만학신귀보단 그 뒤에 있는 연학림주가 골치 아픈 존재니까 말야."

"조언 감사합니다."

정련 선자의 비위를 맞추기 위함일까, 헌원가진이 빙긋이 웃었다. 그가 일부러 자신의 비위를 맞추고 있다는 것을 모를 정련 선자는 아니지만 일부러 모른 체했다.

"한데… 제갈세가는 어찌해야 좋을지 모르겠군요. 제갈세가의 가주인 경렴군자 역시… 연학림주의 수족까지는 아니라지만 연학림주에게 자신의 아들을 보낼 정도인데… 그가 가만히 있을 리 만무하잖습니까?"

헌원가진은 대놓고 제갈세가의 가주인 경렴군자를 정련 선자에게 떠맡길 심산이었다. 그렇기에 대놓고 경렴군자의 일을 들고 나온 것이고 말이다.

"대외적으로야 가주의 신분이니 어쩌지 못하겠지. 하지만 그냥 내버려 두기엔 위험 부담이 따르겠네."

"사저께오서 그의 발목을 붙잡아주시면 어떻겠습니까?"

"싫은걸. 귀찮은 일은 딱 질색이야."

정련 선자는 생글생글 웃으며 헌원가진의 주위를 원형으로 맴돌았다. 자신의 주변을 맴도는 정련 선자의 움직임을 좇아 시선을 주며 헌원가진이 처음으로 그녀에게 부탁한다는 어조의 말을 했다.

"저를 도와주겠다 먼저 제의하신 건 사저가 아니십니까?"

"별일인걸? 사제가 나에게 아쉬운 소리를 다 하고. 뭐, 좋아. 그렇게까지 말하는데 도와주지 않을 수가 없잖아."

헌원가진과 정련 선자의 밀담은 이렇게 마쳐졌다. 정련 선자는 도와주겠다 말을 하면서도 속으로는 저번에 다짐했던 대로 그의 의표를 찔러볼 일의 실행을 굳히고 있었다. 마교의 교주를 공격하면 저자는 과연 어떻게 나올까. 생각만으로도 짜릿해졌다. 저 눈동자가, 저 아름다운 얼굴이 자신을 향해 불같이 화내는 것은 얼마나 황홀할까.

*　　　　*　　　　*

"어이, 정말일까?"

"혹시 모르지… 원래 알다가도 모를 것이 사람 속 아닌가. 혹시 아나."

사람들이 수군대는 소리에 귀가 따가울 정도였다. 사람들이 향하고 있는 방향은 모두 한 군데로 마치 물길이 흘러 나가는 것을 보는 듯했다. 인과 청룡은 사람들이 나아가는 방향을 보면서 그쪽에 은평과 백호가 있고 소동의 한중심에 서 있으리라 짐작할 수 있었다. 역시 은평은 어디를 가나 소동을 불러일으킨다는 걸 다시 한 번 절감했다.

"…거보라구, 내가 그랬잖아. 별다른 게 민폐가 아니라니까. 하여간 잠시도 가만히 있는 꼴을 못 본다니까."

청룡이 코웃음 쳤다.

"으응, 그런 거 같다."

그새를 못 참고 은평이 또 일을 친 모양이었다.

"으이구, 내 팔자가 어쩌다가 이렇게 기구하게 변했을까."

청룡은 입으로는 툴툴대면서도 발걸음의 속도는 줄이지 않았다. 걱정이 되긴 되는 모양이라고 인은 허허 하고 웃었다.

"허… 것참."

"노인네처럼 웃지 마. 아참, 너 노인네긴 노인네였지."

"뭐야?"

둘은 만담 비슷한 것을 주고받으며 걷다가 사람들이 둥근 형태로 모여 있는 곳에서 걸음을 멈추었다.

"그러니까 내가 그 현장을 직접 보지 않았다면 이렇게 상세하게 알리가 없잖아요!"

이 짜랑짜랑하게 울리는 건 분명히 은평의 목소리가 아닌가. 청룡과 인은 동시에 서로를 마주 보았다. 서로 고갯짓을 한 번 하고 둥글게 몰려든 사람들 틈을 파고들어 갔다.

"그게 소저의 상상일 수도 있지 않소? 정말 어이가 없구려. 그런 허무맹랑한 착각을 믿고 날 살인범으로 몬단 말이오?"

은평에게 한 치의 물러섬도 없이 맞서고 있는 청년의 모습이 보였다. 흰 학창의에 단정하게 묶은 문사건과 학창의에 새겨진 제갈세가의 문장으로 미루어보아 저자가 만학신귀 제갈묘진이라는 사실을 짐작케 했다.

―간이 배 밖으로 나왔나… 나중에 뒷감당을 어찌하려고 저렇게 뻗댄대? 무식하면 용감하다더니.

귓가로 흘러드는 인의 전음에 청룡 역시 절로 고개를 끄덕끄덕한다.

―쯧쯧… 세상에 자살 방법이 한두 가지가 아닐 텐데 왜 하필이면 고르고 골라 은평하고 맞짱 뜨기래냐? 세상 살기가 엄청 고달팠나 부다. 은평 쟤가 한 번 물면 얼마나 끈질긴데.

―내버려 둬, 죽으려면 뭔 짓인들 못하겠냐.

순식간에 인과 청룡에게서 동정표를 한 몸에 얻은 제갈묘진은 그것을 아는지 모르는지 자신은 결백하며 무고하다는 주장을 펼쳐 나갔다. 물론 은평과 오랜 시간을 지내온 청룡과 인은 은평의 눈빛이 점점 심상찮아지고 있음을 깨닫고 자신들도 모르게 몸을 움츠렸지만 말이다.

"아, 글쎄… 둘 다 진정 좀 하라니까요!"

고래 싸움에 새우 등 터진 격으로 중간에 낀 난영은 난감해서 어쩔 줄 몰라 했다. 하지만 둘 다 난영의 말은 들을 생각이 없는 듯 말싸움은 점점 더 격렬해져만 갔다.

"이게 대체 무슨 소란이란 말이오!"

대쪽 같은 호통 소리에 몰려 있던 사람들이 일제히 양옆으로 갈라섰다. 그리고 호통 소리가 난 곳으로 눈길을 돌렸다. 맹주 헌원가진이 납처럼 굳어진 얼굴을 하고 서 있었다. 이 소동이 그에게까지 전해진 모양이었다. 그렇다고는 하지만 이렇듯 친히 그가 나선 것은 뜻밖이었다.

"어쩐 일이십니까, 맹주께오서……."

제갈묘진이 그를 힐끔 바라보았다. 헌원가진은 그를 무시한 채 은평 쪽으로 시선을 주었다. 그러더니 이내 한숨을 쉬었다.

"후… 본인은 소식을 듣고 황급히 달려왔소만… 본인이 함구령을 내리긴 했지만 이미 공공연한 비밀이 되어버린 모양이오……."

그 공공연한 비밀이 태을방주의 죽음에 얽힌 일이란 것은 알 만한 사람들은 다 알고 있었다. 그렇기에 침을 꿀꺽 삼키며 헌원가진의 다음 말을 기다렸다.

"좋소. 대놓고 말하겠소. 많은 분들이 아시다시피 간밤에 맹 내의 거처에서 지내고 있던 태을방의 방주가 참혹히 살해당했소. 게다가 시체에 '이십 년 전의 환란이 다시금 중원에 닥칠 것이다'라는 글귀가 새겨져 있었다오."

이미 알고 있었던 이들은 고개를 주억거리고 몰랐던 이들은 헉— 하고 숨을 들이켰다.

"현장에 남겨진 범인의 흔적은 시체가 전부였소. 맹의 수뇌부에서는 지금도 범인이 누군지를 놓고 분분히 대립하고 있지만… 일단 확실히 밝혀진 것은 흉수는 태을방의 방주를 죽일 당시 아주 가느다란 은사를 썼다는 것이라오."

은사라는 말에 사람들이 수군거렸다. 범인이 은사를 썼다는 것까지는 알려지지 않은 사실이었으나 저 소녀는 분명히 제갈묘진이 은사를 써서 태을방의 방주를 죽이는 것을 보았다고 말했다.

"그렇다면 내 묻겠소. 소저께서 태을방의 방주가 죽는 모습을 보았다는 게 사실이오?"

이번에는 사람들의 시선이 헌원가진에게서 벗어나 은평에게로 쏠려 갔다.

"난 보지도 않은 걸 봤다고 말하진 않아요."

직접 그 현장을 목격한 것은 아니라도 망자의 원념이 서린 탓에 망자가 죽어가는 과정을 처음부터 끝까지 보았으니 어찌 됐든 은평이 거짓을 말하고 있는 것은 아니었다.

"제갈세가의 소가주께서는 여기에 반론하실 말씀이 있으시오?"

사실 만학신귀라는 별호보다 강호에서 더 큰 힘을 발휘하는 것은 제갈세가의 소가주라는 이름이었다. 그것을 알고 있는 헌원가진이 일부러 만학신귀란 별호로 부르지 않고 제갈세가의 소가주란 칭호를 사용한 것을 어찌 해석하면 될 것인가.

"저 소저께서 말씀하는 것이 사실이란 것은 어찌 증명하실 생각인지부터가 궁금합니다만?"

"조금 바꿔 생각해 보겠소. 그날 밤 제갈세가의 소가주께선 태을방의 방주가 죽을 당시 어디서 무엇을 하고 있었는지 증명하실 수 있겠소?"

헌원가진의 질문에 제갈묘진은 허를 찔린 표정이었지만 이 표정은 이내 얼굴에서 지워졌다.

"증명하라면 못할 거야 없겠지요. 본공자는 제갈세가 내의 거처에 틀어박혀 책을 읽고 있었소."

"그것을 증명할 수 있소?"

"차가 식었다고 계속해서 식은 차를 바꿔주던 시녀가 있었소."

"시녀 또한 제갈세가의 사람이니 자신들의 소가주를 위해서 못할 거 짓말은 뭐겠소?"

헌원가진의 말에 사람들의 시선에 점점 설마설마 하는 의혹의 빛이 나타났다. 힘없고 약한 자가 하는 소리는 무시할 수 있어도 힘의 정점 에 서 있는 자가 하는 말은 무시하지 못하는 것이 강호의 순리였다. 그 것이 설사 거짓이라 해도 말이다.

맹주가 나타난 이후 전세가 점점 자신에게 불리하게 돌아감을 느낀 제갈묘진은 어떻게든 이 상황을 타개하기 위해 염두를 굴렸다. 아무도 모를 일이니 굳이 자신의 혐의를 벗길 만한 사실을 만들어두지 않은 것이 실수였다.

'…이 일을 어쩐다… 아니다, 사부님이 어떻게든 해주실 것이다.'

제갈묘진은 자신의 사부를 믿기로 마음먹었다. 하나 그것은 곧 들려 온 헌원가진의 말에 의해 산산이 조각나 버렸다.

"…어찌 되었든 의혹이 발생한 것만은 사실이니 제갈세가의 소가주 께서는 잠시 맹의 수뇌부의 조사를 받으셔야 할 것 같소이다."

"맹주!!"

제갈묘진이 믿을 수 없다는 표정으로 외쳤다. 지금 저자가 뭐라 말 하는 것인가. 머리가 얼얼할 정도의 충격이었다. 조사라니……!

"일단 의혹은 의혹. 조사는 받으셔야겠소. 미안하오."

절도있는 동작으로 헌원가진이 제갈묘진에게 가볍게 머리를 숙였 다. 보표들은 어리둥절한 눈빛으로 서로를 바라보며 어찌해야 할지를 고민하는 듯했다. 맹주의 명령대로 연행해 가기에는 눈앞의 상대가 뜻밖의 거물인 것이다.

"어찌 본공자의 말은 믿지 아니하고 저 소저의 말만을 믿는 것입니까? 게다가 의혹에 대한 조사라니! 누가 봐도 거짓이 분명하거늘 조사라니! 맹주께오서는 지금 직권을 남용하고 계십니다. 혹시 압니까? 천무존께서 저 소저를 귀히 여기시니 천무존께 아부를 하려는 것인지……."

계속해서 이어지려는 제갈묘진의 말을 헌원가진이 손을 들어 막았다.

"…말씀이 지나치시오이다."

얼음장처럼 차가운 표정을 한 채 헌원가진이 제갈묘진을 바라보았다. 헌원가진의 눈과 자신의 눈이 마주치자 마치 고양이 앞의 쥐마냥 옴짝달싹할 수가 없었다. 그 위압감에 굳어버렸다고나 할까. 더욱 참을 수 없는 것은 자신이 겨우 맹주의 눈빛 하나에 얼어버렸다는 것이었다. 제갈묘진에게는 그것이 자존심이 무너져 내린 것과 동일하게 여겨졌다.

"모셔라."

보표들은 맹주의 명령에 따라 제갈묘진에게 다가와 공손히 말했다.

"가시지요."

제갈묘진은 못마땅한 기색이었지만 이미 헌원가진에게 기가 꺾인 터라 군말없이 보표들을 따라서 발걸음을 옮겼다.

"맹주께서 뭔가를 잘못 생각하고 계신 것입니다. 제갈 공자께오서는 그런 일을 하실 만한 분이 아니십니다."

난영은 제갈묘진의 결백을 믿고 있는 듯 맹주의 옆에서 간곡한 어조로 그를 설득하려 했다. 그걸 보던 은평은 난영의 눈에 뭐가 씌어도 단단히 씌었다고 투덜댄다.

'눈에 콩깍지라도 씌었나… 그런 놈을 두둔하게. 하긴 뭐, 겉으로야 나무랄 데 없어 보이긴 하지만 원래 그런 놈들일수록 뒤로 호박씨 까는 법이라구.'

그때, 사람들 틈에서 인과 청룡을 발견한 백호가 그것을 은평에게 알렸다.

[은평님! 저기를 좀 보십시오.]

백호가 가리킨 방향을 따라서 시선을 준 은평은 그곳에서 일이 파장을 맞자 슬슬 흩어지려 하고 있는 사람들 틈에 낀 인과 청룡을 발견할 수 있었다. 은평은 뾰로통하게 반대 편 방향으로 고개를 휙 돌렸다.

"…아직은 청룡하고 마주 보고 싶지 않아."

[은평님…….]

백호의 목소리가 축 늘어졌다. 청룡과 얼른 화해를 했으면 하는 게 백호의 마음이었다.

"소저께서는 가지 않을 것이오?"

"에?"

뒤에서 들려온 매끄러운 음성에 은평은 고개를 갸웃했다. 이건 분명히 헌원가진의 목소리가 아닌가.

"무슨 말씀이신지……?"

은평은 뒤를 돌아보며 고개를 갸웃거렸다.

"이 일의 증인이시니 가서 증언을 해주셔야 하지 않겠소?"

"그 말은 나도 따라가야 한다는 소린가요?"

헌원가진이 대답 대신 고개를 끄덕거렸다. 곰곰이 생각해 보니 맞는 말이었다.

"알았어요."

은평이 헌원가진을 따라나서려 할 때였다.

"잠깐!!"

사람들 틈에서 계속 지켜만 보고 있던 청룡과 인이 나섰다.

"어라, 천무존께서도 이번 일이 지켜보고 계셨습니까?"

헌원가진이 천무존의 이름을 거론하자 흩어지려던 사람들의 시선이 단숨에 인에게로 몰렸다. 그리고 인의 옆에 서 있는 감청빛의 의복을 입고 있던 청년에게도 말이다. 천무존의 옆에 있는 것이 천무존과 무슨 관계가 있는 것이 아닌가 하는 시선이었다.

가만히 있던 청룡이 헌원가진에게 말을 걸었다. 존대이긴 했으나 약간의 명령조가 섞인 말투였다.

"저 아이를 데려가신다는 것은 말도 안 됩니다. 거두시지요."

"뭐야, 청룡! 넌 참견하지 마!"

옆에 있던 은평은 다시금 청룡이 자기 일에 훼방을 놓는다는 생각에 역정을 냈다. 은평이 그러거나 말거나 청룡은 헌원가진에게서 시선을 떼지 않았다.

"조사차 그러는 것이오이다. 저 소저와 관계있는 분이시오?"

헌원가진은 명령조의 어투에 잠시 기분이 상했으나 불쾌한 기분을 겉으로 드러내지는 않았다. 주변의 이목을 생각한 것도 있겠으나 청년에게서 풍기는 분위기가 만만찮은 것이었다. 천무존의 옆에 같이 서 있으면서도 오히려 천무존을 압도하는 것 같은 그런 기운을 풍긴다면 그것을 도대체 어찌 해석해야 하는 것인가.

"관계는 있습니다만, 어찌 되었든 허락할 수 없습니다."

일이 점점 커질 것 같자 인이 중재에 나섰다.

"자자, 진정하라고. 네가 걱정하는 바는 나도 잘 알아."

인이 청룡에게 사뭇 친근한 어조로 대하자 주변이 술렁였다. 과연 저 청년과 천무존의 관계는 무엇인가에 대한 것이리라.

─여기서 계속 일을 크게 만들 셈이야? 어찌 됐든 은평이 일을 저질러 놓긴 했으나 최대한 조용히 처리할 생각이나 해.

인의 전음에 청룡은 입술을 악물었다. 인의 말이 옳긴 했다.

─네가 정히 안심이 안 된다면 내가 따라가 보면 되잖아. 최대한 은평이 일을 벌여놓지 않도록 옆에서 지켜볼 테니.

─알았어. 맡겨보도록 하지.

못마땅했지만 지금은 별다른 수가 없음을 알기에 청룡이 인의 제안을 수락했다.

"맹주, 부탁 하나 해도 되겠소?"

천무존이 자신에게 부탁이라……? 뜻밖이라는 생각에 헌원가진은 실소를 지었다.

"무슨 부탁이십니까?"

"그 수뇌부의 조사에 나 역시 참석해도 되겠는가? 저 아이가 걱정되어 그러네."

천무존이 저 소녀를 귀히 여긴다는 소문대로라고 헌원가진은 여겼다.

"상관없습니다. 조사에 관련된 내용을 천무존께서 어디 퍼뜨리실 것은 아닐 테니."

39

연학림의 손발을 묶다

연학림의 손발을 묶다

　방의 구석구석을 차지하고 있는 서책들과 한쪽에서 타오르는 향긋한 향초(香草)의 냄새가 고아한 분위기를 풍기는, 전형적인 학자의 방이었다. 고풍스런 멋과 아늑함이 존재한달까. 그리고 한구석에 마련된 서탁 위에서 청렴한 인상의 장년인이 침중한 표정을 하고 앉아 있었다. 깊은 시름이라도 있는 듯했다.

　'이 일을 어쩐다… 설마 하니 맹주가 연학림과 우리의 관계를 알아채기라도 한 것인가…….'

　오랫동안 숨겨왔다 생각했다. 하나 오늘 일로 맹주가 어쩌면 연학림의 존재 여부도, 제갈세가와 연학림이 맺은 관계도 모두 알고 있는 것이 아닌가 하는 생각을 갖게 했다. 사실 이번 일은 의혹이 있다 해서 수뇌부의 조사를 명목 삼아 자신의 아들을 연금시킬 만한 것은 아니었다. 그저 잠시 조사만 하고 풀어줘도 무방한 일이건만.

'일단은… 그 아이를 풀어달라 청원을 넣어봐야겠군.'

낮에 들려온 청천벽력 같은 소식은 바로 자신의 아들인 제갈묘진이 맹의 지하에 자리한 옥에 살인 사건의 의혹을 받고 연금되었다는 것이다. 그 역시 간밤에 있었던 살인 사건에 대한 소식을 들었고 자신의 아들이 했을 것이란 짐작도 했다. 분명 연학림주가 시킨 일이겠지……

"이 야심한 밤, 뭘 그리 고민하고 계시는지요?"

요염한 여인의 목소리가 대뜸 자신의 목전에서 들려오자 장년인은 그 자리에서 벌떡 일어나 주변을 두리번거렸다. 분명 기척은 느낄 수 없건만 어느 틈에 이리 가까이 접근했을까. 그것은 절대 자신이 얕볼 하수가 아니란 의미였다.

"호호호, 그렇게 놀라시면 제가 송구스럽지 않습니까."

장년인의 눈앞에 떠오른 것은 어둠과 일체화된, 여인의 윤곽이었다. 얼굴은 드러나지 않았지만 타오르고 있는 향초의 빛을 흐릿하게 받아 윤곽은 풍만한 여인의 몸매였다. 착 달라붙는 흑의 덕에 도발적으로 드러낸 몸의 날렵하고도 매끈한 곡선이 유혹적인.

"누구냐! 누구길래 본좌의 서재에까지 침입한 것이냐!"

어쩐지 목소리가 귀에 익다 여기면서도 눈앞의 여인이 누구인지 짐작조차 하지 못하고 있었다. 살기를 띠고 있진 않으니 살의를 품고 자신을 죽이기 위해 온 것은 아니겠지만 어디까지나 방심은 금물이었다. 장년인은 언제든지 모든 공격을 받아낼 만반의 준비를 했다.

"저를 몰라보시겠습니까, 전에도 뵙옵지 않았습니까?"

여인이 천천히 장년인의 앞으로 다가섰다. 날렵하고 훤칠한 키에 흠 잡을 데 없는 몸매, 얼굴은 복면으로 가리고 있었지만 눈만은 드러낸 채였다. 어쩐지 저 눈이 낯익었다. 장년인은 흠칫 놀라 눈을 크게 떴다.

"서, 설마… 너는……."

"예, 정련 선자이옵니다. 제 사부님 곁에서 몇 번 뵈온 적이 있지요. 이제야 기억이 나십니까?"

장년인은 믿을 수 없다는 듯 고개를 도리질 쳤다. 그럴 리가 없었다. 정련 선자는 아직 소녀의 모습을 하고 있었다. 불과 며칠 새에 저리 자랄 리가 없지 않은가.

"거짓말 마라! 어디서 사술을 부려 감히 이 경렴군자 제갈진을 속이려 드느냐!"

"못 믿으셔도 어쩔 수 없지요. 진실된 이야기를 드리기 위해 제 진실된 모습으로 나타난 것이니까요."

정련 선자는 자신의 복면을 벗었다. 흑단 같은 검은 머리카락이 출렁이며 사락사락 그녀의 허리께로 내려앉았다. 그리고 윤기가 흐르는 검은 머리카락 사이로 드러난 백옥 같은 얼굴은 정련 선자의 외모였다. 달라진 것이 있다면 치기 흐르던 소녀의 모습이 성장해 성숙한 여인의 모습을 하고 있다는 것뿐.

"…그 얼굴은……."

"말씀드리지 않았습니까. 제 진실된 모습이라고 말입니다."

정련 선자의 모습은 예전의 그 모습보다 훨씬 더 고혹적이었고 아름다웠다. 몸 곳곳에 배인 교태와 요염함에서 성숙한 여인의 향내가 풍기고 있었다.

"진실된 모습이란 말인가? 그것이……? 그동안은 그럼 대체……."

"사정상 소녀의 모습을 하고 있었던 것뿐이랍니다. 축골공의 일종이니 신경 쓰지 않아도……."

"…축골공으로 몸을 축소시킨 채 다닌다면 그것이 얼마나 근골에 무리를 주는 일임을 무인으로서 정녕 몰라서 하는 말이냐! 거짓말 마라. 설사 그동안 축골공으로 다녔다 해도 그 수많은 고수들의 눈을 피할 수 있었을 것 같으냐?"

"어디까지나 제가 쓴 것은 축골공의 일.종.이라 말씀드리지 않았습니까? 귀가 나쁘신가 보군요."

도통 믿으려 하지 않는 장년인, 아니, 제갈세가의 가주 경렴군자 제갈진을 향해 정련 선자는 한심하다는 듯 혀를 찼다.

"저 역시 시간이 없으니 제가 가주를 찾아온 용건만 간단히 말씀드리지요. 맹주의 전언이옵니다."

"맹주의?!"

제갈진은 '그 애송이가?'라는 뒷말은 간신히 집어삼켰다.

"…맹주가 너를 보냈단 말이냐?"

"예, 긴히 가주께 말씀을 전하셨답니다."

"긴히 할 말이라……?"

반신반의하면서도 제갈진은 다시 서탁 앞에 주저앉았다. 일단 자신에게 전하란 말을 들어볼 결심이라도 한 것일까.

"그래, 뭐라 전하라 하더냐?"

"…거두절미하고 말씀드리지요. 연학림과의 관계를 끊어주십사 하시더군요."

역시… 라는 눈빛으로 제갈진은 침음성을 흘렸다. 애송이로 보았던 맹주는 아무래도 연학림과 제갈세가의 모종의 관계를 이미 눈치 채고 있었던 것이다.

"그리하면 내게 무슨 이득이 있느냐?"

"…최소한 아들은 살릴 수 있으시겠지요. 자식들 중에서 가장 애지중지하는 장남이 아니던가요?"

"감히……! 내 앞에서 내 아들을 죽이겠다 협박을 하는 것인가! 그런 짓을 하면 다른 무림인들이 가만히 있을 것 같은가!"

제갈진의 일갈에 정련 선자는 전혀 굴하지 않고 오히려 생긋 웃어 보이며 제갈진의 속을 긁어놓았다.

"호호호, 그리 오래 강호에 몸을 담으셨으면서도 강호의 생리를 모른단 말씀이십니까? 지깟 것들이 가만히 있지 않으면 어쩌겠습니까, 태을방의 방주를 무참히 살해한 장본인을 처벌하겠다는데 강호 사람들이 부당하다며 들고일어날 리는 없겠지요. 이런 일에 있어 명분보다 더 중요한 것이 있던가요?"

정련 선자의 협박은 진심이었다.

"내 아들이 그리 호락호락 당하진 않을 게다."

"당하지 않으면요? 지금 그는 연금 상태가 아니던가요? 강제로 빠져나오거나 한다면 그거야말로 자기 스스로 죄를 시인하는 꼴이나 마찬가지… 칼자루는 이쪽에서 쥐고 있다는 것을 명심하시지요."

*   *   *

맹 수뇌부의 조사를 마친 제갈묘진은 연금 기간 동안 지낼 거처로 안내되었다.

"모자라거나 불편한 점이 있으시면 미리 말씀해 주시오."

교언명은 어디까지나 넘치지도 모자라지도 않은 태도로 제갈묘진을 대했다. 제갈묘진은 조사 기간 동안 자신이 머물러야 할 방을 둘러

보았다. 탁자와 의자, 탁자 위에 가지런히 꽃을 담은 채 놓여 있는 화병(花甁), 바닥에 깔린 얄팍한 융단과 사람 하나가 잘 만한 크기의 침상이 보였다. 제갈세가에 마련되어 있는 자신의 거처만큼 화려하진 않았지만 그렇다고 누추하지도 않았다. 그저 일반적인 객점에 마련되어 있는 방 정도의 수준이랄까. 다른 점이 있다면 보통의 거처라면 하나쯤은 있을 창문이 하나도 없다는 것, 그것이었다.

"…맹주께오서 친히 명하신 자 둘이 이 방문 앞을 지킬 것이외다. 공자께서는 함부로 돌아다닐 수 없으며 조사에는 언제든 응해주서야 하오."

"…그리하지요."

죄인 신세가 달리 따로 있던가. 자유를 억압받는다는 것, 그것이 아니던가. 제갈묘진은 분한 마음이 들었다.

"그리고 마지막으로 이것을 잡수시오."

교언명은 품에서 작고 검은 약병을 꺼내 그에게 내밀었다. 제갈묘진을 그것을 받아 들고 약병의 마개를 뽑아냈다. 마개를 뽑는 순간 씁쓸한 향내가 약병으로부터 흘러나와 코를 아프게 한다.

"이게 무엇입니까?"

"며칠간 기혈을 막아 무공을 폐쇄하는 약이오. 일정한 시일이 흐르면 다시 원래대로 돌아오니 걱정 마시오."

어느 정도 의술 쪽의 지식을 갖고 있는 제갈묘진이었다. 씁쓸한 향내를 맡았을 때부터 대충 짐작은 했던 바여서 군말없이 약병의 내용물을 입 안에 털어 넣었다. 고약한 냄새를 풍기는 단약 두 알이 약병에서 입 안으로 넘어왔다. 단약은 입 안에서 이내 사르르 녹아 목구멍으로 흘러들었다.

"그럼 편히 쉬시오."

교언명이 인사와 함께 방을 나가고 나자 방 안에는 이내 적막이 찾아들었다. 제갈묘진은 침상께로 다가가 걸터앉았다. 당분간은 어차피 무공을 쓰지 못할 테고 믿을 것은 미혼술뿐이었다. 미혼술은 무공의 여하를 막론하고 쓸 수 있는 것이니 말이다. 자신을 지키라 한 자들이 누군지는 모르겠지만 어떻게든 미혼술을 걸어야겠다 마음먹었다.

"잠시 들어가도 되겠소?"

문밖에서 들린 인기척에 제갈묘진은 걸터앉았던 침상께에서 일어났다.

"들어오십시오."

방 안으로 들어선 헌원가진은 제갈묘진을 잠시 바라보았다가 한구석에 마련되어 있던 의자에 몸을 앉혔다. 평소의 헌원가진이라면 앉아도 되겠냐는 양해를 구했겠으나 오늘 그는 묘하게 행동하고 있었다.

"잠시 이야기가 하고 싶어 들렀소."

맹주가 앉아 있는데 자기라고 못 앉을까 싶어 제갈묘진은 다시 침상께에 비스듬히 걸터앉았다.

"무슨 이야기가 하고 싶으신 것입니까?"

제갈묘진은 혹시나 싶어 주변에 인기척이 있나를 살폈다. 인기척은 자신과 맹주의 것 외엔 아무것도 느껴지지 않았다. 그것으로 보아 맹주가 자신에게 할 이야기가 꽤나 비밀스러운 것임을 직감했다.

"단도직입적으로 묻겠소. 연학림의 목적은 무엇이오?"

맹주의 입에서 거론된, 연학림이란 말에 제갈묘진은 눈을 크게 뜨고 그를 바라보았다. 그가 대체 이 사실을 어찌 알았단 말인가. 연학림의 진정한 힘과 실제로는 어떤 단체인지 아는 사람은 강호에서도 극히 드문 일이 아닌가.

"연학림이라니, 무슨 소리를 하는 것인지 잘 모르겠습니다만."

일단은 시치미를 뗐으나 목소리 끝이 희미하게나마 떨리고 있었다. 그것을 눈치 챈 헌원가진이 빙그레 웃었다. 제갈묘진은 이미 헌원가진의 덫에 걸려든 셈이었다. 의표를 찌르길 잘한 것 같았다.

"연학림주 황보영, 그의 제자이자 제갈세가의 소가주인 제갈묘진. 목적은 배교와 손을 잡고 중원을 치는 것. 그 후에 중원 땅을 양분하기로 함. 혹 내 말에 틀린 부분이 있다면 지적해 주시구려."

이자가 어디까지 알고 있는 것인가를 생각하자 등줄기로 소름이 끼쳤다. 설마 오래전부터 알고 있으면서 자신을 그냥 보아 넘기고 있지 않았을까 하는 생각에서였다. 자신보다 나이는 어려도 깊은 심계를 지닌 듯하다고 막연히 깨닫고는 있었지만 설마…….

"…이제 보니 맹주께서도 꽤 괜찮은 정보력을 가지고 계신 것 같습니다?"

어차피 상대가 대략적인 것을 알고 있는데 시치미를 떼봤자 소용이 없음을 깨달은 제갈묘진은 발뺌하길 포기했다.

"이 정도도 모른대서야 어찌 맹주란 자리에 앉아 있을 수 있겠소?"

"이거야 원… 한 방 먹었군요."

제갈묘진은 허탈한 웃음을 지었다.

"몇 달 전… 서장 근처에 심어났던 간자로부터 포달랍궁에서 중원으로 사람 하나를 들여보냈다는 보고를 들었소. 그자가 최근 맹 근처에서 눈에 띄고 있다는 소리가 들리더구려. 혹 그자가 연학림과 손을 잡은 것은 아닌지……."

"…도대체 어디까지 알고 계시는 겁니까?"

설마 그럴 리는 없겠지만 헌원가진에게 천리안이라도 있는 게 아닌가 하는 생각이 들 정도였다.

"확실히는 모른다오. 그러니 어디까지 알고 있나 그대를 통해 알아보려는 게 아니겠소?"

"그렇다면 대답해 줄 수 없습니다. 대충 알고 계신다면 말이 빠르겠군요. 엄밀히 하자면 맹주와 저는 적입니다. 적에게 그런 것을 순순히 알려줄 리가 없겠지요?"

배 째라— 라는 식으로 제갈묘진은 침상에 벌러덩 드러누웠다. 자신이 비록 연금 상태라고는 하지만 뒤에는 제갈세가도 버티고 있고 또한 사람들의 이목도 있으니 고문을 하겠는가, 뭘 어쩌겠는가라고 배짱을 부리고 있는 것이다.

"연학림에 의존해서 무슨 이득이 있겠소? 어차피 이용만 당하다가 버려질 뿐인 것을."

"…이간질이라는 얕은 수를 쓰려거든 애초부터 시도하지 마십시오."

제갈묘진은 벌러덩 드러누웠다가 다시 몸을 일으키며 코웃음을 쳤다. 지금 어디서 얕은 이간질계를 쓰려는 것인가.

"이간질이 아니라 사실을 말하고 있는 것이라오. 도대체 무슨 이득이 있단 말이오? 연학림이 천하를 차지하면 그 일부라도 받기로 하셨소? 연학림주란 자의 약속을 정녕 믿으신단 말이오? 배교와 손을 잡았다가도 일이 여의치 않게 되자 헌신짝처럼 내버리는 위인인 것을. 제갈세가라 하여 다를 것 같……."

"그 입 다무십시오!!"

제갈묘진은 더 이상 들어줄 수가 없다는 듯 버럭 성을 냈다. 헌원가진은 피식 웃으며 말을 계속해서 이어 나갔다.

"…지금 당장이라도 당신을 살인죄로 처벌한다 해서 뭐라 할 사람은 없을 게요."

"하! 증거라고는 그 소저의 증언이 전부인데 말입니까? 명분 따지기를 좋아하는 백도인들이 잘도 납득하겠군요?"

그는 맹주를 향해 웃기는 소리 하지 말라는 투로 비꼬았다.

"사실 태을방주를 죽였을 때 당신이 시신에 새겨준 그 글귀가 상당한 도움이 되었소. 이십 년 전이란 말에 맹의 수뇌부에서는 이십 년 전의 기록을 뒤졌소. 꽤 뜻밖의 사실이 발견되더구려. 마교에 있는 여러 장로들 중에서… 제갈귀(諸葛鬼)라는 이름을 쓰는 자가 있지 뭐겠소? 게다가 신기하게도 그의 독문무공이 바로 은사를 이용해 사람을 해하거나 은사로 시체를 꿰어 마치 산 사람인 양 조종하는 것이었소. 제갈이란 성이 흔한 것이 아니거늘… 매우 신기하지 않소?"

제갈묘진은 그제야 오래전 자신의 아버지에게 들었던 이야기를 떠올릴 수 있었다.

그러니까 자신의 조부에게는 형제가 여럿 있었다. 조부는 가주가 되기 전 여러 형제들과 가주 자리를 놓고 다툼을 벌였고 그 와중에 조부는 막강한 경쟁자인 형제 하나를 살해하려 했는데 그 형제는 죽지 않고 살아남아 마도에 투신을 했다는 이야기였다.

"그래서 본인은 생각했소. 혹 제갈세가에는 혈연에게만 전하는, 세간에는 알려지지 않은 비밀스런 가전무공이 있는 건 아닐까 하고 말이오. 게다가 그 가전무공은 특이하게도 은사를 쓰……."

"상상력이 대단하신 것 같습니다."

충격으로 인해 양미간이 푸들푸들 떨려왔지만 목소리만은 어떻게든 제대로 나왔다. 헌원가진은 흡족한 미소를 지으며 이야기를 이어갔다. 어쨌든 자신이 유리한 고지를 선점하고 있었다. 이런 호기를 놓쳐서야 되겠는가 말이다. 벌써부터 제갈묘진은 자신이 당황한 것을 드러낼 만큼 흔들리고 있질 않은가.

"이런 이야기를 듣는다면 누구나 그런 상상이 가능할 것이라 보오만?"

제갈묘진은 헌원가진의 미소를 보며 저자가 자신을 갖고 놀고 있다는 생각에 분한 마음이 들어 절로 손에 힘이 들어갔다. 자신보다 연배가 어린 자에게 이런 식으로 농락당할 줄은 꿈에라도 생각지 못한 일이었다.

"…도대체 내게 하고 싶은 말이 무엇입니까?"

"나와 손을 잡지 않겠소? 연학림을 버리고 말이오."

자신과 손을 잡자는 말에 제갈묘진은 둔기로 머리를 얻어맞은 듯한 충격에 휩싸였다. 맹주의 속셈은 대체 뭐란 말인가. 다른 것도 아니고 자신과 손을 잡자고……?

"제가 귀가 멀었나 봅니다. 무슨 말씀이신지 잘 알아듣지 못하겠습니다만?"

"…착각하고 있군."

나지막한 헌원가진의 중얼거림에 제갈묘진은 되물었다.

"무슨 말씀을 하… 헉…….."

말을 하던 도중 엄청난 압력이 전해져 왔다. 이건 마치 내력으로 내리누르는 것과 비슷했다. 그리고 이런 짓을 할 사람은 자신의 눈앞에 있는 맹주밖에 없었다.

"큭… 무, 무슨 짓을 하는 겁니까……!"

무거운 돌덩이가 몸 위에 올려져 있는 기분이었다. 금방이라도 눈이 튀어나올 듯한 압박감에 제갈묘진은 목구멍까지 치고 올라온 비명을 간신히 삼켜냈다. 저자 앞에서 비명이라니, 그런 꼴사나운 짓까지 저지르고 싶진 않았다.

"네놈이 착각을 하고 있다고 말했다."

제갈묘진을 내력으로 찍어 누르면서도 전혀 힘이 들지 않는 듯 헌원가진의 모습은 편안하기 그지없었다.

"크윽……."

제갈묘진은 참지 못하고 걸터앉아 있는 침상에서 바닥으로 굴러 떨어졌다. 어떻게든 몸을 일으키려 해봤지만 바닥에 바짝 엎드린 모습으로 간신히 고개를 들어 헌원가진을 노려보는 것이 고작이었다. 그에 비해 헌원가진은 의자에 앉아 다리를 꼰 채 오만한 시선으로 자신을 내려다보고 있었다.

"정말 대단한 착각을 하고 있군. 방금 말한 것은 제의가 아니라 명령이었어. 나와 손을 잡자는."

제갈묘진은 그의 말투가 하오체에서 아랫사람 대하는 듯 변했음을 깨달았다. 숨이 가빠와 말하기가 힘들었지만 어떻게든 자존심을 세우기 위해 제갈묘진은 입을 연다.

"큭… 무공을… 허억… 제압당한 자를 이리 핍박하는 것이… 즐겁습니까……?"

"힘의 차이를 보여주기 위함이지."

탁자 위에 올려져 있던 화병이 허공으로 들어 올려졌다.

'저것은 허공섭물!'

헌원가진은 자신을 내력으로 찍어 누르면서도 허공섭물을 펼치고 있는 것이다. 등줄기에 소름이 돋았다. 혹시 저자의 무공은 항간에 알려진 것 그 이상이 아닐까.

"똑똑히 새겨둬라. 네가 연학림을 택하고 안 하고는 선택할 수 있는 계제가 아니야. 난 지금 네놈에게 명령을 하고 있는 것이니까."

쪼르르륵—

화병이 제갈묘진의 머리 위에서 기울어지고 담겨 있던 꽃과 물이 아래로 떨어져 내렸다. 졸지에 물세례를 받은 제갈묘진은 머리카락부터 어깨가 물에 축축이 젖어 들어갔다.

'…이놈이……!!'

제갈묘진의 얼굴이 굴욕감으로 얼룩졌다. 마치 종잇장처럼 새하얗게 질린 채, 딱딱하게 굳어진 얼굴로 헌원가진을 노려보았다. 얼굴 위로 흘러내린 물 때문에 눈이 따가웠다.

"…이대로 살인자란 낙인이 찍힌 채 개죽음을 당할 것인가 아니면 치욕스럽게라도 살아남을 것인가를 잘 생각해 봐라. 며칠의 말미를 줄 터이니."

"…개소리하지 마!! 네놈 따위에게… 무릎 꿇을 것 같으냐?! 연학림까지는 갈 것도 없다… 내 아버님께서… 가만히 계실 성싶더냐!"

마침내 제갈묘진의 입에서 반말이 터져 나왔다. 반말을 들은 헌원가진이지만 여전히 입가의 미소는 지우지 않았다. 성큼성큼 제갈묘진의 앞으로 다가온 헌원가진은 그와 시선을 맞추기 위해 바닥으로 몸을 낮추었다.

"후후… 그래, 마음껏 짖어보거라. 제갈세가와 연학림의 관계를 세간에 널리 알리고 싶다면 말이다. 네놈이 믿고 있는 연학림주 그자가과연 널 도울 수 있을지는 의문이다만."

제갈묘진은 이를 부득부득 갈았다. 그에게 받은 오늘의 이 치욕을 절대 잊지 않겠노라고, 이 빚은 반드시 갚으리라고… 그리 다짐했다.

＊　　　＊　　　＊

"거봐, 청룡은 괜한 걱정을 하고 있는 거라니까."

수뇌부의 조사를 마치고 나온 은평이 의기양양하게 인을 돌아보았다.

"조사도 간단하게 끝났잖아."

제갈묘진과 합석하지도 않았고 따로따로 불려가서 진술(?)을 들은 것에 불과했지만… 인은 일단 맹의 조사가 꽤나 순조롭게 끝났고 반 이상이 은평의 말을 믿었다는 것에 있어서는 다행이라 생각하고 있었다.

"근데 그 제갈묘진인지 하는 놈이 사람 죽이는 건 도대체 언제 본 거야?"

"아, 그거? 너랑 같이 그 장소에 갔을 때 갑자기 보이더라고."

"갑자기 보여? 신기라도 들렸냐, 갑자기 보이게?"

은평은 자신도 이유를 알 수 없다는 뜻으로 어깨를 으쓱해 보였다.

[아마… 주변에 남아 있던 망자의 원념과 주변 식물들 때문이었을 겁니다.]

그 의문점을 해결한 것은 다름 아닌 백호였다.

"응? 백호, 뭐라고 그랬어?"

[망자가 죽으면서 원념을 그 주변에 남겼던 모양입니다. 그 원념에 취한 은평님의 눈에 그런 광경이 비친 거구요. 또한 그 현장에는 사람이 아무도 없었다고는 하지만 식물들이 많지 않았습니까? 아마 그들은 처음부터 끝까지 지켜보고 있었겠지요. 사실 원념이 없었다 해도 식물들에게 물어보면 대답해 주었을 거예요.]

"그런가?"

은평은 백호의 말이 딱히 공감이 드는 말은 아니었지만 그냥 그런가 보다 하고 넘겼다. 이런 건 깊게 생각해 봐야 머리만 아픈 법이니 말이다.

"돌아가면 청룡이랑 화해하라고. 그 녀석 네가 상당히 걱정되는 모양이니까."

"…생각해 봐서."

은평은 아직 청룡에 대한 화가 풀리지 않았는지 입술을 삐죽였다.

"자, 어서 돌아가자."

어린아이 어르듯 은평을 달랜 인은 어떻게 하면 청룡과 은평을 화해시킬 수 있을까로 머리를 굴리며 발길을 재촉했다.

금황성 내의 거처로 돌아오자 청룡이 초조한 기색으로 기다리고 있었다. 걱정을 많이 했던지 낯빛이 심상찮았다.

"왜 이렇게 늦게 온 거야?"

청룡은 은평과 인을 향해 왜 이렇게 늦게 왔냐며 타박했다.

"아아, 어쩌다 보니 늦었어."

인은 변명을 하며 힐끔 은평의 눈치를 살폈다. 다행히도 은평은 뭐라 말이 없었다. 말이 없는 걸 좋은 의미로 받아들여야 하는 건지, 나쁜 의미로 받아들여야 하는 건지는 잘 모르겠지만 말이다.

"나 피곤해. 가서 쉴래. 백호야, 너도 오늘은 여기서 자. 혼자 있고 싶어."

[에? 은평님……?]

백호는 정말 뜻밖이라는 듯 눈을 동그랗게 떴다. 평소라면 오히려 백호가 은평의 품 안이 답답해서 은평이 깊이 잠들면 몰래 빠져나와 침상 아래서 잠을 청하곤 했던 것이다. 그러니 어찌 놀라지 않겠는가.

청룡은 방에서 휙 나가 버리는 은평을 잡지도 않고 그냥 물끄러미 바라보고만 있었다. 인이 좇아가서 붙잡으라는 신호로 청룡의 옆구리를 쿡쿡 찔러보지만 청룡은 요지부동이었다.

"으이구, 이 고집불통들. 나도 모른다, 이젠."

인은 뒤통수를 북북 긁으며 안쪽에 마련되어 있는 욕탕으로 들어가 버렸다. 오늘은 피곤한 일이 많았던지라 얼른 씻고 쉬고 싶은 마음뿐이었다.

[청룡님……]

백호는 청룡 발치로 다가가 청룡의 옷깃을 툭툭 건드렸다.

"…왜?"

청룡은 백호의 부름에 한참 만에야 대답했다.

[저기… 은평님께 가셔서……]

"됐다."

은평과 화해를 하라 말하려던 백호의 말을 딱 잘라 버린 청룡은 답답한 기분을 풀기 위해 문을 열고 후원 쪽으로 나갔다. 밖은 어느덧 어둑해져 땅거미가 지고 풀벌레가 우는 소리가 여기저기서 울렸다. 후텁지근했던 낮의 열기도 밤이 되니 많이 사그라져 제법 시원한 바람이 불고 있었다.

바스락대는 후원의 풀길을 걸으며 청룡은 생각했다. 자신이 어찌해야 할지를… 현무에 얽힌 이야기를 은평에게 해줘야 할지 말지도 말이다. 그렇지만 사과는 하더라도 역시 그 일은 묻어두는 게 이롭겠다 여겨졌다.

"…오랜만이야."

갑자기 눈앞에서 커다란 불꽃이 일렁였다. 노란빛과 붉은빛이 섞여 매우 아름다운 색의 불꽃은 주작의 상징이자 증표이기도 했다. 그리고 이 귀에 익은 목소리는…….

"봉?"

청룡은 놀란 얼굴로 불꽃을 바라보았다. 아주 오랜만에 들어보는 귀에 익은 목소리가 사뭇 반가웠다.

"미안하게 됐네. 아직은 봉이 아냐."

불꽃 사이에서 붉은 적삼을 걸친 황이 그 모습을 드러냈다. 오늘따라 더 붉은 기가 돌아 보이는 머리카락과 웬일인지 붉게 물들어 있는 피부가 요염함을 뿜고 있었다.

"…황이냐?"

"뭐야, 그렇게까지 싫은 표정 지을 건 없잖아."

휙휙 손사래를 쳐서 주변의 불꽃을 잠재운 황이 사뿐히 지면으로 내려섰다. 평소보다 더욱 강렬한 화기에 청룡은 눈살을 찌푸렸다. 도대체 어디에 있다가 왔길래 이 모양인 걸까. 그 생각을 눈치 챘는지 황이 자신이 있다가 온 곳에 대해 말을 꺼냈다.

"치료차 암장에 몸 좀 담그다 왔어. 막 그 속에서 빠져나왔더니 이 모양이네."

마치… '옆 동네 온천에 몸 좀 담그다 왔어' 란 투의 말에 청룡은 질린 표정을 지었다. 청룡이라도 암장에 몸을 담근다는 건 상상도 못할 일이었다. 뭐, 바로 녹아버린다거나 하진 않겠지만 상당한 상처를 입을 테니 말이다. 물론 주작이야 화기의 신수이니 암장에 몸을 담근다는 것도 충분히 가능한 이야기겠지만.

"팔은 괜찮은 거야?"

다쳤던 팔을 들어 보인 황은 싱긋 웃었다. 마지막으로 헤어졌을 때 청룡과 다퉜던 일은 까맣게 잊은 것처럼 보였다.

"응, 보시다시피. 그나저나 어때? 현무의 움직임은 좀 있어? 나도 암장 속에 있으면서 대충 현무의 기를 추적은 해봤는데 도통 움직임이 없네."

"너도 못 느꼈는데 나라고 느꼈을 것 같아?"

"도대체 어쩔 생각일까. 현무 스스로가 인간들의 일에 깊게 관여할 수는 없을 텐데……."

"나도 그걸 좀 알았으면 좋겠다."

답답한 마음에 한숨을 쉰 청룡은 고개를 들어 하늘을 바라보았다. 푸 르스름하게 떠오른 달이 보였다. 만월에 가까워지는지 점점 달이 차고 있는 와중이었다. 아직 초저녁이라 그리 밝은 빛을 내뿜진 못했지만.

"그 계집애랑 다투기라도 했어? 왜 그렇게 똥 씹은 표정을 하고 있 는 거야?"

"뭐… 조금 그렇게 됐어."

"흐응… 사과할 거면 빨리 하는 게 좋아."

황의 표정은 어쩐지 어른스러워져 있었다. 암장 속에 몸을 담그고(?) 있으면서 도라도 닦은 건 아닐까 하는 생각이 들 정도로 말이다.

"알고 있어."

청룡의 대답은 퉁명스러웠다. 황은 고개를 잠깐 갸웃거렸다가 머리 를 긁적였다.

"넌 앞으로 어쩔 거지?"

"아아… 글쎄. 어쩔까나?"

아무리 생각해도 황은 종잡을 수 없다는 생각을 하며 청룡은 손을 내저었다.

"난 이만 들어간다."

"뭐야, 매정하게시리. 기껏 다시 찾아왔더니 들어오란 소리도 안 하는 거야?"

"…들어오려면 들어오고. 네 맘대로 해."

청룡은 몸을 돌려 다시 안으로 들어가려다가 은평의 거처 문이 빼꼼이 열려 있는 것을 발견했다. 칠칠치 못하게 문을 열어놓고 다니나라는 생각을 하며 문을 닫아주기 위해 앞으로 다가선 청룡은 방 안을 살짝 들여다보았다. 은평은 일찍 잠자리에 들었는지 방 안이 깜깜했다. 청룡은 자신도 모르게 안으로 한 발자국, 발을 들여놓았다. 조심스럽게 문을 닫고 살금살금 안쪽으로 들어섰다.

어슴푸레한 달빛만이 비치는 가운데 안쪽 깊이 자리 잡은 침상가로 다가가자 침상 위가 불룩하게 부풀어 있었다. 예상대로 은평은 목침을 베고 새근새근 잠들어 있었다.

"칠칠치 못하긴……."

이불을 반쯤 차내 버린 채 몸을 웅크리고 있는 은평의 모습에 청룡은 이불을 끌어다가 잘 덮어주었다. 목침과 얼굴 위에 헝클어진 머리를 길게 늘어뜨린 채 자고 있는 모습이 어쩐지 낯설었다. 흐트러진 머리카락을 정리해 주면서 청룡은 입가에 희미한 미소를 띠었다.

"아까는 미안했다… 나도 험한 소리를 할 작정은 아니었는데……."

어차피 은평이 듣지도 못하겠지만 청룡은 계속 주저리주저리 가슴속에 담아뒀던 말들을 꺼냈다. 본인이 깨어 있을 때라면 쑥스러워서 하지 못할 말들을 말이다.

"내가 조금 성급하게 군 것 같다. 무조건 널 붙잡아둔다고 되는 일이 아닌데… 널 잡아둔다고 근본적인 문제가 해결되는 것은 아닐 텐데……. 널 희생양으로 삼게 놔두지 않을게……. 무슨 수를 써서라도 널 지켜줄 테니까… 나와 백호가 널 지켜줄 테니까… 넌 언제까지나 그대로 있어도 돼."

잠든 은평의 이마를 다정스럽게 쓰다듬어 준 청룡은 비록 방금 한 말이 은평은 듣지 못할 말이라 해도 좀 쑥쓰러운 기분이 드는지 머쓱한 표정으로 머리를 긁적였다.

"잘 자라."

나지막하게 잘 자란 인사말을 남긴 청룡은 들어왔을 때와 마찬가지로 은평이 깨지 않게 조심하며 방을 빠져나갔다.

조심스럽게 문이 닫히는 소리가 나자 은평이 덮고 있던 이불이 들썩였다. 이불 속에서 몸을 내민 은평은 몸을 반쯤 일으켜 청룡이 나간 문을 멍하니 바라보았다. 희미한 달빛 아래 은평의 눈가에는 물방울이 하나 맺혀 있었다.

"…바보… 정작 사과할 건 나인데……."

바보란 과연 누구를 향한 말일까. 은평은 눈가로 손을 가져갔다.

"미안해, 나야말로……. 그럴 생각은 아니었는데, 널 때려서 정말로 미안해… 괜한 고집 부려서 정말 미안해……."

*　　　*　　　*

"건방진… 애송이 따위가 감히 내 제자를 가두다니……."

잔뜩 흥분한 황보영을 가만히 지켜보고 있던 막리가 혀를 찼다. 그러기에 자기가 뭐라 하였는가. 애초부터 그런 얕은 수를 쓴 것이 잘못이 아닌가.

"새외에 자네의 세력이 어느 정도 되는가?"

"그건 왜 물으시오? 본격적으로 끌어 모을 수 있는 건 포달랍궁의 젊은 고수들 몇밖에 되지 않는다오."

자신의 사부인 포달랍궁주 몰래 젊은 인사들을 끌어 모아놓긴 했다. 황보영 앞에서는 몇밖에 되지 않는다 겸손을 떨었지만 포달랍궁 전체 세력의 삼 분지 일이 되는 숫자이니 '몇밖에'로 치부할 인원은 아니었다.

"그 세력을 중원으로 넘어오게 할 수 있겠는가?"

연학림의 최대 단점이라면 머리를 쓰는 자들은 많아도 실제적으로 활용할 고수는 적다는 점이었다. 그렇기에 황보영 역시 초기에 배교와 손을 잡으려 했던 것이고 말이다.

"그 세력으로는 후에 배교가 중원을 전면적으로 치고 나섰을 때 뒤에서 뒤통수를 친다는 계획이 아니었소?"

포달랍궁의 희생양은 최소한으로 하고 싶었던 막리가가 투덜거렸다. 어차피 포달랍궁주가 죽고 나면 자신의 것이 될 세력이다. 크게 훼손되는 것은 질색이었다.

"…뭐, 세력을 움직여 보긴 하겠지만 전부는 아니오. 그 많은 세력들이 한꺼번에 중원으로 향한다면 중원뿐만이 아니라 포달랍궁 자체 내에서도 의혹을 살 게 뻔하니……."

"많이는 바라지 않네. 그저… 허를 찌르고 싶을 뿐일세."

황보영은 어떻게든 승기를 잡기 위해 머리를 짜냈다. 하지만 상대가 그리 호락호락 넘어가 주질 않았다. 게다가 이번에는 자신의 수족마저 묶여 버리질 않는가. 그는 솔직히 자신이 상대를 너무 얕보았음을 스스로 시인해야 했다.

"알았소… 내 그리하리다."

승낙은 하면서도 그것 보라는 듯 비웃는 저 막리가 놈의 얼굴을 꼭 당혹으로 물들게 해주겠다고 황보영은 다짐, 또 다짐했다.

*　　　*　　　*

흐릿한 안개가 낀 이른 아침, 은평은 반쯤 잠에서 깨어 평소의 버릇대로─이를테면 백호를 품 안에 안고 부비작댄다든지 하는─푹신푹신한 털의 백호를 찾아 이불 속을 더듬거렸다. 그리고 이내 목적했던 것을 손에 넣고 품 안으로 끌어당겼다. 평소처럼 몰캉한 감촉이…

'아… 푹신푹신하… 어, 어라? 푹신푹신이 아니라 몰캉?!'

은평은 반쯤 잠든 상태에서도 감촉이 평소와 다른 것을 느끼고 번쩍 눈을 떴다. 평소라면 널찍할 이불 안이 왠지 비좁았다. 이불을 걷어내고 상체를 일으키자 이내 자신의 옆에서 웅크린 채 잠들어 있던 커다란 사람의 형체를 발견할 수 있었다.

삼단 같은 머리채가 이불과 목침 위에서 늘어지다 못해 침상 아래까지 길게 뻗어 내려 있고 머리카락 사이로는 뽀얀 우윳빛 같은 피부가 보였다. 머리채가 얼굴을 가려 누구인지는 알 수 없었지만 발가벗은 몸으로 미루어볼 때 분명 여인이었다.

'뭐, 뭐야… 배, 백호가 여자로 변했어……!'

비몽사몽한 정신으로 어젯밤 자신이 백호에게 저쪽 거처에서 자라고 했던 사실은 까맣게 잊은 채 어처구니없는 생각을 해버리고 만 은평이었다.

"…꺄아아아악!!"

대충 상황 파악(?)─아침에 깨어보니 백호가 변한 '벌거벗은 여인'이 자신의 옆구리를 차지하고 있다던가 하는─을 한 은평의 입에서 비명 소리가 터져 나왔다.

쾅쾅─!

"무슨 일이야? 무슨 일 있어?"

문을 거칠게 쾅쾅 두들기는 소리가 나는 걸 보니 청룡과 인이 은평의 비명 소리를 듣고 단숨에 뛰어온 듯했다. 그 소리를 귀로 듣고는 있었지만 나름대로 꽤 큰 충격을 받은 은평은 대답할 정신이 아니었다.

"배, 배, 배, 백호가 여자로 변했어어어어어어……!"

"은평아, 들어간다? 들어가도 되지?"

인이 문을 열고 성큼성큼 안으로 들어섰다. 청룡과 백호도 그 뒤를 따라 안으로 들어오고 있었다.

"…아웅… 정말 새벽부터 시끄럽게 무슨 일이야……."

삼단 같은 머리채가 부스스 움직였다. 여인이 뭐라 투덜대며 상체를 일으켰다. 우윳빛처럼 뽀얀 여인의 상체가 이불 사이로 모습을 드러냈다.

"은평아, 무슨 일… 헉……."

제일 먼저 여인을 발견한 인이 헉 하는 소리와 함께 얼른 고개를 저쪽으로 돌렸다. 민망해서 견딜 수 없어하는 표정이랄까.

"도대체 아침부터 무슨 소란이야?"

그 뒤를 따라오던 청룡 역시 여인을 발견하자 몸을 딱 굳혔다. 그것은 백호 역시 마찬가지였다.

"이, 인… 배, 백호가, 백호가… 여자로 변했어……."

은평이 인을 향해 울먹였다. 그 말에 인은 고개를 저으며 자신의 발치 아래 있는 백호를 가리키며 백호는 여기에 있다고 알려주었다.

[저, 저는 여기에 있는데요?]

백호가 그 소리를 듣고 자신은 여기 있다고 반론했다.

"어라? 백호야? 자, 잠깐… 그럼 이 여자는 대체 누구야?"

그제야 백호를 발견한 은평이 제정신을 차렸다. 그리고 간밤에 자신이 백호를 저쪽 거처로 보냈던 일도 머리 속에 떠올랐다.

"…뭐야, 너희들은 아침잠도 없어? 왜 이렇게 시끄러운 거야?"

아침잠에서 깨지 못한 나른한 목소리로 여인이 입을 열었다. 긴 머리카락이 눈앞을 가리는 게 답답했던지 머리를 위로 쓸어 올렸다. 그리고 드러난 여인의 얼굴은…

"화, 황!"

[황님?]

청룡과 백호가 동시에 여인의 이름을 외쳐 불렀다.

"황? 황이라고……?"

여인이 황이란 말을 들은 은평의 얼굴이 묘하게 변했다. 여인, 아니, 황은 은평 쪽을 돌아보니 하품을 해댔다.

"꼬맹이, 비명 소리 한번 우렁차더군. 시끄러워 죽는 줄 알았네."

"…뭐, 뭐가 어쩌고저째! 누가 그럼 발가벗고 같은 이불 속에 들어와 있으래!"

은평의 분노 어린—아침부터 자신의 단잠을 방해하고 놀라게 한 죄로—고함이 다시금 메아리쳤다.

"아… 시끄러. 짜랑짜랑. 그래 너 목소리 큰 거 알았으니까 그만 좀 질러."

"그것보다도, 네가 어째서 여기 와서 자고 있는 거야? 그것도 발가

벗고!!"

"옷 입고 자면 불편하잖아."

그게 뭐가 대수야? 라는 말투로 황이 응수했다.

"그럼 청룡 있는 데 가서 자면 되잖아!!"

"…나더러 남자들 틈에서 끼어 자라고?"

점점 둘의 설전이 길어질 조짐을 보이자 청룡이 재빨리 막아섰다.

"둘 다 그만 해 좀!! 그리고 황, 넌 자도 꼭 옷을 벗고 자냐? 얼른 옷이나 주워 입어! 우리끼리야 상관없지만 여긴 인간도 있다고."

저만치 떨어져서 민망해 죽으려 하는 인을 의식했던지 청룡이 침상 아래에 드문드문 떨어져 있던 옷들을 주워 황에게 건넸다.

황은 투덜대면서도 청룡에게서 옷을 받아 들고 주섬주섬 껴입었다. 은평은 기분 나쁜 표정으로 투덜대다가 이내 침상에서 내려왔다. 원래는 좀 더 자야 하겠지만 이런 식으로 깨워져 버리고 보니 더 잘 마음이 들지 않았다.

"앞으로는 잘 부탁해, 꼬맹이."

황이 옷을 주워 입으며 붉은 입꼬리를 말고는 은평을 향해 눈웃음을 쳤다.

"징그럽게 어디다가 눈웃음이야!"

"어머, 왜 과민 반응하고 그래? 꼬맹이, 설마 날 보고 흥분한 건 아니겠지?"

"…내가 너 같은 변태인 줄 알아! 너 같은 걸 보고 흥분을 하게! 너 같은 건 백 명을 가져다 쌓아놓는데도 싫어!!"

옷을 다 입은 황이 침상 아래로 내려서서 은평의 앞까지 다가왔다. 은평보다 키가 큰 탓에 은평은 조금 주눅이 들었다.

"어머나아, 호호호호. 그리고 보니 그쪽도 와 있었네? 잘 부탁해. 그쪽의 순양지기는 정말 탐이 난단 말이지. 어떻게 그 나이 되도록 수절(?)하고 살았대?"

민망한 듯 헛기침을 하고 있던 인을 발견한 황은 그쪽으로 시선을 주었다. 보면 볼수록 탐나는 순양지기라 생각하며 입맛도 한번 다셔주었다. 그 태도가 마침내 은평의 뚜껑을 열리게 만들었다.

"…뭐, 뭐가 어쩌고저쩌!! 청룡!! 나, 이거!! 저, 저 아줌마를 내 손으로 요절내고야 말겠어!!"

청룡이 재빨리 은평을 붙잡았기에 망정이지 그렇지 않았으면 은평은 황을 향해 돌진해 나갔을 것이다.

"누구더러 아줌마래, 이 빈약한 꼬맹이가."

봉이라면 몰라도 황은 은평에게 휘어 잡힐 만한 그릇이 아닌 모양이었다. 연륜(?)이라 해야 할까. 은평을 저렇게 만들 수 있는 사람이 과연 몇이나 될까.

"누가 꼬맹이야!"

"그럼 꼬맹이가 아닌 거야? 난 네가 키도 너무 작고, 게다가 흠음……."

황은 대답 대신 은평의 몸을 머리부터 발끝까지 한 번 훑어보았다. 도대체 무슨 말이 하고 싶은 것일까.

"…게다가 뭐! 너 도대체 뭘 말하고 싶은 거야!!"

"너무 빈.약.해."

"……."

황의 말에 불같이 화를 낼 줄 알았던 은평이 의외로 조용했다. 청룡과 백호는 이게 어찌 된 일이냐고 서로 눈길로 물어보았다. 실제로 겪으면서도 실감이 나진 않지만 말이다.

"어디서 빈약이래, 이 젖소(?) 아줌마가!! 크기만 하면 다야!!"

역시 순순히 당하고 있을 은평은 아니다… 라고 청룡은 고개를 주억거렸다. 한데 그 젖소라는 표현이 황에게는 너무 잘 어울려 황의 몸매를 한 번 훑어 내린 청룡은 자신도 모르게 웃음을 터뜨릴 뻔했다.

"어머나, 빈약보다야 젖소가 낫지. 거기 있는 동정남 씨, 그렇게 생각하지 않아요? 빈약보다야 젖소가 훨씬 낫죠?"

여봐란 듯 인을 향해 눈웃음치고 '빈약이 낫냐, 젖소(?)가 낫냐'를 물어보는 황의 작태에 인은 아무런 말도 못하고 눈을 바닥으로 내리깔고 있었다.

"…놔!! 청룡!! 이번에야말로 말리지 마!! 이이… 가슴에 뽕(?)만 넣으면 다야!!"

"아, 정말이지 아까부터 짜랑짜랑. 시끄럽다잖아. 이렇게 소리 지르면 이웃에 민폐야."

"너 같이 항상 발가벗고 있는 것도 민폐야!! 그런 꼴을 하고 나돌아 다니면 경범죄로 잡혀간다고!!"

한 치의 양보도 없이 으르렁대는 두 사람을 보며 인과 청룡, 백호는 차마 말릴 생각도 못하고 멍하니 지켜보고만 있을 따름이었다.

"앞으로 여기서 지내기로 했어. 잘 부탁해."

아침 식사를 하기 위해 모두 둘러앉은 자리에서 황이 폭탄 하나를 터뜨렸다.

"…지금 뭐라고 했어? 여기서 지내기로 했… 다… 고?"

은평의 목소리가 부들부들 떨리고 있었다. 지내긴 어디서 지낸단 말인가. 게다가 설마 하니 청룡이나 인하고 같이 지낼 리는 없을 테고, 그렇다면 필시 자신과 한 방에서 먹고 자고 하겠다는 소린데…….

"응. 마땅히 갈 곳도 없고… 암장 속에서 몸 담그고 있기도 질리고."

"절대 안 돼!! 정히 있으려거든 참새놈—아마도 봉을 말하는듯—으로 변해서 청룡하고 같이 지내!!"

"싫은걸. 원래 이 몸은 내 몸이라고. 봉은 내 몸에 세 들어서 사는 세입자란 말야."

아까 전에 이어 이차전을 시작할 조짐을 보이자 청룡과 인이 끼어들어서 둘을 말렸다. 이런 분위기에서 아침을 들었다가는 채 먹지도 못하고 체할 것이 분명했다. 인과 청룡은 식사만은 편안한 분위기 속에서 하고 싶었다. 소화 불량으로 하루 종일 얼굴을 찌푸리고 다니는 것만은 사양이었던 것이다.

─너 도대체 무슨 속셈이야? 너 원래는 은평을 싫어하는 거 아니었어?

겨우 은평을 진정시킨 청룡이 황을 향해 전음술로 말을 걸었다.

─신경 쓰지 마. 그냥 시험 기간이야. 중립을 지킬 것인가, 너처럼 저 아이를 도울 것인가 하는.

어떻게 신경을 안 쓸 수가 있을까. 저 신경 쓰지 말라며 싱긋 웃는 모습에 오한마저 돋거늘. 대체 황은 무슨 꿍꿍이속인지 알 수 없어서 여간 불편한 게 아니었다. 그래서 청룡은 황보다는 차라리 봉이 낫다는 생각이 들었다.

"꼬맹아!"

"왜!! 이 젖소 아줌마야!"

꼬맹이란 말에 은평이 으르렁댔다. 그러면서도 젓가락질은 계속하는 것이 은평답다.

"청경채(青莖菜) 볶은 것만 먹지 말고 우선어육(牛鮮漁肉)도 좀 먹어."

웬일인지 황이 은평에게 음식을 다 권하고 있었다. 은평 앞에 우선어육을 놓아주며 생긋 웃기까지 했다. 물론 청룡은 그 웃음에 오싹하고 오한이 돌았지만 말이다.

"무슨 꿍꿍이야?"

"무슨 꿍꿍이라니. 그냥 네가 걱정되어서 그래. 그 빈약한 몸으로 어찌 이 세상을 살아갈까 하고. 야채도 좋지만 아무래도 고기를 먹어야……."

"쓸데없는 참견이야!! 난 젖소 아줌마는 되기 싫어!!"

"에이, 왜 그렇게 일일이 화를 내고 그래? 그러다가 주름살 생긴다구."

"내가 당신인 줄 알아? 그러는 당신이나 걱정해! 난 아직 젊어서 괜찮아."

둘은 그렇게 주거니 받거니 하면서도 식사는 무사히 끝마쳤다. 덕분에 옆에 있던 인과 청룡, 백호만이 새파랗게 질린 얼굴로 제발 그만둬주길 간절히 바랐지만 식사가 끝난 지 한참 후에도 두 사람의 말다툼은 끝날 줄을 몰랐다.

40

중추절(仲秋節)

중추절(仲秋節)

때는 바야흐로 중추절을 하룻밤 남겨놓은 전야(前夜). 중원 땅의 모든 사람들이 풍성한 곡물로써 조성의 은덕에 감사하는 제를 올릴 터였다. 그리고 적어도 며칠간은 중추절의 들뜬 분위기가 중원을 떠들썩하게 하리라.

"와아… 굉장해요."

거의 마교 안에서만 지내왔던 터라 민간의 중추절 행사를 거의 본 적 없는 냉옥화가 감탄사를 터뜨렸다. 그 옆에 있던 운향 역시 감탄하는 듯 눈을 크게 뜨고 있었지만 겉으로 그 들뜬 분위기를 드러낸다던가 하진 않았다.

"…처음 보던가요?"

옥화에게 능파가 말을 걸어왔을 무렵, 펑— 하는 소리와 함께 축포가 하늘 위를 수놓았다. 뿌연 연기와 투박한 빛깔의 불꽃이 하늘을 물들여 갔다.

"네, 처음이에요. 그동안 봉문 중이었던 까닭도 있겠지만, 마교 내에서는 이렇게 떠들썩하게 하지 않거든요."

"어린애처럼 들떠하긴."

그 자신 역시 들떠 있음이 역력함에도 괜스레 퉁명스러운 말을 내뱉는 운향의 머리를 화우가 쓰다듬었다.

"역시 마교하고는 상당히 분위기가 다르군."

화우는 운향과 옥화, 능파, 이렇게 세 사람만을 이끌고 중추절 행사를 구경 나온 참이었다. 한가로이 진회하를 거닐고 불꽃놀이를 구경하는가 하면 월병을 사서 나눠 먹고 안에 나온 글귀를 보며 즐거워하는, 마교 내에서는 하기 힘든 것들을 만끽했다.

"당연하겠지요."

항상 마교 내에서만 지내 세상 물정 어두운 화우에게 중추절 전야 구경을 권한 것은 다름 아닌 능파였다. 강호에 나온 김에 머리도 식힐 겸, 중추절 전야를 구경하자는 말에 화우 역시 솔깃해져서 따라나선 참이었다.

"금릉은 중추절을 성대하게 치르기로 유명한 곳이에요. 단 역시 보면 좋아하리라고 생각했답니다."

운향과 옥화는 서로 투닥거리면서도 상당히 신이 났는지 여기저기 돌아다니고 있었다. 너무 거리가 벌어진 것은 아닌가 화우가 걱정을 할 정도로 말이다.

"이제 슬슬 돌아가기로 할까……."

화우는 시간이 깊었음을 깨닫고 슬슬 돌아갈 생각을 품었다. 내일은 아침 일찍부터 중추절의 제례 의식이 있으니 말이다.

　일행과 함께 진회하에서 돌아와 맹 내로 들어섰을 때, 화우는 목덜미에 섬뜩한 기운을 느꼈다. 그 기운이 화우의 발걸음을 멈추게 만들었다. 섬뜩한 기운뿐만이 아니라 누군가 자신을 바라보고 있는 것 같다는 느낌 역시 같이 받았다.

　"왜 그러십니까, 형님?"

　운향이 걸음을 멈춘 화우를 돌아보았다. 의아하다는 빛을 옥석 같은 얼굴에 띠고 있었다.

　"아니… 아무것도 아니다."

　자신을 노려볼 사람이 과연 누가 있겠는가. 화우는 그것이 그저 자신의 과민 반응이라고만 여겼다. 물론 잠시 뒤에 그 생각을 정정해야 했지만 말이다.

　거처에 발을 들여놓자 거처에서 기다리고 있던 백발문사와 밀랍아가 일행을 반겼다. 둘 다 너무 사람들의 시선을 끈다는 이유를 들어 나가기를 거부하고 거처에 남아 있던 터였다.

　"…오셨습니까?"

　백발문사가 화우에게 다가왔다. 화우는 백발문사의 질문에 고개만 까닥한 뒤, 의자에 몸을 앉혔다.

　"저… 한데……"

　뭔가 화우에게 할 말이 있는지 백발문사가 입을 뗐다. 아마도 주변 사람들을 물려달라 말하고 있는 듯했다.

　"운향, 네 거처로 물러가 있겠느냐?"

　"예, 알겠습니다."

운향과 옥화가 순순히 자신들의 거처로 되돌아갔다.

"그럼 저도 이만……."

능파 역시 자신이 낄 분위기가 아니라고 생각한 탓인지 싱긋 웃고는 방을 나섰다. 방 안에 백발문사과 밀랍아, 자신만이 남게 되자 화우는 얼른 말해 보라는 듯 백발문사를 향해 턱짓했다.

"저… 출타해 계신 사이 이런 것이 날아들었습니다. 보시지요."

잔뜩 목소리를 낮춘 백발문사가 조심스럽게 고해왔다. 밀랍아가 두 손에 조그만 서신을 들고 있다가 얼른 화우에게 건넸다. 화우는 무슨 일인가 하는 궁금증으로 서신을 펼쳐 들었다. 무슨 내용이기에 저리 조심하는 것일까.

"…칼날이 바로 당신의 뒤에 있다……?"

서신의 내용을 쭉 읽어 내려간 화우는 눈썹을 찌푸렸다. 이게 대체 무슨 뜬금없는 소리란 말인가.

"누가 보냈는지 모르는가?"

"…모르겠습니다. 문 앞에 떨어져 있었으니까요."

화우와 백발문사가 이야기를 나누는 사이 밀랍아가 갑자기 자리에서 벌떡 일어났다. 한데 일어나는 동작이 어쩐지 어색했다. 마치 팔다리가 따로 노는 느낌이랄까.

"이 녀석들이 요동치는 것으로 보아선 누군가가… 있어요……."

사지가 전부 잘려 나간 밀랍아가 보통 사람처럼 움직일 수 있는 이유는 바로 팔다리를 이루고 있는 남만사독봉의 덕택이었다. 벌레들은 사람들보다 몇 배는 더 예민한 감각을 지니고 있었다. 그렇기에 남만사독봉들을 항상 지니고 있는 그녀가 말하는 것이라면 거의 틀림없다는 소리와도 진배없었다.

"누군가라니? 아무런 기척도……."

화우는 주변의 인기척을 살피다가 아까는 없었던 하나의 기를 발견하고 기가 발견된 쪽으로 신형을 돌렸다.

쐐애액―!

자그마한 뭉치 같은 것이 어디선가 날아들었다. 그것이 무엇이라는 것을 깨닫기도 전에 귓가로 삼마영들의 음성이 울린다.

―교주, 연막탄입니다!

화우는 연막탄에 휩싸이지 않기 위해 창가 가까이로 몸을 날렸다.

그 뒤를 이어 바로 밀랍아의 외침이 들렸다.

"…이리 와요!!

원래 곤충들은 연기를 싫어한다. 그 탓인지 밀랍아가 연막탄의 정체를 먼저 알아차리고 상대적으로 가장 무공이 약한 백발문사를 붙잡아 함께 문 쪽으로 뛰어나갔다. 그리고 그 순간, 연막탄이 폭발하면서 희뿌연 연기가 방 안 가득 퍼져 나갔다.

간신히 창가 가까이로 몸을 날려 연기를 직접적으로 쐬는 것을 피한 화우는 어이가 없다는 눈빛으로 앞쪽을 바라보았다.

―주군!

삼마영들의 외침 소리가 들린다 했더니 기척 하나가 자신의 바로 옆으로 접근해 왔다. 검은빛으로 휩싸인 인영에게서 가느다란 줄기가 쏘아져 나왔다.

"갈! 감히 어디 하찮은 지공을!!"

삼마영 중 하나가 바닥에 은둔하고 있던 신형을 드러내 화우의 앞을 가로막으며 날아오는 지공을 검날로 쳐냈다. 다만 뜻밖에도 지공은 검날에 튀어 나가지 않았고 마치 칼날 속으로 흡수되듯이 스르르 녹아버렸다.

"…펴, 평범한 지공이 아닙니다. 이건… 강한 산(酸)입니다."

지공과 직접적으로 맞닿은 검날의 표면이 녹아내린 것을 본 삼마영 중 하나는 그제야 지공의 정체를 알아차렸다. 한데 지공을 날리면서 어떻게 산을 쓸 수 있는가 하는 것은 그에게도 알 수 없는 일이었지만.

"…이런이런… 역시 마교의 교주답게 데리고 다니는 인원이 셋씩이나… 후후……."

어디서 들려오는 것인지 알 수 없는 목소리, 연령도 성별도 짐작할 수 없는 괴이한 목소리가 사방에서 울려댔다.

"삼마영, 물러가라."

자신을 보호하기 위해서 은둔을 풀고 나온 자를 향해 화우가 명령했다.

"예? 하오나……."

"저자는 날 죽이려는 게 아니다. 그러니 물러가라. 그리고 상관치 마라."

화우의 강한 어조에 그는 할 수 없이 다시 은둔술을 펼쳐 연기가 꺼지듯 스르르 사라져 버렸다.

"자, 슬슬 나와보시오. 도대체 무엇 때문에 연막탄을 치고 나에게 대뜸 공격을 날리는 게요?"

"흐음… 슬슬 약효가 돌지 않을까 했는데… 그대 역시 만독불침지체였나 보군?"

인영은 연막탄 속에서 모습을 드러냈다. 온몸을 까맣게 물들인 흑영이 연기 사이에서 흐릿하게나마 비춰졌다.

뿌옇게 낀 연기를 소맷자락으로 헤치며 백발문사가 쿨럭대며 기침을 했다. 백발문사를 내던지는 것과 동시에 밀랍아 역시 옆으로 비켜 나긴 했지만 밀랍아의 왼쪽 다리가 반쯤 흐트러져 있었다. 아니, 실은 왼쪽 다리를 이루고 있던 벌들이 갑자기 밀랍아가 몸을 내던진 충격으로 인해 유지하고 있던 형태를 일그러뜨렸다… 라 해야 옳을 것이다. 벌들의 모습을 가리고 있던 붕대가 반쯤 풀려 벌들의 형체가 고스란히 드러났다. 마치 사람의 다리 형상으로 뭉쳐서 붕붕대고 있는 모습은 가만히 보고 있자면 징그러웠다.

"…이게 대체 무슨 일이람……."

백발문사는 화탄에 대한 감상을 내뱉었다. 목소리의 고저는 없었지만 살짝 떨리는 것으로 보아선 그 역시 많이 놀란 듯했다.

"이건… 산공독이 들어 있는 연막이에요. 어서 숨을 멈춰요."

밀랍아가 연막 속에 뿌려져 있던 산공독을 알아채고 백발문사에게 알렸다.

"이게 대체 무슨 일인가!"

옆의 거처에 있던 운향과 옥화가 소동을 알아차리고 뛰어나왔다.

"산공독입니다! 숨을 멈추십시오!"

이 전각에는 화우 일행만이 머물고 있기 때문에 다른 전각에서도 이 소동을 알아차리려면 조금 시간이 필요할 듯싶었다.

"혀, 형님은……!!"

금방이라도 연막이 자욱한 방 안으로 뛰어들어 갈 기세인 운향을 말린 것은 옥화였다. 산공독이 단순히 며칠 지속되다 말 것이면 상관이 없겠지만 그렇지 않다면 큰일인 것이다.

"일단 빠져나가야 합니다. 교주께서는 만독불침지체시니… 별 상관 없을 겁니다."

운향을 애써 안심시켜 네 사람은 연막이 구석구석 퍼진 전각을 빠져 나갔다.

"…무슨 일이오?"

밖으로 빠져나가니 맹 내의 순찰을 돌고 있던 보표 몇과 총관인 교언명이 오는 것이 보였다. 이제야 소동을 알아챈 모양이었다.

"안에서 갑자기 연막탄 하나가 날아와 터졌습니다. 한데 그 연막탄에 산공독이 섞여 있어서 이렇게 황급히 대피하게 된 것입니다."

백발문사가 대표 격으로 상황에 대한 것을 간단하게 말해 주었다. 그는 걱정스런 표정으로 안을 바라보았다. 안에서 화우는 뭘 하고 있길래 이리 소식이 없는 것일까.

＊　　　＊　　　＊

어두운 방 안, 불도 밝히지 않은 채 헌원가진이 무심한 표정으로 의자에 앉아 허공을 응시하고 있었다.

일 다경쯤 흘렀을까, 방문이 삐그덕 소리와 함께 열리더니 검은 인영이 방 안으로 불쑥 들어왔다. 하나, 그럼에도 불구하고 헌원가진은 전혀 놀람없이 의자에 앉은 채로 인영의 움직임을 가만히 지켜보고만 있었다. 도대체 무슨 일일까.

검은 인영은 어둠 속에서 자신을 지켜보고 있는 헌원가진의 존재를 아는지 모르는지 촛대 쪽으로 다가가 조용히 불을 밝혔다. 어두웠던 방 안에 빛이 퍼져 나가고 어둠 속에 가려져 있던 헌원가진의 모습이 드러났다. 반은 촛불의 역광에 비춰져 드러나고 반쯤은 아직 어둠에 묻혀져 있는 모습의 그는 묘한 분위기를 띠고 있었다. 검은 인영은 그제야 헌원가진을 발견했는지 싱긋 웃었다.

"후후… 사제가 여긴 어쩐 일이야?"

온통 검은색 일색인 그 인영은 바로 정련 선자였다. 눈만 빼꼼이 내놓은 복면을 벗어 탁자 위에 던지며 정련 선자는 자신의 방에 들어와 있던 헌원가진에게 태연자약하게 굴었다. 누군가가 자기 방에서 불도 키지 않고 들어와 있었는데도 저리 태평이라니, 대담하다고 해야 할지 무모하다고 해야 할지…….

헌원가진은 아무 말도 없이 그녀를 노려보고 있을 뿐이었다. 그 시선을 느낀 정련 선자였지만 내색치 않고 검은 잠행복을 거리낌없이 벗어 던졌다. 잠행복 밑에는 흰 단삼 하나가 전부였다.

"…어딜 다녀오시는 겁니까?"

마침내 굳게 다물려 있던 그의 입이 열렸다.

"사제가 부탁한 일을 하고 왔지."

"…제가 언제 마교의 교주를 찾아가 공격하란 부탁을 드렸던가요?"

헌원가진의 목소리는 싸늘했다. 하지만 그 정도에 눈 하나 까딱할 정련 선자가 아니었다. 자신이 벗어놓은 잠행복을 가지런히 개켜서 한 구석에 밀어놓으며 가만히 미소 짓기만 했다.

"어머, 그건 무슨 소리야? 난 사제가 부탁한 연학림의 손발을 묶는 일만 하고 있는걸? 지속적으로 제갈 가주를 찾아가 설득하고 있어. 반쯤은 거의 넘어온 듯해."

정련 선자의 성숙했던 몸이 갑자기 푹 꺼지듯이 사그라들었다. 마치 축골공이 시전될 때와 마찬가지로 뼈마디에서 우드득우드득 소리가 나기 시작하며 성숙함과 농밀함이 물씬 풍겼던 여인의 몸매가 가녀린 소녀의 몸매로 변해갔다. 이 자리에 헌원가진이 아닌 다른 누군가가 있었다면 자신의 눈앞에서 펼쳐지는 광경에 스스로의 눈을 의심했을 터였다. 축골공에도 정도가 있다. 축골공을 오랫동안 시전하고 있다 보면 근골에 무리가 오는 법이었고 노련한 고수의 눈썰미를 피해가기는 어려운 노릇이었다. 하나, 정련 선자가 펼치는 이것은 여타의 그것들과는 차원을 달리했다. 정련 선자는 근골에 전혀 무리를 받지 않는 듯했고 성숙한 여인에서 소녀가 되는 모습은 전혀 어색하지 않았다. 오히려 소녀일 때의 모습이 더 나은 것 같은 착각을 받기도 했다.

"그리도 저를 시험해 보고 싶으셨습니까?"

그녀의 축골공이 끝나자 헌원가진이 다시 입을 열었다. 얼음장처럼 차디찬 목소리가 마치 뼈마디를 얼려 버릴 듯한 착각을 주었다.

"흐음……? 난 도무지 사제가 무슨 말을 하는 건지 모르겠는걸?"

"그리도 저를 시험해 보고 싶으셨냐 여주었습니다, 사저."

헌원가진이 자리에서 일어나 한 걸음 한 걸음 정련 선자에게로 다가왔다. 화가 난 듯 노기가 어려 있는 눈동자를 본 정련 선자는 빙그레 웃었다. 역시 자신의 생각대로다. 화난 그의 눈동자는 자신의 심장을 마구 맥박치게 만들지 않는가.

"그리 절 시험하고 싶으셨습니까? 마교의 교주를 일부러 보아란 듯이 공격할 만큼?"

"…어차피 죽일 목적은 아니었잖아. 너도 그걸 알고 있었으면서 뭘 그래?"

그녀는 손을 뻗어 헌원가진을 슬며시 밀어냈다.

"죽일 목적이든 아니든, 제 말을 무시하신 것은 사실이지 않습니까? 저는 화가 났습니다."

"그래? 그렇다면 내 작전은 성공한 모양이군."

헌원가진의 잘 빠진 손가락이 정련 선자의 목으로 파고들었다. 정련 선자는 그 손을 능히 피할 수 있었음에도 가만히 그가 하는 대로 지켜보고만 있었다. 그는 강한 악력을 주어 한 손으로 정련 선자의 목을 조였다. 정련 선자는 비명 하나 지르지 않았고 그에게 준 시선을 떼지도 않았다.

"…이대로 죽고 싶으신 겁니까?"

귓가에 나지막하게 속삭여지는, 헌원가진의 성난 음성은 정련 선자의 등골을 오싹하게 만들었다. 거봐, 역시 생각대로잖아… 라고 정련 선자는 만족스럽게 웃었다. 목이 조여지는 고통스러움은 정련 선자에게 있어서는 아무것도 아니었다.

"역시… 예상대로야. 멋져. 그 얼굴… 화나게 한… 보람이 있잖아."

사납게 으르렁대는 헌원가진을 향해 정련 선자는 띄엄띄엄 말을 이었다.

"…정말 못 당하겠군요… 사저는."

헌원가진은 손에서 힘을 빼고 정련 선자의 목을 잡았던 손을 놓았다. 벌건 손자국이 난 목을 쓰다듬으며 정련 선자는 흐트러졌던 옷매무새를 가다듬었다.

"…마교의 교주와는 대체 무슨 이야기를 나누신 겁니까? 연막탄을 쳐놓으면서까지……."

"이야기해 주길 바라는 거야?"

"될 수 있으면 듣고 싶습니다만?"

정련 선자는 침상 쪽으로 걸어가 침상에 걸터앉았다.

"주는 게 있으면 오는 게 있어야 하지 않겠어?"

"어떤 대가를 바라십니까?"

그녀는 헌원가진의 목에 슬그머니 매달렸다. 가느다랗고 보드라운 몸이 헌원가진의 몸에 밀착되었다. 엄연한 교태와 유혹의 몸짓이었다.

"글쎄… 어떤 대가일까……?"

"비켜주시지요. 역겹습니다."

그의 목덜미를 쓰다듬고 있는 가느다란 손가락을 기분 나쁘다는 듯 헌원가진이 밀쳐 냈다. 역겹다는 말에 정련 선자의 몸이 뻣뻣이 굳었다. 심한 모욕감에 온몸이 부들부들 떨린다. 아름다운 외모와 나긋나긋한 몸짓, 매끄러운 피부, 소녀같이 천진난만한 모습이면서도 요염한… 이 모든 것들에 자신이 있던 그녀였다.

"역시 사제는 만만치 않네……."

헌원가진은 간신히 얼굴빛을 회복한 그녀의 맥문을 움켜쥐었다. 섬전과도 같은 빠르기였다. 정련 선자는 맥문으로 흘러 들어오는 그의 진기를 느꼈다.

"이건… 뭐 하는 짓이지, 사제?"

그녀의 단전에서는 전혀 다른 헌원가진의 내가진기에 반탄력을 일으켰지만 질풍노도와도 같이 밀려드는 그의 내력을 당해낼 수가 없었다. 애초부터 내력을 담고 있는 그릇 자체가 다른 것이다. 그 와중에 정련 선자는 헌원가진의 내공이 추측하기 어려운 수준임을 뼈저리게 느꼈다. 드러내지 않고 있지만 어쩌면 자신의 사제는 생각 외의, 자신이 대략 추측했던 것보다도 그 이상을 상회하는 무공을 지니고 있는 듯했다.

"컥……."

정련 선자가 마침내 비명을 터뜨렸다. 헌원가진의 진기가 그녀의 진기를 마구 흐트러 놓은 탓에 기혈이 역류하고 있었다. 피비린내가 속에서 올라오는가 싶더니 이내 입가로 붉은 피가 터져 나왔다.

"쿨럭……."

정련 선자는 울컥울컥 피를 토해내자 자신도 모르게 손으로 입가를 가렸다. 흰 소매 가득 피가 배어 나왔다.

"분명히 경고하겠습니다, 사저. 제가 시키지 않은 일은 하지 마십시오. 전 제 계획이 방해받는 것 따위는 참을 수 없으니까요. 또한 사저에게서 들을 수 없다면 그를 직접 찾아가 물어보는 수밖에 없겠지요."

질렸다는 표정으로 정련 선자의 맥문을 내던지듯 놓아버린 뒤, 그대로 등을 돌려 방을 나서는 그의 뒷모습을 보며 정련 선자는 그 자리에 스르르 무너져 내렸다. 그가 나가 버리고 난 뒤, 피가 홍건한 입가로 정련 선자는 우스워서 견딜 수 없다는 듯 광소를 터뜨렸다. 상당한 내상을 입었지만 전혀 화가 나지 않았다.

"후후… 호호호……. 그래, 그래야지. 한 번에 넘어오면 재미가 없지 않겠어? 큰일이야. 점점 더 차지하고 싶어지잖아……."

*　　　　*　　　　*

"교주, 대체 어찌 된 일이십니까?"

"괜찮으신 겁니까?"

화우가 머무르고 있는 전각에 산공독이 섞인 연막탄이 터지고 정체불명의 괴한에게 습격당했다는 소문을 들은 마도의 사람들은 그가 걱정되었는지 그를 찾아와 걱정의 말을 늘어놓았다. 몇십 년간의 봉문 끝에 겨우 모습을 드러낸 마교였다. 가벼이 쓰러져서는 자신들이 오랫동안 눌려 살았던 백도에 본때를 보여줄 수가 없지 않겠는가.

"괜찮소. 본인이 괜한 걱정을 동도(同道)들에게 끼치는 것 같구려."

화우는 연막탄이 거의 사라질 즈음이 돼서야 태연자약 전각에서 걸어 나왔다. 산공독에 중독된 것 같지도 않았고 안색이 조금 창백하다는 것 외에는 보통 때와 다를 바 없었다. 사람들은 그가 안에서 숨을 참느라 그리된 것 같다는 생각을 했지만 백발문사의 생각은 달랐다. 그는 산공독 따위에 중독되지 않는다. 그렇다면 안에서 그의 안색을 창백하게 만들 만한 무언가가 있었다는 소리가 된다. 하지만 그는 물어도 대답해 주지 않았다. 묘하게 침착한 태도에 백발문사는 가슴속에 불안감이 싹텄다.

어쨌든 중추절 전야의 밤이 그리 지나가고 마침내 중추절을 맞이했다. 아침부터 떠들썩한 분위기가 만연한 가운데 사람들은 각자의 집에서, 혹은 일가친척들이 모여 중추절 제례 의식을 준비하고 있었다.

강호인들 역시 그것은 별다를 바 없었지만… 거의 대부분의 사람들이 객지에 나와 있는 관계로 맹 내에서 단체로 모여 치르기로 한 것이 특이하다면 특이한 점이었다.

원래라면 비무가 펼쳐졌어야 할 연무장에 이른 아침부터 커다란 상이 마련되고 화려하게 장식된 제례 음식들이 차려졌다. 평소라면 무복을 입었겠지만 오늘만큼은 화려한 성장을 한 사람들이 연무장으로 꾸역꾸역 모여들었다.

헌원가진은 아침 일찍부터 나와 제례 의식에 있어서 이것저것을 지시하고 있었다. 그 역시 오늘은 화려한 성장 차림이었다. 세인들로부터 희대의 미남이라 칭송되는 외모는 오늘따라 더욱더 빛을 발했다. 새하얀 단삼과 치렁치렁한 장포, 머리를 가지런히 문사건으로 동여맨 모습에서 영락없는 귀공자의 풍모가 엿보였다. 그 탓에 사람들 사이에 섞여 있어도 군계일학(群鷄一鶴), 단연 돋보였다.

마교의 교주라는 직책 덕분에 제례 의식에서 맨 앞으로 나오게 된 화우는 난감하기 이를 데 없었다. 마교에서도 이런 식의 제례는 맡아 본 적이 없었건만 강호에 나와 이 지경이라니 말이다. 당연히 진땀을 뻘뻘 흘리며 어찌해야 할까 난감해했지만 헌원가진은 이런 것에 너무 익숙한 듯 능숙하게 제례를 이끌어가, 화우는 그를 보고 따라 해 간신히 위기(?)를 모면할 수 있었다.

'…내 착각인가? 음식 색이……'

제례의 도중 화우는 차려져 있는 음식들의 색이 어쩐지 창백한 것 같다는 느낌을 받았다. 뭐랄까. 마치 독이 끼어 있는 것 같달까…….

―무얼 하시오? 단 교주의 차례가 아니오?

옆에서 헌원가진이 전음을 보내자 그제야 생각에서 벗어난 화우가 허둥지둥 다음 의식을 진행했다. 그 탓에 화우는 그냥 이른 아침에 안개도 조금 낀 탓에 창백하게 보이는 것이겠지 생각하고 그냥 넘겼다. 그것이 잠시 뒤, 커다란 파장을 불러일으킬 것이라고는 생각지 못하고 말이다.

제례가 끝난 뒤, 사람들이 여기저기 무리를 이루고 모여 음식을 나눠 먹는가 하면 월병을 쪼개어 그 안에 들은 종이로 자신의 운세를 점쳐 보기도 했다. 이런 모습만큼은 강호인이라 해도 여타 평범한 사람들과 전혀 다를 바가 없었다.

"흐음… 확실히 황궁하고는 사뭇 다르군."

잔월비선은 제례에 참가는 했으나 끝난 후에는 사람들 틈에 있지 않고 한 발자국 물러나 사람들이 하는 양을 감상이라도 하듯 지켜보기만 했다. 음식을 몇 접시 들고 오긴 했지만 그다지 먹을 생각은 들지 않아 그냥 내버려 두었다. 색이 왠지 창백한 것이 식욕을 당기게 하지 않는다는 이유도 있었다.

"아무래도 그렇겠지요. 설마 하니, 황궁 생활이 그리워지기라도 한 건가요?"

잔혹미영의 말에 잔월비선은 진저리를 쳤다.

"…설마."

서로 농담을 주고받으며 한쪽 구석에 앉아 있던 둘은 이상한 광경을 발견했다. 음식을 먹던 이들 중 하나가 안색이 거무죽죽하게 변하더니 게거품을 물고 그 자리에서 픽 쓰러지는 게 아닌가.

"뭐지?"

"글쎄요……."

둘은 쓰러진 자의 안색을 살피기 위해 안력을 돋우었다. 한데 그 사람만이 아니었다. 여기저기서 사람들이 픽픽 쓰러지기 시작하는 것이었다. 연무장 안이 갑자기 아수라장이 되었음은 말할 것도 없었다.

"이게 무슨 일인가……."

"이, 이보게! 정신을 좀 차려보게."

여기저기서 비명이 울렸다. 난데없는 사태에 당황한 사람들이 혼란에 빠져 있는 와중 맹의 총관인 교언명은 그나마 침착하게 대응했다.

"모두들 진정하시오!! 일단 하던 일을 멈추고 쓰러진 사람들을 한데 모으시오! 의술에 조예가 있으신 분들은 쓰러진 사람들의 상태를 봐주시구려!"

교언명이 아무리 외쳐 대지만 여기저기서 계속 어지럼증을 느끼고 몸을 가누지 못하는 이, 쓰러져서 게거품을 무는 이, 안색이 창백해져 금방이라도 숨이 넘어갈 듯 헐떡이는 이 등등… 계속해서 쓰러지는 사람들이 나오고 있어 혼란은 진정될 기미를 보이지 않았다.

―진정하라 하지 않았소! 이리 우왕좌왕하면 사태가 더 악화될 뿐이오!

천리전성술이 펼쳐졌다. 헌원가진의 음성이 연무장 구석구석에 퍼져 나가고 사람들의 소란이 일시에 끊겼다. 갑자기 고요해진 가운데 헌원가진의 말이 이어졌다.

―의술에 조예가 있는 사람들은 모두 쓰러진 분들을 봐주시고 지금 즉시 먹고 있던 것들을 내려놓으시오!! 그리고 혹시나 해서 하는 말이니 몸 안에 독이 들어 있지는 않은가 살펴봐 주시오. 만약 몸에 독이 있다면 내가진기로 태워 버려야 할 것이오!

그 말에 따라 사람들은 일사불란하게 움직이기 시작했다. 진기를 순환시켜 몸속을 살피는 한편, 쓰러진 자들을 한데 모았다. 한데… 그들은 아직 모르고 있었다. 이런 일이 자신들에게만 일어난 게 아니라 금릉 전체에 번지고 있다는 사실을 말이다.

＊　　　＊　　　＊

감상적인 기분에 젖어 이른 아침 공기를 쐬며 벽라춘을 한 잔 들이키던 청룡은 차 맛이 어쩐지 거슬렸다. 항상 마시던 옥호가 아니라 그러한 것일까……?

"뭘까… 대체……."

혀 끝에 닿는 맛이 아릿했다. 씁쓸한 벽라춘의 끝 맛에 알 수 없는 무언가가 있었다. 싸늘한 냉기랄까……?

"퉤―!"

맞은편에 앉아서 같이 벽라춘을 즐기던 인이 가벼운 욕설과 함께 입 안에 담고 있던 찻물을 창밖으로 내뱉었다.

"왜 그래?"

"…도대체 누가 이런 짓을……!"

인은 누가 차에까지 독을 넣었느냐며 투덜댔다. 청룡은 그제야 자신의 혀끝을 아릿하게 하던 위화감의 정체를 알 수 있었다.

"마셔도 중독이야 되지 않겠지만… 그래도 기분이 나쁘군. 아무리 내가 만독불침지체라지만 웃으면서 독을 마시고 싶진 않아."

인은 기분이 상한 듯했다. 도대체 누가 찻물에 독을 넣었을까. 이 세상에 가장 나쁜 것이 먹는 것 갖고 장난치는 놈이라 했다. 어렸을 적부터 강호로 나오기 전까지는 음식물 섭취라는 건 그저 살기 위한 하나의 방편쯤으로 치부하고 있다가 강호에 나오면서부터 식도락(食道樂)이란 것을 즐기게 된 인이었다. 간신히 알게 된 즐거움을 방해하는 놈들 따위는 없애 버려야 마땅하질 않겠는가 말이다.

"넌 그걸 계속 마시고 있을 기분이 나냐?"

"마셔도 중독은 되지 않을 테니까."

"그래, 너 잘났다. 나는 이 찻물에 누가 독을 탔……."

인이 한참 말을 하고 있을 때, 갑자기 백호가 두 사람의 거처로 뛰어들어 왔다. 눈동자를 보니 어지간히 다급한 일인가 보다.

[청룡님, 큰일났습니다! 밖이 아주 난리예요. 사람들이 쓰러지고 있다고 합니다!]

"뭐?! 사람이 쓰러져? 어째서?"

[그 음식물에 독이 들어가 있다고…….]

백호의 말에 청룡과 인은 서로를 마주 보았다. 음식물에 독? 방금 전에 자신들도 찻물에서 독을 발견하지 않았던가.

[그래서 도시 전체가 난리인 것 같아요. 이곳에서도 몇 명이 벌써 쓰러진 모양입니다. 내공을 익히고 있는 강호인들은 그나마 사정이 나은데 강호인 중에서도 내공이 약한 자들은 이미 중독이 됐다 하고… 그래서 아주 난리인 것 같습니다.]

"…황은 지금 어디에 있느냐?!"

[그, 그게… 아침부터 보이지 않으셨습니다.]

하필이면 이런 때에 황은 어디를 갔단 말인가. 청룡은 더 이상 가만히 있을 수가 없었다. 어찌 된 일인지 진상을 알아보고 싶었다. 그것은 인 역시 마찬가지였는지 청룡의 뒤를 따라나섰다.

"백호야, 혹시 모르니 은평에게 아무거나 마구 먹이지 마라. 무슨 일인지 알아보고 오겠다. 그리고 혹시나 황이 들어오면 황에게도 이 일을 알려주고."

[알겠습니다.]

둘이 거처를 나서고 나자 백호는 혼자 있을 은평이 걱정되어 서둘러 은평에게로 향했다. 다행히도 은평은 아직 꿈나라를 헤매는 중이었다. 깨워서 말을 해줘야 할까 말까를 고민하던 백호는 그만두었다. 괜히 알게 되면 인과 청룡을 따라나서겠다고 난리를 치는 모습이 눈앞에 선했다.

[그래, 모르시는 게 낫겠지.]

"지금 어디를 가려는 거야?"

인은 청룡을 따라나서긴 했지만 청룡이 가는 방향을 보고는 고개를 갸웃거렸다. 분명히 맹으로 찾아갈 것이라는 예상과는 달리 그는 정반대로 가고 있었던 것이다.

"조금 조사해 볼 게 있어."

"뭔가 짐작 가는 바라도 있는 거냐?"

청룡은 대답 대신 고개만 까닥해 보이고는 나아가는 속도를 더욱 빠르게 했다. 인은 따라가기 힘들다고 투덜대면서도 열심히 청룡의 뒤를 밟았다.

"도대체 어딜 가는 거야?"

"다 왔어."

청룡의 말에 안력을 돋우어 앞을 내다보니 진회하라는 거대한 수로가 보였다. 도대체 이 수로에는 왜 왔단 말인가.

'…잠깐… 수로라고?'

인의 머리 속을 번개처럼 스쳐 지나가는 것이 있었다. 사람들이 독에 중독된 증상을 보이며 쓰러진다 하였다. 그렇다면 그들에게는 분명 무언가 공통점이 있을 것이다. 독에 중독되게 만든 무언가가 말이다. 백호는 분명 음식물이라 하였지만 방금 전 청룡과 나눠 마시던 차에서도 독이 감지되었다. 그 말은…

'설마… 물에 독이 풀어졌다는 말인가?'

자신이 한 추측이 틀리기를 간절히 바랐다. 음식물도 아니고 물이라니……. 음식물에 독이 들어갔다 한다면 어떻게든 독이 들어가지 않은 음식물을 찾아 대체하면 되겠지만 물이면 상황이 어려워진다.

청룡과 인은 진회하의 부근으로 신형을 내렸다. 사람들이 쓰러져 나가는 탓인지 진회하 주변은 인적이 드물었다. 있는 것이라곤 전야제 행사에 쓰인 여러 가지 흔적들로 진회하의 수면 위에서 둥실둥실 떠다니고 있을 뿐이었다.

청룡은 진회하의 물을 손으로 떠냈다. 보통이라면 손을 물에 담았을 때 손 틈 사이로 주르륵 흘러내리겠지만 신기하게도 청룡의 손에서 물은 흘러내리지 않았다. 인은 그 광경이 신기한 듯 넋을 놓았지만 곧 정신을 차렸다.

"미약하지만… 음기가 작용하고 있어."

청룡은 손에 떠올린 물을 코에다가 대고 킁킁대며 냄새를 맡고 혀로 맛을 보기도 했다.

"음기라니?"

"인간들의 말로 바꿔보자면 독… 일종이긴 한데 독이 아냐."

손에 떠올린 물을 다시 수면 위로 뿌리며 청룡은 한숨을 쉬었다. 어째서 더 빨리 알아채지 못했을까 하는 자책이 잠시 그의 얼굴에 떠올랐다가 사라졌다.

"독인데 독이 아니다? 당최 무슨 소리를 하는 건지……."

"…아마 너희들이 말하는 만독불침지체라 하더라도 중독이 될 거야."

"뭐……!"

이 세상에 만독불침지체를 중독시킬 만한 독은 거의 존재하지 않는다고 봐도 무방했다. 독 종류만이 아니라 어지간한 최음제나 미혼향 역시 듣지 않는 신체가 바로 만독불침지체인 것이다.

"어떻게……."

"말했잖아. 독이지만 독이 아니라고. 사람을 상하게는 해도 죽어 나가진 않아. 하지만 중독되면 매우 고통스럽겠지."

인은 차에서 독을 느꼈을 때 마시지 않고 뱉어내길 잘했다며 놀란 가슴을 쓸어 내렸다.

"도대체 이 독의 정체가 뭐야?"

"…피야……."

청룡이 입술을 달싹거렸다. 하지만 그 소리가 너무 작아서 인에게는 들리지 않았다.

"뭐, 뭐라고? 소리가 너무 작아서 잘 안 들렸어."

"…현무의 피라구……."

청룡의 말을 듣고 있던 인이 버럭 화를 냈다.

"그게 무슨 소리야? 피가… 피가 어떻게 독이 되는 거야? 더군다나 신수의 피잖아! 신수의 피라면 영약(靈藥)이잖아!"

"영약이 따로 있고 극독이 따로 있는 줄 아냐? 잘못 쓰면 그게 곧 독이고 잘 쓰면 약이야. 사람들은 아마 맹물 상태로는 이 안에 독이 들어 있다는 것을 느끼지 못할 거야. 끓이거나 뭔가 걸러져야만 느낄 수 있을 정도로 옅은 독이야."

인은 청룡에게 한 가닥 기대를 품었다. 그러면 이 사태를 해결할 방법을 갖고 있을지도 모른다.

"해결할 방법은? 이 사태를 해결할 방법은 있겠지?"

하지만 인의 기대가 무색하게도 청룡은 고개를 저었다. 그에게도 지금의 이 사태를 막을 방법이 없었던 것이다.

"방법 따위는 없어. 나야 모르겠지만 인간들에게 있어서 물은 필수적인 것이니까… 마시지 않는 것도 한도가 있다구. 게다가 이건 물을 끓인다 해도 그대로야. 해독할 방법은… 현무가 물속에 풀어놓은 자신의 피를 거두어들이는 것뿐."

마치 뒤통수를 둔기로 얻어맞은 것 같은 멍함이 인에게 찾아들었다.

"도대체 현무의 목적이 뭐야?!"

"…내가 알면 여기서 이러고 있겠냐?"

청룡는 머리를 쥐어뜯으며 짜증을 부렸다. 현무의 속내를 짐작할 수 없었다. 한동안 잠잠하다 그랬더니 이런 식으로 일을 터뜨릴 줄이야.

은평에게는 어찌 말을 꺼내느냐는 것이 더욱 문제였다.

＊　　　＊　　　＊

"아응… 백호야아……."

잠이 덜 깬 목소리로 백호를 부르던 은평은 주변이 고요한 것을 깨닫고 고개를 갸웃거렸다. 보통 이 시간이면 이 근처가 전부 부산스러워야 옳은 것이다. 게다가 자신이 알기로는 오늘이 추석(秋夕)이라지 않는가. 뭐, 여기 사람들은 전부 중추절이라고 부르고 있지만 은평은 꿋꿋하게 추석이란 말로 중추절을 부르고 있었다.

"백호야? 어디 갔어?"

[아, 예? 전 여기 있습니다.]

뒤늦게 은평의 목소리를 들었는지 백호가 뿔뿔대며 침상 가로 다가왔다. 그 뿔뿔대는 모습이 퍽 귀엽다고 여기며 은평은 침상에서 내려왔다.

"왜 이렇게 주변이 고요해? 평소라면 시끄러울 텐데……."

[그, 글쎄요.]

백호는 자기도 잘 모르겠다는 의미로 고개를 저었다. 백호의 행동이 어딘가 어색한 것이 조금 미심쩍다 싶었지만 은평은 그리 크게 신경 쓰지 않았다. 뭐, 큰일이야 있겠는가.

"배고프다… 오늘 맛있는 거 많이 했겠지?"

[아, 아뇨. 별로 맛이 없던걸요.]

백호는 음식들이 맛이 없다며 타박했다. 사실 음식이란 걸 먹지 않아도 생활이 가능한 백호였기에 음식이 아무리 맛이 없어도 투정을 한다거나 맛이 있다 없다로 책잡는 법이 없던 백호였는데 오늘따라 이상하단 생각이 들었다.

"이상해, 너……."

은평의 중얼거림에 백호는 털을 바짝 곤두세울 만큼 놀랐다.

[아, 아하하하… 제, 제가 뭘요?]

'얼레, 이제는 말까지 더듬네?'

본디 거짓말에 익숙지 않은 고지식한 백호가 갑자기 거짓말을 능숙하게 하게 될 리 만무했다. 즉, 백호가 은평을 속인다는 것은 불가능에 가깝다는 말이다.

"…거짓말하지 마!! 너… 나한테 감추는 거 있지?"

[아닙니다!! 제, 제가 감추는 게 뭐가 있다고 그러십니까?]

은평의 눈이 점점 더 가늘어졌다. 백호는 진땀을 뻘뻘 흘리며 청룡이 얼른 돌아와 주길 간절히 바랐다. 이러다간 들통날 것 같았다.

"솔직히 불어……! 청룡이랑 인이 둘만 놀러 나간 거지?"

[…에……?]

뚱딴지 같은 은평의 말에 백호는 쓰러질 뻔한 몸을 간신히 바로잡았다.

"그 둘이 나만 빼놓고 놀러 나간 거지? 맞지!"

백호는 웃어야 할지 울어야 할지 모를 표정이 되었다. 그 두 사람이 놀러 나간 것은 아니지만 어찌 됐거나 은평을 빼놓고 둘만 나간 것에는 틀림이 없으니, 일단 백호는 위기를 벗어나기 위해 고개를 끄덕였다.

[네…….]

"…내가 그럴 줄 알았지! 돌아오기만 해봐."

씨근덕거리는 은평을 보며 백호는 일단 한숨 돌린 것 같아 안도의 한숨을 내쉬었다.

'…청룡님… 얼른 돌아와 주세요……!!'

백호는 마음 속으로 간절히 빌고 또 빌었다.

＊　　　　＊　　　　＊

"그게 문제네… 말해도 안 믿을 것 같은걸?"

일단은 피해를 줄이는 것이 제일 시급했다. 사람들에게 어떻게 알려야 효과적일까를 놓고 인과 청룡은 고심에 고심을 거듭했다. 사실대로 말하면 믿지 않을 테니 약간의 거짓말을 섞어야 하는데 그 어떻게 섞느냐를 놓고 둘 사이의 의견이 분분했다.

"일단 은평은 모르게 해야 해."

살그머니 금황성의 거처로 돌아온 그들은 몰래 방문을 열고 안으로 들어가려다가 문 앞에서 인왕상 같은 얼굴로 서 있는 은평을 발견했다.

"헉……." X2

둘은 그 자리에 우뚝 멈춰 섰다. 자신들의 거처에서 은평이 기다리고 있을 줄은 몰랐던 것이다.

"도대체 뭘 나에게 비.밀.로 한다는 거야?"

은평은 방실방실 웃고는 있었지만 이마에 핏대가 서 있었다. 곱게 넘어갈 마음이 아닌 모양이라고 인과 청룡은 생각했다.

─아, 알아챘나?

─글쎄……?

은평이 일을 알아챈 것인지 어쩐지를 몰라 뭐라 대답하기도 뭐했다. 그런 그들에게 구세주같이 은평의 뒤에서 나타난 백호가 뒷다리로 몸을 지탱하고 서서 앞다리로 손을 교차시킨 신호를 보냈다. 그 사실을 은평이 알아챈 것은 아니라는 의미다.

"…얼른 말 안 할래? 도대체 둘이 어디를 싸돌아다니다 온 거야! 난 나가지도 못하게 해놓고!!"

"아니, 그게 말이지……."

청룡은 막상 입은 열었는데 변변찮게 생각해 둔 변명거리가 없어 붕어마냥 뻐끔뻐끔거렸다. 인이 지원 사격을 위해 입을 열었다. 다행히도 청룡보다는 변명스러운 것을 생각해 낸 것 같았다.

"갑자기 아침에 바람이 쐬고 싶지 뭐겠어. 중추절 제례 의식하는 것도 보고 싶고. 그래서 저 아래 진회하에 잠깐 나갔다가 왔어. 아하하하……."

하지만 이런 둘의 노력을 물거품으로 만드는 소리가 저 멀리서 들려왔다. 정말 오랜만에 은평의 거처에 들린 난영의 목소리였다.

"은평아, 넌 괜찮니?"

인과 청룡, 백호는 모두 사색이 되었다. 기껏 잘 넘어간다 싶더니 갑자기 나타나서 초를 치다니… 정말로 난영이 얄미웠다. 인과 청룡이 붙잡을 새도 없이 은평은 밖으로 후닥닥 뛰어나갔다. 난영이 저 멀리서 옷자락을 나풀거리며 달려오는 게 보였다.

"에? 난영 언니, 여기는 어쩐 일이세요?"

"금릉 전체가 난리가 났잖아. 넌 혹시 괜찮은가 하고."

난영은 약간 창백한 안색을 하고 있었다.

"난… 리요?"

"그래, 난리! 사람들이 여기저기서 픽픽 쓰러지고… 듣기로는 무슨 독에 중독된 것 같다던데… 중추절인데 이게 무슨 일인지……."

거기까지 들은 은평은 겨우 상황 파악을 했다. 이런 소동을 저 두 놈이 모를 리가 없었다. 아마 방금 자신 몰래 나갔다 온 것도 그것을 조사한답시고 나갔던 것이 틀림없었다. 게다가 백호는 거기에 장단을 맞춰서 자신을 속이려 들었고 말이다.

"전 괜찮아요."

"음식물 때문에 중독된 거래… 지금 금릉이 온통 아수라장이야. 너 혹시 벌써 조반(朝飯)을 든 건 아니지?"

난영은 은평에게 이것저것 주의 사항을 알려주고 서둘러 돌아갔다. 난영이 돌아가자마자 은평은 방으로 돌아와 허공만 쳐다보고 있는 청룡과 인을 노려보았다.

"……."

슬슬 무슨 말이 나올 법도 한데 은평은 아무 말도 하지 않고 청룡과 인을 노려볼 뿐이었다. 차라리 화를 내주면 좋으련만 저렇게 조용하니 더 불안하다. 좌불안석(坐不安席)의 분위기를 견디다 못한 인이 먼저 말을 꺼냈다.

"저기 은평아……."

"…왜 말 안 했어?"

은평의 목소리에 노기가 실려 있다거나 짜랑짜랑하다거나 한 것은 아니었다. 그냥 평상시와 다름없는 잔잔한 목소리였다.

"왜 이야기 안 했냐고 묻고 있잖아."

"네가 걱정할까 봐 안 했어. 너 정말 너무한다. 우리는 이렇게 널 생각하……."

이렇게 된 바에야 사실을 조금 더 숨겨서 이야기하고 생색을 낼 심산으로 강하게 치고 나가려 들었던 청룡은 은평에 의해서 말이 막혔다.

"너무한다고? 그건 나야말로 청룡, 너한테 하고 싶은 소리야. 내가 그렇게 못 미더워? 내가 그렇게 어린애야? 어째서 항상 나만 떼놓는 거야? 하다못해 백호나 인한테는 이야기하면서 나한테는 왜 말 안 하는 건데?"

'네가 평소에 하는 행동이 좀 못 미덥긴 했잖아' 라고 말하고 싶었지만 청룡은 꾹 참았다.

"아무리 그래도 나만 쏙 빼놓고 셋이서만 속닥거리는 거 볼 때면 내가 얼마나 소외감 느끼는지 알기나 해? 정말 해도해도 너무한다구!"

슬슬 말이 길어질 기세인 은평을 말리기 위해 인이 나섰다.

"알았어, 내가 말해 줄게. 말해 주면 되잖아!"

"야!!"

인의 말에 청룡이 발끈했다. 말하긴 뭘 말한단 말인가. 하지만 인은 뭔가 생각이라도 있는지 자신이 잘 알아서 할 테니 가만히 있으라는 표시로 손을 저었다.

"…그러니까 말야, 누가 수로에 독을 풀었어. 사람이 죽는 독은 아닌데 쉽게 해독되지도 않고 일단 중독되면 매우 고통스러운 독이래. 아까 금 소저는 음식물 때문에 중독이 되었다라고 했지만 실제로는 물 때문에 중독이 된 거야. 아무래도 음식을 조리할 때 물이 들어가니 그리된 것 같아."

"독을 푼 게 누군데?"

"…그, 그건 차차 알아봐야지."

현무가 풀었다는 말은 하지 않고 사실 인에서만 적당히 말해 주었다. 이 정도면 괜찮지? 라는 눈짓을 청룡에게 보냈더니 청룡은 살짝 고개를 끄덕였다. 만족스럽진 않았지만 그렇다고 불만족스럽진 않았으니까.

41
독

독

· 열이 펄펄 끓는다.

· 차가운 오한이 찾아들어 온몸이 시체마냥 냉랭해진다.

· 안색이 더없이 창백하다.

· 의식을 잃고 줄곧 혼수상태.

이것이 대략적인 중독 뒤의 증상이었다. 맨 처음에는 내력으로 독을 태우면 되리라 여겼지만 내력으로 독을 태워도 마찬가지였다. 내력이 강한 사람들은 그나마 내력으로 독을 억누르는 임시방편책을 썼지만 내력이 약한 자들은 하루가 멀다 하고 픽픽 쓰러져 갔다. 무림인들이 이러할진대 일반 사람들은 오죽하겠는가. 한데 음식물을 조심해도 걸리는 사람은 계속해서 나타났다. 중추절 이른 아침에 발생되기 시작한 것이 저녁이 되자 금릉에 있는 사람들의 삼 분지 이가 중독이 되어 앓아 누울 정도였으니까.

의원들은 정신없이 병자를 찾아 고쳐 보려 애썼지만 의원들 중에서도 중독이 되어 쓰러지는 사람이 나타나고 있었다.

"…미치겠군. 이거야 원… 아수라장이 따로 없질 않은가."

아수라장이 따로 없다고 교언명은 중얼거렸다. 자신 역시도 내력으로 억누르고는 있지만 중독이 되어 있는지 기력이 점점 엷어지고 몸을 움직이기가 귀찮게 느껴지고 있었다.

그나마 중독을 피한 사람들은 분노에 차서 이건 분명 배교의 소행이라고 사람들을 선동하고 다니는 지경이어서 혼란은 더욱 가중될 뿐, 진정될 기미가 없었다.

"들어가도 되겠습니까?"

"들어오시오."

보고를 위해 헌원가진에게 들른 그는 조심스럽게 문을 열었다. 침통한 표정의 헌원가진이었지만 교언명을 보자 애써 안색을 펴 그를 맞았다.

"어찌 되었소?"

"점점 중독자가 늘어나고 있는 상황이오이다……."

그것이 전부 자기 탓이라는 듯 교언명은 푹 숙인 고개를 들 줄 몰랐다.

"…음식물 때문에 중독이 되는 듯하니… 무얼 함부로 먹을 수도 없고… 도대체 어떤 음식물 때문에 사람들이 중독되는 것인지 밝혀진 바는 있소?"

"…그, 그것이… 벽곡단이나 말린 곡물, 과일 등을 제외한 모든 음식물에서 동일한 증상이 일어났습니다."

아직 이들은 물 때문에 중독이 일어난다는 사실을 몰랐기에 물은 정작 조심하지 않고 음식물에서만 원인을 찾고 있었다.

"…벽곡단이나 말린 곡물… 과일……."

교언명의 입에서 거론된 것들을 뇌까려 보던 헌원가진은 문득 이들의 공통점을 발견할 수 있었다. 모두 조리되지 않은 것들이 아닌가.

"그것들은 모두 조리되지 않은 게 아니오?"

"예……? 아 맹주의 말씀을 듣고 보니 과연……."

헌원가진의 말에 교언명 역시 비로소 알아차린 듯했다.

"설마… 조리하거나 한 음식물을 먹으면 독에 중독된다는 것인가?"

"그, 그래서 중독된 자들이 줄지 않았던 것이군요."

교언명은 재빨리 머리를 굴렸다. 사람들에게 되도록 벽곡단이나 말린 곡물류를 섭취하게 하고 조리된 음식물은 먹지 못하게 해야 할 듯싶었다. 하지만 이들은 제일 중요한 '물'이라는 존재를 망각하고 있었다.

"어서 사람들에게 알리시오. 최대한 빨리!"

"예, 알겠습니다."

가볍게 목례를 하고 맹주의 앞에서 물러 나온 교언명은 창고에 남아 있는 벽곡단의 수를 헤아려 보면서 서둘러 중독자들을 모아둔 전각으로 향했다.

*　　　*　　　*

"일단 은평을 속여 넘기기는 했는데 이제 문제는 사람들에게 어떻게 알리느냐로군."

인은 푹푹 한숨을 내쉬었다. 마음 같아서는 지금 당장이라도 달려가 여러 곳에 알리고 싶었지만 청룡이 계속해서 만류했다. 현무의 속셈이 무엇인지 모른다는 이유 때문이었다. 사실 사람이 죽어 나가는 일이라면 청룡이 말리든 말든 가서 알렸겠지만 일단 절대 죽지 않는다는 그의 말을 믿고 잠자코 있는 것이었다.

"…그렇겠지."

청룡은 입술을 잘근잘근 씹으며 황을 떠올렸다. 이런 때에 대체 어디로 사라졌단 말인가. 음기, 혹은 수기와는 정반대되는 속성인 양기와 화기의 신수인 그녀라면 뭔가 방법을 강구해 낼지도 모른다는 기대 때문에 청룡은 자꾸만 그녀가 없는 것이 아쉬웠다.

"어머나, 이게 무슨 일이래? 내가 잠깐 자리를 비운 사이에 아주 쑥대밭이 됐네."

인은 바로 자신의 옆에서 커다란 불꽃이 생겨나 활활 타오르자 깜짝 놀라 몇 발자국 뒤로 물러섰다.

"황!"

청룡은 그 불꽃과 방금 들린 목소리가 황임을 깨닫고 황의 이름을 불렀다. 오늘만큼 황이 반가웠던 적도 없었다. 황 역시 청룡의 목소리를 들었는지 불꽃 속에서 모습을 드러냈다. 다만 옷차림이… 아무것도 입지 않은, 벌거벗은 차림이었다.

"험험."

인은 눈을 어디다 둬야 할지 몰라 괜히 허공을 바라보며 민망해했다. 그것을 아는지 모르는지 황은 태연하게 인과 황의 앞에 벌거벗은 모습으로 내려섰다.

"…너 도대체 어딜 다녀온 거야? 그리고 왜 허구한 날 옷은 벗고 다니는 건데!"

청룡은 황의 목소리를 들으니 반갑기는 했지만 어딜 가 있다가 이제야 나타나냐라는 짜증이 밀려와 버럭 화를 냈다.

"잠깐 본체 상태로 있다가 다시 나온 거라구. 너는 본체 상태에서도 옷 입고 다녀?"

하지만 맹맹하게 청룡의 짜증을 받아줄 황이 절대 아니었다. 황이 본체로 돌아갔었다는 말에 조금 머쓱해진 청룡은 좀 전보다는 한결 누그러진 목소리였다.

"도대체 본체로는 왜 돌아갔던 건데?"

"…좀 알아볼 게 있어서. 실은……."

황은 청룡에게 인이 있는 방향을 향해 힐끗 눈짓했다. 인을 잠깐 내보내라는 의미였다. 그 의미를 알아들은 청룡은 인을 향해 부탁했다.

"잠깐만 자리 좀 피해줘."

인 역시 그리 눈치가 없는 것은 아니었고, 황 옆에 있는 것이 민망하기도 해서 후닥닥 자리를 피해주었다.

"자, 됐지? 이제 말해 봐."

"나 실은… 천계에 갔었어."

천계에 갔었다라는 말에 청룡의 눈썹이 꿈틀했다. 황은 허공에서 손을 휘둘러 자신이 입을 옷을 만들어내며 말을 이었다.

"천계도 꽤 어수선하더라고. 이. 일.로 말야. 천계에서도 이번 일을 아는 것 같더라고. 잘만 하면 이곳 금릉뿐만이 아니라 중원 전체로 퍼뜨릴 기세던걸."

"지금 천계에서… 일부러 이런 짓을 벌이고 있단 말야?"

"아니, 표면적으로 천계에서는 어디까지나 모르는 일인걸. 그리고 너도 알겠지만 이번 일은 누가 봐도 현무의 소행이잖아. 천계에서 모른다는 게 말이 돼? 그런데도 불구하고 그 능구렁이들은 이번 일을 모른 체하고 있단 말야. 뭐, 손을 놓고 있다고 봐도 무방해."

황은 어느새 화려한 붉은 화복을 갖춰 입고 있었다.

"이것으로 확실해졌지 뭐."

"…뭐가?"

황의 얼굴에 씁쓸한 미소가 번졌다. 이런 말을 하는 자신 역시 싫다는 기색이 역력했다.

"네가 아무리 그 꼬맹이를 붙잡아놓으려고 해도 어쩔 수 없어. 이 일은 그 꼬맹이에게 맡겨졌으니까."

"…뭐? 그게 무슨 말이야?"

청룡이 버럭 고함을 내지르자 황은 귀를 막으며 투덜거렸다.

"너도 그 꼬맹이 닮아가? 왜 이렇게 시끄럽게 구는 거야."

황의 어깨를 붙잡아 마구 흔들며 청룡이 외쳤다.

"알아듣게 말해! 그게 무슨 말이냐고!"

"말 그대로야. 천계에서는 어디까지나 표면적으로는 모르는 일이라고 했잖아. 어쨌든 해결하려는 움직임은 해줘야 하잖겠어? 그래서 그 임무를 이번에 새로 선인이 되신 무.산.신.녀께 맡겼다는 말씀. 때맞춰 천계에 올라간 나를 불러서 인계에 내려가서 전하라고까지 하던데?"

청룡은 주먹을 꽉 쥐었다. 자신이 은평의 움직임을 최대한 묶어놓고 최대한 나서지 못하게 하자 이번에는 저쪽에서 먼저 선수를 쳐왔다. 나설 수밖에 없게끔. 은평이 인계에서 날뛰어대는 것이 저들이 바라는 바일 테니까. 어쩐지 자신이 하는 양을 뻔히 알고 있을 것임에도 그냥 놔두나 했다.

"저 꼬맹이가 나서지 않으면 금릉뿐만이 아니라 중원 전체로 이 독이 퍼지는 건 시간문제야. 저쪽 역시 네가 저 꼬맹이를 묶어두고 있는 걸 알고 있어. 그러니까 이런 수를 걸어왔겠지."

쾅―!

황의 말이 이어지고 있을 때, 갑자기 닫혀 있던 방문이 큰 소리와 함께 반쯤 무너져 내렸다. 황과 청룡은 갑자기 부서진 문 쪽으로 고개를 돌렸다. 이게 웬 마른하늘에 날벼락이란 말인가.

"……!!"

한데, 문 쪽을 바라보던 청룡이 반쯤 굳었다. 문이 부서진 그 자리에 은평이 서 있었기 때문이다. 뒤에는 인이 '다 틀렸다'라는 눈빛으로 자신을 바라보고 있었다. 그리고… 한동안 어색한 침묵이 이어졌다.

"꼬맹이가 힘도 좋지. 문을 때려부수다니."

이 어색한 침묵을 깬 것은 다름 아닌 황이었다. 마치 이런 일을 예상하고 있었기라도 한 듯 청룡과는 달리 전혀 당황한 빛을 찾아볼 수 없었다. 그 어투에 청룡은 설마― 하는 생각을 품었다.

'혹시 황은 이런 결과를 위해 일부러……'

그렇지 않으면 자신이 은평이 엿듣고 있다는 것을 알아채지 못할 리가 만무하지 않은가. 아직 은평에게는 자신의 기척을 청룡 앞에서 감출 정도는 되지 못했으니까 말이다.

"그게 무슨 말이야? 현무가 뭘 어쨌는데? 황이 하는 말들 모두 뭐야? 난 이해하지 못하겠어. 제발 설명해 줘… 청룡, 설명해 달라고!!"

잔뜩 흥분한 은평을 인이 잠깐 데려간 사이 청룡이 황을 향해 으르 렁댔다.

"…어째서야!! 이건 차라리 모르는 편이 나아! 어떻게 말하란 말야? 현무가 자신에게 비수를 들이대고 있다고 어떻게 말하냐구!!"

황이 일부러 자신의 감각을 속이고 은평에게 대화를 엿듣게 했다는 것을 알아차린 청룡은 격앙되어 있었다. 될 수 있으면 끝까지 이야기 하고 싶지 않았던 사실이었다.

"언제까지나 숨길 수 없는 법이야. 차라리 솔직하게 알려주는 것이 더 좋을 수도 있어."

"…그런 건 나도 안다구……."

청룡은 그 심경이 복잡한 듯했다. 황은 딱하다는 듯 혀를 끌끌 차댔 다.

"이미 엎질러진 물이야. 그냥 이야기해 주라구."

황의 말대로 이미 엎질러진 물이긴 했지만 청룡에겐 황이 더없이 얄 미웠다.

"자, 어서 가봐. 옆방에서 네가 오길 기다리고 있잖아. 가서 낱낱이 이야기해 주고 오라고."

자신의 등을 떠미는 황에게 치여 청룡은 하는 수 없이 은평에게로 향했다. 은평에게로 가는 발걸음이 마치 쇠고랑을 찬 것처럼 더없이 무거웠다. 사형장에 끌려가는 사형수의 심정이 이러할까.

'그래, 하는 수 없지. 이렇게 된 바에야……'

손을 뻗어 밀었더니 삐거덕 소리와 함께 문이 열렸다. 안에는 백호 와 은평, 그리고 인이 있었다. 은평은 청룡을 보자 기다렸다는 듯 숙이 고 있던 고개를 들었고, 백호 역시 쭈그리고 앉아 있던 자리에서 일어났다. 청룡은 심호흡을 해 마음을 가다듬었다.

"자자, 그렇게 서 있지 말고 앉아."

인이 어색한 분위기를 타파하기 위해 솔선수범(?)을 보였다. 청룡에게 자리를 권하고 은평에게도 그렇게 굳은 인상 하지 말라고 타박을 주었다.

"자, 은평 너도 그렇게 '나 세상에 불만있소~' 라는 듯한 얼굴 하지 말고."

둥근 원탁에 은평과 청룡이 마주 앉자 인은 발치께에 있던 백호에게 따라 나오라는 손짓을 했다.

"싸우지들 말고 이야기해. 잠깐 밖에 나가 있을 테니."

인은 백호와 함께 조심스럽게 물러났다.

둘이 나가고 문이 닫히는 소리까지 났는데도 청룡과 은평은 서로를 마주 볼 뿐, 아무런 말도 하지 않았다.

"…이야기해 봐. 내가 알아듣게 설명해 줘."

견딜 수 없었는지 은평이 먼저 말을 꺼냈다. 청룡은 한숨을 푹푹 쉬다가 천천히, 그동안 말하지 못하고 묵혀왔던 이야기를 꺼냈다.

"그러니까… 어디부터 이야기를 해야 할까. 현무가 항상 죽고 싶어 했다는 건 알겠지? 입버릇처럼 말하고 다녔으니까. 현무는 사실 인계에 온 건 자신을 죽일 사람을 찾기 위해서였어. 그리고 최근에 알게 된 사실이지만……"

청룡은 차마 다음 말을 잇지 못하고 한 호흡을 쉬었다.

"…현무가 찾고 있었던, 자신을 죽일 사람은 바로 은평 너야."

"…그게 무슨 소리야!"

은평은 자리에서 벌떡 일어났다. 청룡이 지금 무언가를 잘못 알고 있는 게 틀림없었다. 현무를 죽일 사람이 자신이라니… 자신이라니……!! 뭔가 이상하게 돌아간다 싶어도 그냥 그러려니 했다. 현무가 갑작스럽게 사라졌을 때마저도, 주작이 치료를 위해서라며 몸을 감췄을 때도 왜 저렇게 죽고 싶어할까, 현무를 동정하기도 했지만 설마 하니 현무를 죽일 사람이 자신이라는 말을 듣게 될 줄은 꿈에도 몰랐다.

"내가 어째서 현무를 죽이게 된단 말이야?"

"…그 녀석이… 그렇게 만들 테니까. 무슨 수를 써서라도."

청룡은 말하면서도 관자놀이가 지끈지끈 쑤셔왔다. 이런 말은 되도록 하지 않길 바랐다…….

"…왜 어째서 나야!!"

"넌 인간이니까……."

"…잠시 동안은 혼자 있게 은평을 내버려 둬."

긴긴 이야기를 마치고 나온 청룡은 안쪽을 턱짓하며 인과 백호에게 가만히 내버려 두라고 말했다. 인은 알았다는 듯 고개를 끄덕이며 청룡의 어깨를 두들겨 주었다.

"거봐, 말했더니 속은 시원하지?"

황 역시 조금은 걱정이 됐던지 밖에서 청룡이 나오길 기다리고 있었던 모양이다. 청룡은 은평의 방문 앞을 물끄러미 바라보았다가 발길을 돌렸다.

"황, 넌 어째서 그랬어? 중립을 지킨다고 하지 않았던가?"

청룡은 문득 떠오른 의문을 해결하기 위해 황을 돌아보았다.

"어머나, 무슨 말이 하고 싶은 거야?"

황은 아무것도 모르겠다는 얼굴을 하고 있었다. 은평이 상처를 받을까 두려워 계속해서 숨겨오던 이야기를 일부러라도 말하게 한 것은…
혹시…….

은평이 꼭두각시라는 것은 '그들'에게는 지키고 싶은 비밀일 것이다. 꼭두각시가 그 자신이 꼭두각시란 사실을 알게 되면 줄을 끊고 도망칠 테니까. 하지만 그 사실을 알고 있는 날 은평의 곁에 가만히 내버려 둔 것은 자신이 절대 은평에게 털어놓지 않을 것이라고 짐작했기 때문이 아닐까? 하지만 어떤 식으로든 은평에게는 알려야 했으므로 황은 강제적으로라도 자신이 은평에게 말할 기회를 만들어준 것이 아닐까 하는… 그런 생각이 들었다.

"…은평이 엿듣도록 만든 것 말야. 어째서지?"

"아까 말했잖아. 이런 건 미리 말하는 게 좋다니까."

슬그머니 넘기려는 황과 어떻게든 황의 본심을 알아내려는 청룡 간에 신경전이 일었다.

"넌 분명히 중립을 지킨다고 하지 않았어?"

"응, 그랬지. 지금도 중립을 지키고 있고."

황은 정작 중요한 이야기는 하지 않고 본론을 겨냥한 청룡의 활을 이리저리 피해가고 있었다. 청룡은 그것이 속이 타 죽을 지경이었다.

"뱅뱅 돌리지 말고 말해! 도대체 너 무슨 속셈이야!"

"…정말 끈질기네. 여자에게는 말하고 싶지 않은 비밀도 있는 거라니까."

"비밀 좋아하시네. 얼른 말하지 못해! 중립은 무슨 중립이야! 너 이건 분명히 은평의 편을……."

"시끄러워. 거 그냥 묻어두고 있으라구."

황은 쌀쌀맞은 기색으로 청룡을 앞서 걷기 시작했다. 기다리라고 외치며 황의 어깨를 붙잡으려면 청룡은 황의 목덜미와 귓가가 빨개진 것을 보고 눈을 크게 떴다. 놀랍게도 황이 쑥스러워하고 있다는 표시다. 청룡은 이 믿지 못할 광경에 어안이 벙벙했지만 그래도 한 가지는 깨달을 수 있었다. 중립을 지키던 황이 은평 쪽으로 돌아섰다는 것을 말이다.

'바보 같으니, 말하기 싫다는데도 굳이 캐물을 건 뭐야.'

한편, 앞서 가고 있던 황은 눈치없는 청룡을 탓했다.

'이상한 데서 둔한 구석이 있는 청룡이니 너그러운 이 몸께서 용서해 줘야지, 훗.'

…라는 공주병(?)스러운 생각을 한 황은 치료하기 위해 용암 속에 몸을 담그고 있는 동안을 떠올렸다.

'그래… 상처는 입더라도 어차피 곪을 상처라면 일찌감치 곪게 해서 고름을 짜내고 빨리 낫게 하는 게 낫지.'

청룡에게 아까 전에 했던 말대로 자신 역시 봉에게 숨기고 있던 것을 털어놓았다. 털어놓으니 홀가분하고 개운한 것이 그동안 괜히 숨겨왔더라는 생각이 들 정도였다.

'이제… 저 꼬맹이의 상처만 곪게 만들면 되는 건가……?'

그 곪은 상처를 터뜨리는 악역은 당연히 자신이 맡아줘야 되겠지만 말이다.

한편, 은평은 침상 위에 멍하니 앉아 있었다. 내가 지금 무슨 말을 들었더라라고 생각될 만큼 머리가 멍했다. 방금 들은 이야기들이 이해가 가지 않고 머리 속에서 빙글빙글 맴돌기만 할 뿐이었다.

"결국 넌 이용물일 뿐이었던 거야. 장기말과 같달까."

"그랬기 때문에 그들은 널 이용했어. 자신들은 직접적으로 역사에 관여할 수는 없으니까."

"한데 네가 그 예상과는 달리 장기말로서는 별 효용이 없었던 모양이야. 그렇기 때문에 백호를 보내고 마침내는 나와 다른 신수들까지 네 곁으로 불러들였지. 널 자신들의 뜻대로 조종하기 위해서."

"한데 백호와 내가 그들의 뜻에 따르지 않았고, 봉과 황은 중립을 지켰어."

"현무는 그들의 계약에 동의했어. 자신을 죽일 사람을 찾아달라고, 그리하면 내가 당신들을 물심양면으로 도와주겠다고 말야."

"내가 널 붙잡아두려고 한 이유는 그들의 뜻대로 움직이게 하지 않으려 했던 거야. 네가 날뛰면 날뛸수록 그게 그들이 바라는 바일 테니까. 네가 세상에 이름을 알릴수록 널 조종하기가 쉬워지거든."

"이번 일은 현무가 벌인 일이야. 직접적으로 인간에게 해꼬지는 할 수 없으니까 간접적으로 해를 입히기 시작한 거지."

청룡이 해주었던 말이 귓가에서 윙윙대며 소용돌이쳤다. 은평은 듣고 싶지 않아 귀를 막았지만 윙윙대는 소리는 줄어들지 않고 오히려 더 커져만 간다.

'막 죽고 나서 나한테 누군가를 소중히 여긴다는 의미를 깨달으라고 했던 건… 모두 거짓말이란 말이야……?'

자신이 알고 있던 모든 것이 거짓이었다. 어째서, 하필이면, 왜, 라는 의문이 떠올랐다. 왜 하필이면 장기말로 택한 것이 자신이란 말인가.

겨우 누군가를 소중히 여긴다는 의미를 깨달으려 하고 있던 때였다. 백호와 인과 청룡 모두 자신에게는 소중한 존재들이라는 사실을 깨달아가고 있었다. 한데 백호와 청룡이 자신의 곁으로 오게 된 이유마저도 높으신 '그들'이라는 존재들의 탓이라는 건가. 자신을 선인이 되게 만든 것마저도……?

견딜 수 없이 분했다. 그동안 자신의 생활이 모두 꼭두각시처럼 조종되고 있었다는 사실이 못 견디게 분하고 또한 아팠다. 자신은 꼭두각시 노릇을 하기 위해 이곳에 오게 된 것이란 말인가. 자신이 만나고 겪었던 사람들 모두 정해진 수순을 밟듯이 알게 된 게 아닌가 하는 생각에 너무도 괴로웠다.

"…알게 된 이상 가만히 있진 않겠어. 지금까지처럼 순순히 조종되어 줄 줄 알아?"

더 이상 이용당하고 조종당하지 않겠노라고 은평은 다짐했다.

중추절의 다음날 아침, 사람들이 독에 중독되어 쓰러진 것과는 전혀 어울리지 않게 날씨는 화창했다. 바람도 선선히 불었고 따사롭게 내리쬐는 햇볕에 하늘은 선명한 쪽빛을 띤 채 구름 한 점 없이 맑았다.

"날씨 참 더럽게 좋구먼."

가장 먼저 일어난 인이 하늘을 바라보며 투덜거렸다. 어제 아침부터 아무것도 먹지 못해서 배는 고프지만 못 버틸 정도는 아니었다. 일주일 넘게 한 끼도 먹지 못하고 버틴 적도 허다한 그에게 있어서는 말이다.

"은평은 아직도 안 일어났나?"

간밤의 일 때문에 걱정이 되기도 해서 은평의 방문 앞을 기웃기웃거렸지만 안에서 들려오는 인기척은 없었다.

"인, 남의 방문 앞에서 뭐 해?"

불쑥 들려온 은평의 목소리에 인은 뛰어오를 만큼 놀랐다. 심장이 쿵쾅대는 걸 보니 어지간히 놀라긴 한 모양이었다. 인은 천천히 뒤를 돌아보았다.

"응? 뭐 하냐니까?"

평상시와 전혀 다를 바 없는 얼굴이 아닌가? 목소리가 평상시와 다름없게 들려도 설마 했는데 얼굴까지 전혀 변한 게 없다니… 정말 뜻밖이었다.

"아, 아니, 난 네가 일어났나 해서."

은평은 아까 전에 벌써 일어난 듯 옷도 제대로 갖춰 입고 있었고 기다란 머리도 단정하게 빗어 내린 채였다. 게다가 손에는 웬 바구니 하나가 들려 있었다.

"응, 일어나기는 벌써 아까 일어났어. 자, 그리고 이거 받아. 배고프지?"

은평이 바구니에서 꺼내어 내민 것은 다름 아닌 사과였다.

"어……?"

인은 멍한 표정으로 은평을 바라보았다. 사과를 받아 들면서도 얘가 은평이 맞나 싶었다. 평소의 은평이라면 백호가 깨우고 또 깨워야 겨우겨우 일어나던 애가 아닌가. 게다가 머리를 빗는 것도 백호에게 시키는 것이 일상다반사였다. 자기 스스로 일어나서 옷을 갖춰 입고 머리를 빗은 데다가 아침 일찍부터 나가서 사과를 구해오기까지 하다니. 혹시 자신이 환상을 보고 있는 건 아닐까 하는 생각에 자신도 모르게 허벅지를 꼬집었다.

"어제부터 아무것도 못 먹었잖아. 혹시나 싶어 먹을 만한 것을 찾아봤는데 난영 언니가 과일이나 말린 곡물류는 먹어도 된다길래……."

혹시 얘가 어제의 충격으로 잠시 정신이 …하게 된 것은 아닌가 하는 생각도 품어봤지만 또박또박 말하는 거 보면 꼭 그런 것 같진 않았다. 인은 자신도 모르게 서쪽 하늘을 바라보았다.

"왜 그래?"

"아니, 오늘 해가 서쪽에서 떴나 해서……."

"뭐?"

은평은 어이가 없다는 듯 인을 바라보았다. 어쩐지 표정도 풀려서 멍해 보이는 게 바보스럽다.

"아닌데……."

뭐라고 혼자 중얼거리던 인은 갑자기 은평의 뒤쪽으로 돌아가서 치마를 살짝 들춰냈다.

"…뭐 하는 거야!!"

은평이 인의 정강이를 걷어찼다. 인은 멍한 표정으로 한마디 중얼거렸다.

"이상하네. 꼬리도 없잖아……."

"꼬리는 무슨 꼬리!"

"…난 구미호가 너로 변신한 줄 알았어. 너 정말… 은평 맞아?"

인의 말에 은평의 표정이 팍 구겨졌다.

"아직도 잠이 덜 깼어? 그게 무슨 자다가 봉창 두들기는 소리래?"

"…그럼 네가 정말로 은평이란 말야?"

은평은 들고 있던 바구니를 인에게 떠다밀고는 화가 나서 안으로 걸어 들어가 버렸다. 문까지 쾅— 소리를 내며 닫는 것이 보통 성질이 난게 아닌 듯싶었다.

잠시 뒤, 겨우 제정신을 차린 인은 청룡을 외쳐 불렀다.

"어이, 청룡! 저, 저기 말야!! 은평이……!"

인이 청룡을 부르는 소리에 대신 화답한 것은 황이었다. 은평의 방에서 어슬렁어슬렁 걸어나오는 그녀는 얇은 홑적삼 하나 걸친 게 전부인 차림새였다.

"어머, 동정남 씨. 아침부터 웬 소란이야?"

은평의 방에서 나오는 황을 본 인은 기겁을 했다. 저 여자는 대체 아침부터 차림새가 저게 뭐란 말인가.

"가, 간밤에 은평의 방에서 지낸 거요?"

"어머, 당연하죠. 그럼 시커먼 사내놈들이 득시글대는 그쪽 방에서 잤어야 한단 말이에요?"

무슨 그런 소리를 하냐는 듯 황이 생긋 웃었다. 정말 보면 볼수록 탐나는 양기가 아닌가. 인은 며칠째 굶주렸다가 통통한 토끼를 발견한 늑대의 눈을 한 황을 보며 자신이 꼭 그 토끼가 된 게 아닌가 하는 기분이 들어 등골이 오싹해졌다.

"그… 간밤에 은평에게 별일은 없었소?"

"흐음, 글쎄요… 있었을까나 없었을까나."

황은 대답해 줄 듯 말 듯하면서 대답해 주지 않았다. 그 바람에 인은 답답하고 속이 타서 미칠 지경이었다.

"어서 대답을 좀 해보시구려."

"흐음, 그 동정을 내게 주면, 대답해 드리죠."

"쿨럭쿨럭……."

인은 사례가 들렸는지 기침을 해댔다. 도무지 저런 화제를 꺼내올 때의 황은 당해내기가 힘들었다.

"저 젖소 아줌마가 식전 댓바람부터 나가서는 뭐 하는 짓이래? 그 옷만 입고 나가는 게 어딨어! 얼른 들어와서 옷 안 입어!"

방문을 연 은평이 고개만 내밀고 황을 향해 외쳤다.

"꼬맹이, 그만 좀 떽떽거려. 알았으니까. 그렇게 소리 질러대면 목 안 아프니?"

"흥, 젖소 아줌마가 신경 쓰실 바가 아니네요."

어쩐지 저 둘 사이에 오고 가는 대화가 예전과는 달리 굉장히 친근하게 들려오는 것은 왜일까. 예전엔 황이 일부러 은평을 마구 놀려대고 은평이 거기에 화가 나서 마구 쏴대는 형식이었다면 지금은 그냥 장난 삼아 일부러 투닥대는 싸움을 하고 있는 것처럼 보였다. 오래 사귄 친구 사이의 장난 같달까.

"도대체… 어떻게 했길래……."

자신도 모르게 중얼거림을 입 밖에 낸 탓일까. 그 중얼거림을 들은 황이 그를 향해 한쪽 눈만 찡끗거렸다.

"여자끼리 한번 수다를 떨고 나면 엉덩이에 점이 몇 갠지도 알게 되는 법이에요, 동정남 씨."

…갑자기 홀딱 벗고 나타나지 않고 자신을 향해 동정남 씨라고 부르

는 것만 참아주면 황을 조금은 좋아할 수 있을 것 같았다.

"도대체 어떻게 한 거야?"

청룡 역시 아침에 일어나서 은평의 모습을 보고는 깜짝 놀라 황을 끈질기게 좇아다니며 대체 어떻게 한 거냐고 묻고 있었다.

"왜 자꾸 귀찮게 해? 어쩌다 보니 그렇게 됐다니까."

황은 청룡의 질문을 빙빙 돌릴 뿐, 정작 중요한 것은 말해 주지 않았다. 청룡이 화도 내보고 살살 달래도 보지만 황은 요지부동이었다.

"치사하게 자꾸 이럴래!"

"얼씨구? 화를 내? 내가 어떻게 했는지 듣고 싶지 않은가 봐?"

청룡과 황이 투닥대고 있을 무렵, 은평이 백호를 안고 청룡을 찾아왔다. 어젯밤과는 달리 상당히 안정된 모습에 생긋 웃기까지 하고 있어서 안겨 있는 백호도 어안이 벙벙한 모양이었다.

"네, 네가 웬일이냐? 아침부터?"

"할 말이 있어서."

은평이 찾아온 걸로 겨우 청룡에게서 해방된 황은 겨우 한숨 돌렸다는 표정이었다. 청룡이 이렇게까지 집요하게 캐물을 줄은 몰랐던 것이 화근이었다.

"인, 잠깐만 자리 비켜줄래?"

저쪽 구석에 있던 인에게 은평이 자리를 비켜줄 것을 요구했다. 인은 은평의 말에 따라 자리를 비켜주면서도 한편으로는 조금 섭섭한 마음이 드는 건 어쩔 수 없었다. 신수들과 선인이 할 말이 뭐가 그리 중요한지는 모르겠지만 그래도 오랫동안 같이 지냈는데 자신만이 따돌림 받고 있는 기분이 들지 않는가.

인의 기척이 더 이상 주변에서 느껴지지 않게 되었을 때 은평은 이곳에 온 용건을 청룡을 향해 풀어놓았다.

"의논하려고 왔어."

"…무슨 의논?"

"뭐긴 뭐겠어. 물에 독이 있다며. 그거 해독시켜야 할 거 아냐."

"…뭐?"

청룡은 지금 은평이 한 말이 이해가 잘 가지 않을뿐더러 어리둥절했다. 지금 쟤가 뭐라고 말을 하는 걸까.

"청룡이라면 방법 알고 있겠지? 가르쳐 줘."

"자, 잠깐… 잠깐만!!"

이야기를 하기 전에 확실히 짚고 넘어갈 것이 있었다. 도대체 은평의 저런 태도를 뭐라고 해석하면 될 것인가.

"내가 어제도 말했지만… 네가 나서면 나설수록……."

"알아. 어제 네 말은 충분히 알아들었고 밤새 곱씹고 또 곱씹어서 더 이상 씹을 게 없을 정도야."

은평은 매우 자연스런 태도로 청룡의 말을 가로막았다.

"나 있지… 어제 네 말을 듣고는 매우 혼란스러웠어. 내가 지금까지 지내왔던 게 모두 꾸며진 거짓인 것만 같아서. 너를 만난 것도 백호를 만난 것도 모두 말야."

어쩐지 은평의 태도가 굉장히 어른스럽게 느껴졌다. 어제까지만 해도 세 살배기 아기 같았지만 오늘따라 갑자기 훌쩍 커버린 것 같았다. 지금까지는 항상 자신이 내려다보는 느낌이었지만 이제는 자신만큼 자라서 자신과 같은 높이에서 같은 곳을 바라보고 있는 느낌이랄까.

"내가 꼭두각시 노릇을 하기 위해 이곳에 왔고 이곳에 와서 사람들을 겪은 일들도, 만나게 된 사람들 모두 정해져 있던 수순 같아서… 몹시 기분이 나쁘고 불쾌했어. 하지만 내가 백호를 만났고, 인을 만났고, 청룡을 만났던 건 정해진 수순이든 뭐든 간에 나에게는 더없이 소중한 사람들이자 소중한 만남이야. 오히려 그런 수순을 만들어준 자들에게 감사하고 싶어.”

“…은평아……”

“처음에는 어떻게 꼭두각시 노릇에서 벗어날 수 있을까도 생각했어. 한데 그건 도망치는 것 같아서 자존심 상하잖아. 그러니까 부딪쳐 볼래. 그놈들도 조종하던 꼭두각시에게 당해보라지. 후후.”

은평은 그 어느 때보다도 밝게, 그리고 천진난만하게 웃고 있었다. 은평을 만나서 본 웃음 중 가장 밝고 가장 편안해 보이는 웃음이라고 청룡은 느꼈다.

“그래… 그러자. 네 말대로 부딪쳐 보자.”

청룡 역시 아주 오랜만에 편안한 마음으로 미소를 지었다. 항상 쫓기듯이 불안했던 마음을 떨쳐 내버리고 말이다.

“자, 그럼 남은 건 해독인가?”

청룡은 마지막으로 남은 해독이라는 문제를 떠올리고 눈살을 찌푸렸다. 자신이 아는 바로는 물의 독을 해독하려면 현무가 물에 섞어놓은 자신의 피를 거두어들이는 수밖엔 없질 않던가.

“일단 사람들만이라도 해독을 시켰으면 좋겠어.”

은평의 말에 청룡은 아주 난색을 표했다. 그것도 절대 쉽지 않은 일이기 때문이었다. 아마도 인간들 사이에서는 해독약이란 게 존재하지 않을 그런 독이 아닌가.

“청룡, 너도 머리가 다 굳은 모양이군?”

잠자코 보고 있던 황이 참 딱하다는 듯 혀를 찬다.

"황, 너는 뭔가 좋은 수라도 있어?"

은평은 혹시 황에게는 뭔가 묘안이 있나 싶어 기대에 찬 눈으로 황을 바라보았다.

"물에 있는 독을 직접적으로 중화시킬 순 없지만 사람들의 독을 해독시킬 수는 있어."

"정말? 어떻게 하면 되는데?"

사람들만이라도 해독시킬 방법이 있다는 말에 은평의 얼굴에 화색이 돌았다.

"아, 그렇구나!"

이제야 깨달았다는 듯 청룡이 자기 무릎을 찰싹 내려쳤다.

"바보 같으니라고, 이제야 깨달은 거야?"

황과 청룡이 둘만 뭔가 아는 듯한 눈치를 보이자 은평이 입술을 삐죽였다.

"뭐야, 두 사람만 알고……."

[아, 그렇군요! 그 수가 있었어요!]

백호마저 무언가를 깨달았는지 기쁜 목소리를 냈다.

"에이, 정말 뭐야! 세 사람만 알기야?"

[은평님, 제가 설명해 드릴게요. 현무님이 물에 풀어두신 것은 본인의 피로 지독한 음기를 띠는 것이지요. 게다가 물을 마시고 중독된 사람들의 공통된 증상은 물 안에 들어가 있는 강한 음기로 인해 몸 안의 균형이 깨지는 것이거든요. 그러니까 그 강한 음기를 바로잡으려면 강한 양기를 보충해 줘야 한다 이 말입니다.]

"양기? 그 양기는 어떻게 보충하는데?"

은평은 여전히 이해가 가지 않는 눈치였다. 황은 딱하다는 혀를 차
며 은평이 이마를 톡 하고 두들겨 주었다.

"이 맹꽁아, 양기의 화신체가 네 눈앞에 있잖아!"

＊　　　＊　　　＊

화우는 일어나자마자 중독자들이 모여 있는 전각을 돌아보았다. 내
력이 상대적으로 약한 운향과 백발문사가 중독이 되어 누워 있는 상황
인지라 가만히 앉아 있을 수가 없었던 것이다. 화우 역시 중독이 되어
있었지만 내력으로 억누르고 있는 상태였다. 자신은 그나마 내력으로
억누르기라도 하지만 내력이 약해 앓아 누운 사람들의 상태는 심각했
다. 체온이 너무도 내려가서 금방이라도 죽을 것 같은 사람들이 태반
이었다. 숨이 붙어 있는 것이 신기할 지경이랄까.

침상이 모자라 그냥 바닥에 모포를 깔고 중독자들을 눕히고 여러 의
생들과 의원들이 분주히 움직이고 있었다. 의원들 중에서도 중독자가
나오는 실정이라 중독자들을 돌보는 일손이 턱없이 부족했다.

"이들의 상태는 어떻소?"

백발문사와 운향을 돌보고 있는 의생에게 화우가 조심스럽게 용태
를 물었다. 의생은 고개를 저었다. 저체온증으로 금방이라도 죽을 것
같은 사람들이었던 것이다. 중독은 되더라도 절대 죽지 않는다는 사실
을 아직 모르고 있었기 때문에 벌써부터 환자를 포기하는 의원들도 있
었다.

"너무 체온이 떨어졌습니다. 체온을 높여주기 위해 갖은 방법을 써
보고는 있지만……."

화우는 답답한 마음을 금할 길이 없었다. 하지만 의생을 닦달한다고 그들이 금방이라도 털고 일어날 것도 아닌지라 꾹 눌러 참아야 했다.

"교주께오서도 와 계셨구려."

헌원가진 역시 병자를 돌아보고 있던 와중인 듯 구획을 돌아 나오는 화우와 딱 하니 마주쳤다. 헌원가진 역시 초췌한 인상이었다. 그 역시 중독이 된 것일까?

"아… 맹주 역시 이곳을 돌아보고 계셨소이까?"

화우와 헌원가진은 잠시 중독자들이 모인 전각을 빠져나왔다. 화우는 마음이 무거웠다. 마교의 교주씩이나 된 자가 이리 손을 놓고 있어도 되는 것인가 하는 자책감 때문에, 그리고 자신의 부하와 자신의 동생이 앓고 있다는 근심 때문에. 그가 이럴진대 헌원가진의 마음이야 어떠하겠는가.

"…동생 분께서도 중독이 되셨다 들었소만……."

"곧 괜찮아지지 않겠소?"

화우는 애써 입가에 웃음을 띠었다. 자신의 동생은 괜찮을 것이다라고 되뇌이면서.

"아직까지 죽어 나간 사람은 없는 게 참 다행이오."

그는 긍정적으로 생각하기로 했다. 아직까지 죽어 나간 자가 없질 않은가.

"그렇구려. 아직까지 죽어 나간 사람은 없으니……."

두 사람이 근심 걱정으로 한숨짓고 있을 때, 교언명이 부리나케 달려왔다. 그 역시 중독이 된 탓에 안색이 창백했으나 둘에게로 달려오는 발걸음은 매우 가벼워 보였다.

"맹주!! 여기 계셨습니까!"

교언명이 저리 호들갑스럽게 구는 것은 처음 보는 광경이기에 헌원
가진뿐만 아니라 옆에서 지켜보던 화우 역시 놀랐다. 도대체 무슨 일
이기에 저자가 저리 구는 것일까.

"어서, 어서 저를 따르시지요!"

자세한 상황 설명을 할 틈도 없다는 듯 교언명은 헌원가진의 소맷자
락을 잡아끌었다.

"대체 무슨 일이오?"

"…해독제를 가진 이가… 해독제를 가진 이가 나타났습니다!!"

교언명의 말에 두 사람은 서로를 마주 보며 멍하디멍한 표정을 했
다. 지금 교언명이 분명 해독제라고 말을 한 것이 맞단 말인가.

"지, 지금 해독제라 하시었소?"

먼저 정신을 차린 화우가 교언명에게 되물었다. 해독제가 있으면 자
신의 동생인 운향도, 부하인 백발문사도 살릴 수 있을 터였다.

"예, 그렇습니다. 해독제를 갖고 계신 분이 나타나셨습니다."

"지금 어디에 있소?"

헌원가진 역시 믿어지지 않는다는 듯 교언명의 팔을 붙잡고 몇 번이
고 되물었다. 혹 자신이 잘못 들은 것은 아닌지 의심하면서 말이다.

"분명합니다. 지금 관청에서 마련한 치료소에 해독제를 가진 이가
나타나셨다고 합니다."

교언명은 둘의 계속되는 확인에도 전혀 귀찮아하지 않고 몇 번이든
대답해 주었다.

"일단, 그 사람을 만나봐야겠소! 당장 앞장서시오."

"본인 역시 따라가겠소!"

화우 역시 그 해독제를 가진 사람을 꼭 만나보고 싶은 마음에 헌원

가진을 따라나서기로 마음먹었다.

*　　　　*　　　　*

은평은 머리를 긁적였다. 사람들의 지금 태도가 너무 부담스러운 것이다. 자신보다 나이가 많은 이가 자신을 향해 연신 머리를 조아리는 모습은 더더군다나 그러했다.

"아이고, 감사합니다……."

"감사하긴요, 괜찮아요."

도대체 '감사하긴요, 괜찮아요' 란 말을 벌써 몇 번이나 반복했는지 모르겠다. 그것도 겨우 반 시진 정도 만에 말이다.

은평이 가지고 온 병의 물을 중독자의 입에 조금 흘려 넣어주면서 앞으로 몇 명이나 남았을까를 생각했다. 자신이 가지고 온 이 물을 일단 중독자에게 먹이면 몸의 체온이 높아지고 오한이 가시게 된다. 그 다음에는 완전히는 아니지만 혼수상태에서 벗어나 사람을 알아볼 정도의 체력을 회복하게 되는 것이다. 정말로 효과가 있을까 했지만 효과는 정말 즉효였다. 사람들은 도대체 이 해독제의 정체가 뭐냐고 캐물었지만 은평은 대답해 주기가 난감했다. 이건 정말로 그냥 '물' 에 불과했으니까. 다만 그냥 물과 아주 조금 다른 것이 있다면 금릉이 아닌 다른 지역에서 얻어온 물에 황의 피를 한 방울 섞었을 뿐이라는 것이었다.

황의 피 역시 희석시키지 않고 먹으면 독이나 다름없기에 만 분의 일로 물에 희석시켜 가지고 왔을 뿐이다.

'물이 슬슬 떨어져 가네…….'

아까 인을 시켜 떠온 물이 벌써 동이 나고 있었다. 황의 피와 물을 희석시키려면 청룡과 백호의 도움이 필요한 관계로 해독제를 더 가져오려면 금황성의 거처로 되돌아가야 했다. 황의 피가 희석되어 있는, 찰랑대는 물을 바라보며 문득 어젯밤의 일을 떠올렸다.

너무도 분해서 잠자리에 들었음에도 잠을 못 이루고 있던 은평의 이불 속으로 누군가가 비집고 들어왔다. 맨 처음에는 백호인 줄 알고 퉁명스레 나가라고 말했다.

"백호야, 나 오늘은 기분이 너무 안 좋거든? 저기 아래 가서 자."

"…어머, 꼬맹이, 난 백호가 아닌데?"

은평의 말에 화답해 들려온 것은 백호의 목소리가 아니라 짓궂은 어투의 황의 목소리였다. 황의 목소리를 들은 은평은 누워 있다가 상체를 반쯤 일으켰다.

"뭐, 뭐야! 아줌마가 왜 여기 있어?"

"뭐긴 뭐야, 자려고 왔지. 꼬맹이, 혼자 넓은 자리 차지하지 말고 좀 비켜."

황은 피식 웃으며 은평을 밀어내고 이불 속으로 파고들었다. 마치 자기 것을 도로 되찾아오는 듯한 행동에 기가 찬 은평은 황을 밀어내려 했으나 요지부동, 꼼짝도 하지 않았다.

"겨우 그것 갖고 날 밀어내겠어? 힘 좀 더 써봐."

그렇게 한참 실랑이를 벌이다가 마침내는 은평이 먼저 나가떨어졌다.

"자든지 말든지 맘대로 해. 대신… 잠버릇 고약하면 당장에 침상 아래로 굴려 버릴 테니까."

"꼬맹이, 그건 내가 할 소리라고."

은평은 더 이상 대꾸하기도 싫어서 황으로부터 등을 돌리고 이불을 푹 뒤집어썼다. 자신은 오늘 정말 너무 피곤했다. 그저 얼른 잠들어 버리고 싶은데 옆에서는 황이 자꾸만 부스럭거리며 그것마저 방해하고 있었다. 마침내 견디다 못한 은평이 이불을 확 걷어내며 상체를 일으켰다. 그리고 옆에 누워 있던 황을 툭툭 건드렸다.

"이봐, 젖소 아줌마. 좀 일어나 봐."

"왜?"

황은 이불 속에서 얼굴을 내밀었다.

"…내가 잠자는 데 방해하지 말랬지?"

"생신수(?) 잡는 것 좀 봐. 내가 언제 너 자는 걸 방해했다고 그래?"

황은 뻔뻔하게도 자신은 그런 적이 없다며 시치미를 뚝 뗀다. 은평은 속이 터져 죽을 지경이었다. 침상을 둘이서 쓰게 된 것만으로도 화가 치미는데 잠까지 방해받아서야 되겠는가.

"방해했잖아!"

"언제?"

"지금!"

은평은 아까 청룡에게 들었던 이야기는 싹 잊어버린 듯했다. 황을 밀어내는 것이 오직 목표라는 듯 눈을 부릅뜨고 황을 째려보았다.

"너야말로 나 자는 데 방해하지 마."

"…뭐, 뭐야?"

더 이상 상대해 봐야 자기 혈압만 오를 것 같아서 은평은 포기하고 다시 누우려고 했다. 이젠 옆에서 뭐라고 하든 신경 쓰지 말아야지 하는 생각으로 말이다. 다행히도 이번에는 황 역시 몸을 뒤적이거나 하지도 않아 은평 역시 잠을 청할 수 있을 듯했다.

잠들 수 있을 거라고 생각했는데… 한참이 되도록 은평의 눈은 감기지 않았다. 오히려 시간이 지나면 지날수록 눈이 또렷해진다랄까.

"…분하니?"

갑자기 황이 말을 걸어왔다. 밑도 끝도 없이 '분하니?' 라는 한마디였다.

"무슨 헛소리야. 알아듣게 말해."

"…아까 청룡에게 들은 이야기 말야. 분해?"

한참 전에는 자신의 잠을 방해한 것으로도 모자라서 이번에는 마음까지 들쑤셔 놓고 있었다. 마침내 폭발해 버리고 만 은평은 황을 향해 악다구니를 써댔다.

"그래, 분하다. 어쩔래, 이 아줌마야!! 분해 죽겠으니까 제발 나 좀 가만히 내버려 둬!!"

"싫은데."

"……"

은평은 간신히 터져 나오려는 화를 꾹꾹 눌러 참았다. 이대로 있다가는 화병에 걸려 제명에 못 죽을 것 같다라고 하면 너무 과장인 걸까.

"…나 지금 장난칠 기분 아니야!"

"나도 장난칠 기분은 아니야."

"…아줌마, 대체 목적이 뭐야? 날 피 말려 죽게 하려고 작정했어?"

황의 목적이 있다면 그것은 필시 자신을 '화병' 이나 '고혈압' 으로 피 말려 죽이는 것일 거다.

"속으로 삭이는 건 안 좋아. 무슨 수를 써서라도 밖으로 분출해 내라구. 네가 속으로만 삭인다고 있었던 일이 없던 일이 되는 것도 아니고 말야."

"…아줌마 따위가 뭘 안다고 그래?"

"모르긴 몰라도 너보다는 몇천 년은 오래 살았어. 그 정도도 짐작 못할까 봐? 신수라고 언제나 하하호호 웃고 사는 건 아냐."

방금 전까지의 장난스러운 웃음과 말투가 거짓말같이 느껴질 정도로 황의 말투는 진지했다. 은평을 바라보는 눈동자의 동공은 차갑게 굳어 있었다. 은평은 어쩐지 그 눈동자에서 시선을 뗄 수가 없었다.

"너처럼 분해서 훌쩍대고 있느니, 나 같으면 어떻게든 보복할 방법을 찾아내겠다. 이 등신, 당한 만큼 갚아줘야지. 훌쩍댄다고 네 분이 풀리니?"

"…보복이 문제가 아냐!! 지금까지 내가 겪어왔던 모든 것들이 부정당했단 말야! 백호도, 청룡도, 인도, 아니… 비단 이 셋뿐이 아니라 내가 만나봤던 사람들이 모두 준비되어 있던 거라고 한다면 난 대체 뭐야?"

"네가 대체 뭐라니, 꼭두각시였잖아."

"…그래, 나 꼭두각시였어. 그게 못 견딜 만큼 분해!! 이제 됐어?"

분한 마음에, 사실은 갈 곳을 모르고 은평의 가슴속을 떠돌던 울분이 응축되어 온통 황에게로 쏠렸다. 사실 황이 말을 얄밉게 하는 탓도 있긴 했다.

"질질 짜지 말고 잘 들어, 꼬맹아. 네가 만났던 모든 사람들이 정해져 있던 거라고 치자. 그러면 이 사람들하고 있었던 일들을 전부 부정하고 싶니? 정해져 있던 대로 만났기 때문에?"

"……."

은평에게서는 더 이상 화내는 목소리가 들려오지 않았다. 은평은 황을 가만히 노려보고 침묵했을 뿐이었다.

"나약한 소리 따위 하지 마. 이제 꼭두각시였다는 걸 알았으니 꼭두 각시를 조종하던 줄을 끊어야 하잖겠어?"

황은 은평의 머리로 손을 뻗었다. 그러더니 감촉 좋은 머리카락을 쓱쓱 쓰다듬어 주었다.

"내가 너라면… 질질 짜느니 보복할 계획부터 세웠을 거야. 아니면 앞으로 어찌할지에 대한 계획이라도."

은평의 몸이 부들부들 떨리는 것이 맞닿은 피부를 통해 전해져 왔 다. 이 정도면 일부러 자극해 댄 보람이 있길 않은가.

"기운 차려, 꼬맹이. 그게 비록 모두 정해진 것이라고 할지라도 네 곁에는 널 지켜주기 위해서 발버둥 친 청룡도 있고, 백호도 있어. 그들 이 널 지켜주기 위해서 발버둥 친 것은 정해져 있던 게 아니니까."

황이 은평의 등을 두들겨 주는 순간, 은평은 황의 품에 와락 안겼다. 아무런 말도 하지 않았지만 황은 은평을 가만히 안아주었다. 어쩐지 자신의 품이 축축해지는 느낌을 받았지만 굳이 확인하려 들지 않았다.

"그래… 울든 화를 내든, 모조리 풀어버려. 그리고 내일부터는 다시 시작해……."

"저, 저기… 누군가가 만나러 오셨다고……."

은평은 자신의 눈앞에 불쑥 나타난 사내 때문에 하고 있던 생각을 접어야 했다. 은평은 눈가가 왠지 눅눅한 것 같아 소매로 쓱 닦아냈다. 눈에 먼지가 들어갔나 보다.

"누가 절 만나러 왔는데요?"

"저쪽에 계십니다."

사내는 말을 다 전했다고 생각했는지 다시 총총히 중독자들을 돌보기 위해 몸을 움직였다. 은평은 사내가 가리켜 준 방향으로 고개를 돌렸다.

"어라……?"

서로 대조되는 백의과 흑의가 제일 먼저 눈에 띄었다.

"…맹주 씨랑 교주 씨잖아?"

이름은 간데없고 언제부터인가 '맹주 씨'와 '교주 씨'로 낙찰된 두 사람이 은평을 만나기 위해 찾아왔던 것이다.

외전

自遣 *(자견)*

홀로 가는 길

— 李白 *(이백)*

對酒不覺暝 *(대주불각명)*

술을 마시느라 저무는 줄 몰랐더니

落花盈我衣 *(낙화영아의)*

옷자락에 수북한 떨어진 꽃잎

醉起步溪月 *(취기보계월)*

취한 걸음 달빛 시내 따라 걸으니

鳥還人亦稀 *(조환인역희)*

새도 사람도 보이지 않네

신수열전(神獸列傳) 두 번째
(그에게도 말 못할 고민은 있다)

그것은 화창하던 늦여름의 어느 날 벌어진 일이었다. 백호는 나무 그늘에 쭈그리고 앉아 하늘을 한 번 바라보고 한숨을 푹 쉬고 또다시 하늘을 한 번 바라보고 한숨을 푹 쉬길 반복했다. 꼭 근심거리라도 있는 형상이었다.

"얼레, 너 여기서 혼자 뭐 하냐?"

자신이 신수라는 사실을 알고도 여전히 아기 호랑이 취급인 인이 옆에 와서 백호의 옆구리를 손끝으로 꾹꾹 찔러댔다. 인으로서는 백호가 하는 양이 꼭 사람 하는 짓 같아 신기한 마음이었지만 백호는 불쾌하기 짝이 없었다. 자기가 하는 말을 알아듣지도 못하면서 감히 신수를 일개 호랑이 취급하다니 말이다. 지금이야 이런 아기 호랑이 모습을 하고 있지만 백호 역시 왕년(?)에는 산중(山中)을 호령하던 백수의 왕

시절이 있었다. 백호는 인으로부터 고개를 픽 돌리고 그늘에서 일어나 저만치 가버렸다.

"허참."

인은 고개를 한 번 젓더니 이내 자기 볼일을 찾아 가버렸다.

백호는 후원에 있는 연못물에 자신의 모습을 비춰보았다. 수면에 동그란 얼굴과 붉은 눈동자, 작고 귀여운 생김새의 새끼 호랑이 한 마리가 흐릿하게 떠올랐다. 자신이 고개를 갸웃하면 수면 위의 새끼 호랑이도 고개를 갸웃하고, 자신이 앞을 빤히 바라보면 수면 위의 새끼 호랑이 역시 앞을 빤히 바라보았다. 그것이 마음이 들지 않았던 듯 백호는 앞발을 들어 물 위를 마구 헤집었다. 그러더니 털썩 주저앉아 땅이 꺼져라 한숨을 폭폭 내쉬다가 다시 물 위에 자기 모습을 비춰보고 다시 앞발로 헤집어놓기를 반복한다.

"…어이, 뭐 하냐?"

마침 그 옆을 지나가던 청룡이 백호의 이해할 수 없는 행동을 보고 어이없어했다. 저게 지금 뭐 하는 짓이란 말인가.

[청룡님…….]

잔뜩 풀이 죽은 백호의 음성을 듣고 있자니 뭔 일이 있나 싶어 청룡은 백호 옆에 같이 주저앉았다.

"왜? 뭔 일 있냐? 자, 말해 봐. 이 위대하신(?) 몸께서 친히 고민 상담이라도 해줄 테니."

백호는 청룡의 말을 듣자 뭔가 생각났다는 듯 갑자기 청룡의 옷자락에 덥석 매달렸다.

[청룡님!]

"애가 갑자기 왜 이래? 은평한테 하도 시달리더니 돌았냐?"

안 하던 짓을 하면 죽을 징조라던데란 말을 입에 담을 뻔한 청룡은 얼른 입을 다물었다. 신수가 죽는다는 것 자체가 어지간해서는 없는 일이니까 말이다.

[청룡님!!]

"왜 그래? 불렀으면 말을 해."

청룡은 백호의 발톱에 자신의 옷이 찢어지지는 않을까 전전긍긍하며 백호에게 얼른 용건을 말하라 재촉했다.

[청룡님은 언제부터 인간체로의 변신이 가능하셨나요?]

"나? 글쎄… 언제쯤이었더라……?"

어쩐지 백호가 자신을 불러 세운 이유를 조금은 알 것 같다는 생각이 들었다. 아마도 백호는 얼른 인간체로의 변신을 꿈꾸는 듯했다. 인간체로 변하면 주변의 기운을 흡수해서 생활하기 때문에 인간의 탐욕 어린 사기(邪氣)라던가, 이런 류의 것에 더욱더 민감하게 반응하기 때문에 더 안 좋다는 것을 아는지 모르는지…….

[뜸 들이지 말고 얼른 말씀 좀 해주세요!]

"기억 안 나, 하도 오래전 일이라. 그런데 그런 건 알아서 뭐 하게? 넌 언제쯤 인간체로 변하게 될까 그게 궁금한 거야?"

백호는 열렬히 고개를 끄덕거렸다. 궁금한 게 당연하지 않은가!

[네, 궁금합니다! 뭔가 아시는 게 있다면 말씀 좀 해주세요.]

청룡은 그런 게 있었던가? 라고 스스로에게 자문하며 머리를 긁적였다. 하지만 뾰족한 답은 얻지 못했다.

"…뭐, 변할 때 되면 변하겠지."

[그, 그런 게 어딨습니까!]

바락바락 대드는 모습이 점점 은평을 닮아간다는 생각에 청룡은 실소를 머금었다. 항상 붙어 있다 보니 닮아가는가 보다.

"신수마다 편차가 있어서 잘 모르겠는데, 넌 신수 중에서 제일 어리니 아마도 한참 더 있어야 할 것 같다."

[에에!!]

절망 어린 백호의 표정이 퍽이나 귀엽다고 생각하며 청룡은 백호의 머리를 톡톡 두들겼다.

"너무 조급해하지 마. 때가 되면 어련히 변할 수 있을까 봐?"

[뭔가 다른 방법은 없을까요? 빨리 인간체로 변하고 싶다구요!]

백호답지 않게 조급해한다 여긴 청룡은 이내 머리 속에서 뭔가 재미있는 생각이 스쳐 지나갔다. 이걸 써먹을까 말까 고심하다가 청룡은 마침내 입을 열었다.

"뭐, 정 그렇다면 묘수를 하나 가르쳐 주지."

청룡의 말에 백호는 눈을 반짝반짝 빛냈다. 그 모습을 본 청룡은 참지 못하고 웃음을 터뜨릴 뻔했으나 초인적인 인내심으로 꾹꾹 내리눌러 참았다. 설마 정말로 믿을까 하는 호기심도 생긴다.

"별다른 게 아니고… 그 삼칠일(三七日) 동안 동굴에 틀어박혀서……."

[틀어박혀서요?]

청룡은 아주 비밀스런 이야기를 하고 있다는 어조로 백호의 귀를 바짝 끌어당기고 소곤소곤 말했다.

"…쑥하고 마늘만 먹으면서……."

웃음을 참아가며 말을 한 탓에 청룡의 말은 군데군데 묘하게 어투를 끌고 있었다.

[먹으면서?]

얼른 말하라는 듯 백호가 채근했다. 답답해서 견딜 수 없다는 태도로 말이다.

"햇빛을 보지 않으면… 인간체로 변할 수 있다던데?"

[그게 정말입니까?]

"그렇다니까."

청룡은 자기가 설마 거짓말을 하겠느냐며 가슴을 탕탕 두들겼다. 그 말에 홀랑 넘어간 백호는 어떻게 실행할 것인가를 생각해 보았다. 이곳은 산중(山中)이 아니니 동굴을 구하기란 쉽지 않다. 그리고 또 다른 문제라면 쑥일까…… 마늘이야 그렇다 치더라도 먹기 좋은 쑥의 새순은 봄철에나 자라나는 것이고 이 늦여름에는 전부 질긴 것밖엔 남아 있지 않을 터였다. 하나, 인간체로 변신할 수 있다면 뭐가 대수이겠는가.

[청룡님, 감사합니다!]

그 말을 철석같이 믿은 백호는 꼭 실행해 보리라 다짐하며 냅다 어디론가 달려나갔다.

"큭… 크하하하하하하하……."

백호가 완전히 사라진 것을 확인하고 나서야 청룡은 대소를 터뜨렸다.

"큭큭큭… 뭐야, 정말로 믿는 거야……? 푸하하하하… 미치겠네."

그냥 겉으로는 고지식해 보여도 실제로 알고 보면 참 어리숙하다고 생각한 청룡은 그렇게 한참을 더 웃었다.

"어지간히 인간체가 되고 싶은 모양이지? 푸하하하……."

배를 잡고 데굴데굴 구르다시피 해서 웃어대던 청룡을 지나가던 인이 발견했다.

"뭐야, 왜 그렇게 웃고 있어? 지나가던 참새 똥구멍이라도 봤냐?"

인이 옆에서 무어라 하든 한참을 더 웃은 청룡은 웃다 뱃가죽이 땡겨서 더 이상 웃지 못할 지경이 돼서야 겨우 진정했다.

"도대체 뭐가 그렇게 웃긴 거냐? 혼자만 웃지 말고 나도 좀 알자."

"푸흐흐흐흐… 아무것도 아냐."

차마 백호를 상대로 엄청난 '뻥'을 쳤다는 이야기는 할 수 없었던 청룡은 대충 말을 얼버무렸다. 그리고 백호와 나눴던 이야기들은 머리 속에서 깨끗이 지워내 버린 채, '오늘은 어떻게 은평을 수련시킬 것인가' 그것에 깊이 골몰했다.

[에… 이것도 아니고, 저것도 아니고…….]

후원 이곳저곳을 돌면서 쑥이 난 자리를 백호는 열심히 찾아다녔다. 대부분 제철이 지나 질기디질긴 것밖에는 남아 있지 않겠지만 말이다.

[음… 이건가?]

백호는 뭉툭한 앞발로 땅을 헤집어 쑥을 몇 뿌리 뽑아냈다. 삼칠일 간 먹을 양이라면 꽤 많아야 한다는 이야기이니, 아직 한참은 더 캐야 할 것 같았다.

[이건 먹을 만하겠고, 이건 너무 질기겠다. 음…….]

나름대로는 쑥을 열심히 선별해 나갔다.

"백호야, 지금 뭐 하는 거야? 갑자기 개라도 될 생각이야? 왜 풀은 쥐어뜯고 그래?"

뒤에서 불쑥 나타난 은평은 백호가 지금 하고 있는 일이 이해가 가지 않는 듯 표정이 신통찮다.

[개라뇨?]

"개풀 뜯어 먹는 소리라는 거 못 들어봤어? 난 네가 갑자기 풀을 뜯길래 개라도 되고 싶어하는 줄 알았지."

백호는 자기 마음도 모르면서 놀리는 소리만 하는 은평이 야속하게 느껴졌다. 그래서 은평에게서 휙 시선을 돌려 쑥 캐기에만 열중한다.

"근데 말야. 저기 안에 잔뜩 쌓아둔 마늘 더미는 대체 뭐야?"

은평의 투덜대는 소리에 백호는 자신이 아까 전 금황성의 주방에서 마늘이란 마늘은 전부 훔쳐다가 방에 가져다 놨던 걸 떠올렸다.

"저 산더미 같은 마늘들 네가 방에 갖다 둔 거야? 그런 거면 얼른 치워! 방 안에 마늘 냄새가 진동을 해서 도저히 못 견디겠다구."

[잠깐만 놔두세요. 제가 다 먹어치울 테니까.]

백호답지 않은, 그 퉁명스런 말투에도 놀랐지만 그 많은 마늘들을 백호가 전부 다 먹어치우겠다고 했다는 것에 더 놀랐다.

"너 미쳤어? 그 마늘들을 다 먹겠다고? 속 쓰러서 죽고 싶은 거야?"

[네, 먹을 겁니다. 먹다가 죽는 한이 있어도 다 먹을 거예요.]

은평은 도통 이유를 모르겠다는 얼굴로 머리를 긁적였다. 날이 더우니 애가 더위라도 먹었나 싶다.

"몰라, 먹든지 말든지 네 맘대로 해. 근데 제발 저 마늘 더미는 좀 치워."

은평은 짜증을 내며 안으로 다시 들어가 버렸다. 백호는 서러운 마음에 붉은 눈동자 가득 눈물을 찔끔찔끔 흘렸다.

[내가 누구 때문에 인간체로 변신하길 바라고 있는 건데… 정말 섭섭해요, 은평님. 으허허허헝…….]

백호의 구슬픈(?) 울음소리가 후원 가득 퍼지고 있었다. 다만 백호는 울먹이는 가운데에서도 쑥 캐기는 절대 멈추지 않았다.

늦은 밤, 서늘한 밤 공기를 쐬기 위해 창문을 열었다가 청룡은 창문 앞에서 마치 인왕상 같은 표정을 하고 서 있는 은평을 발견했다. 요즘 따라 은평이 불쑥불쑥 나타나는 일이 늘었다. 이렇게 깜짝 놀라게 나타나면 심장에 안 좋은데 말이다.

"왜 야밤에 인상을 구기고 서 있는 거야?"

청룡은 이유를 모르겠다는 얼굴로 은평에게 창문 앞에 서 있는 이유를 물었다.

"몰라서 물어?"

은평은 기가 막힌다는 표정으로 한숨을 쉬었다.

"당연히 모르니까 묻지."

머리를 굴려봐도 은평이 저런 식으로 나올 만한 일은 하지 않은 것 같은데 대체 무슨 일인가 싶었다. 자신이 최근에 은평을 놀려먹은 일이 있었던가?

"너 대체 백호에게 무슨 소리를 한 거야? 애가 낮부터 상태가 이상하더니 드디어 미친 것 같다고!!"

"뭐?"

은평의 입에서 거론된 것은 뜻밖에도 백호였다. 백호가 뭔가 사고라도 친 걸까? 한데 백호가 사고를 쳤으면 백호를 혼낼 일이지 자신에게 찾아와 화를 낼 일은 아닌 것 같은데 말이다.

"백호가 왜? 그 녀석이 무슨 사고라도 쳤어? 사고 칠 만한 녀석은 아닐 텐데."

"몰라!! 네가 벌인 일이니까 네가 해결해!! 정말 미치겠다구. 온 방 안에 진동하는 마늘 냄새만으로도 머리가 지끈지끈거린단 말야!"

"마… 늘?"

마늘이란 말에 백호와 아까 낮에 나눴던 대화를 떠올렸지만 설마—란 생각이 더 먼저 들었다.

'마늘이라니 설마… 하하하하, 아무리 백호 녀석이 순진하다지만 그 말을 정말로 실……'

"아까 낮에 방에 들어가 봤더니 그득그득 마늘이 쌓여 있더라고. 그래서 그것 좀 치우란 말을 하려고 백호를 찾아봤더니 후원에서 땅을 박박 긁으며 쑥을 캐고 있지 않겠어? 그러더니 쑥도 잔뜩 캐와서 방 안에 쌓아놨더라고!"

'…행했군.'

청룡은 어이없는 마음에 혀를 찼다. 세상에 그게 농담인지 진담인지도 구분을 못한단 말인가. 사실 잘못을 따지자면 백호에게 먼저 거짓말을 한 탓이겠지만 청룡은 오히려 그걸 순진하게 믿은 백호를 탓하고 있었다. 그야말로 적반하장인 격이랄까.

"그것뿐인 줄 알아? 내가 냄새 진동한다고 마늘하고 쑥 좀 치우랬더니 기껏 한다는 짓이 침상 아래로 쑥하고 마늘 끌고 기어 들어가서는 삼칠일 동안 나오지 않겠다잖아!! 너 도대체 백호에게 뭐라고 한 거야? 뭐라고 구라를 쳤길래 자기가 웅녀전설에 나오는 호랑이인 줄 아는 거냐고!!"

어쨌든 자신이 백호에게 쓸데없는 이야기를 한 것은 사실이므로 좀 찔렸는지 말을 더듬거렸다.

"뭐, 뭐가?"

"솔직히 불어. 뭐라고 백호한테 바람을 집어넣은 거야?"

금방이라도 자기 멱살을 붙잡고 뒤흔들 기세의 은평 때문에 청룡은 진땀을 뻘뻘 흘리며 손사래를 쳤다.

"알았어, 알았다고. 말할게. 말하면 되잖아."

"좋아. 말해 봐."

은평이 또다시 거짓말을 하면 가만 안 두겠다는 태도로 팔짱을 꼈다.

"아니… 그러니까 백호가 자기도 인간체로 변하고 싶다고 징징 짜고 있어서 말이지. 조금 장난기가 발동했지 뭐야. 그래서……."

"그래서 뭐라고 했는데?"

"뭐라고 했긴. 마늘하고 쑥을 삼칠일간 먹으면서 동굴에 틀어박혀서 빛을 보지 않으면 인간체로 변할 수 있다고 그랬지……."

반쯤은 예상했지만 설마 하니 진짜로 그 말을 했을 줄은 몰랐다. 믿은 백호도 바보란 생각은 들지만 일단은 거짓말을 한 청룡이 더 질이 나빴다. 은평은 기가 막힌 듯 입을 쩍 벌리고 혀를 찼다.

"쯧쯧… 너 그러고도 신수 맞아? 순진한 애한테 괜한 헛소리나 해서 이상한 짓을 하게 만들지 않나."

청룡은 '나야말로 너한테 '너 정말 선인 맞아?' 라고 묻고 싶다' 라는 얼굴 표정으로 뭐라 반론하려고 했지만 갑자기 대뜸 불쑥 끼어든 인 때문에 실패했다.

"아, 그래서 청룡이 아까 꼭 지나가던 참새 똥구멍이라도 본 사람마냥 후원에서 웃고 있었던 거군?"

'아니, 저놈이 왜 쓸데없는 소리를 해?' 라는 표정으로 눈을 부라렸지만 인은 그것을 아는지 모르는지 청룡이 불리해질 말만 계속 해대고 있었다.

"내가 무슨 일이냐고 물어도 말도 안 하고 껄껄대며 웃기만 하드만. 뭐야, 그거였어?"

인의 말을 들은 은평은 분노에 찬 표정으로 청룡을 째려보았다.

"…백호에게 그런 소리를 지껄여 놓고 너는 재밌다고 웃었다 이 말이지?"

"아니야, 정말로 그게 아니라……."

"…아니긴 뭐가 아냐!! 당장 가서 이 일 수습해 놓고 와!! 정말이지 마늘 냄새가 침상 밑에서 진동을 해대서 잠을 못 자겠단 말이야!"

"알았어, 알았다구."

은평이 정말로 백호를 걱정하는 건지 단지 마늘 냄새 때문에 잠을 잘 수 없어서 그러는 것인지는 잘 구분 가지 않았지만… 청룡은 등을 떠밀리다시피 해서 백호가 틀어박혀 있는 방으로 들어섰다. 들어서자마자 코끝을 아릿하게 만드는 마늘의 냄새와 쑥 냄새에 머리가 지끈댈 지경이었다. 은평이 자신을 찾아와서 난리를 피운 이유를 알 것도 같았다.

"어이, 백호야."

침상으로 다가갈수록 마늘 냄새가 진동했다. 그것을 꾹 참고 청룡은 침상 밑의 틈으로 얼굴을 들이밀었다. 저쪽 구석에는 쑥과 마늘이 그득그득 쌓여 있고 그 옆에서는 눈물을 찔끔찔끔 흘리면서도 쑥과 마늘을 꾸역꾸역 입 안으로 밀어 넣고 있는 백호가 보였다.

"어이, 백호. 너 대체 뭐 하냐?"

[버먼 머으시니까? 처여니께어 아여주시 모슈으 시앵하거 이으 주이니다(보면 모르십니까? 청룡님께서 알려주신 묘수를 실행하고 있는 중입니다).]

저 진지한 눈빛에다 대고 '미안하다, 내가 말한 건 개구라였어. 장난으로 그냥 한번 말해 본 거야'라고 말할 엄두가 차마 나지 않았다.

[이어케 하명 부명히 이가체러 벼할 수 이게지요(이렇게 하면 분명히 인간체로 변할 수 있겠지요)?]

"으응……."

'입 안의 내용물은 좀 빼고 말해 주렴. 무슨 말인지 알아들을 수가 없잖아' 라고 말하고 싶었지만 차마 말하진 못하고 그대로 물러섰다. 그대로 방을 돌아 나오니 밖에서 기다리고 있던 은평과 인이 청룡에게 다가왔다.

"뭐라고 했어? 일은 해결한 거야?"

"…아니, 그게 말이지. 그 진지한 눈빛에다 대고 차마 '거짓말이야' 란 말을 할 수가 없어서……."

청룡의 말을 듣고 있던 은평의 눈이 점점 흉흉하게 변했다.

"애초부터 그 진지한 눈빛에다 대고 거짓말을 한 건 대체 어디의 누구야! 대체 어쩔 거냐고!!"

은평은 청룡의 멱살을 붙들고 짤짤짤 흔들어댔다.

"은평아, 진정해. 이런다고 해결될 문제가……."

옆에서 인이 말려보지만 은평은 전혀 진정될 기세가 아니었다.

"시끄러워! 백호가 없으면 얼마나 불편한지 알아? 청룡, 니가 내 베개를 해줄 거야? 응? 해줄 거냐고! 니가 나 목욕할 때 내 등 밀어줄 수 있어? 없잖아!! 나 따라다니면서 청소 일일이 해줄 거야? 네가 아침마다 내 머리 빗겨줄 거야? 엉? 못하잖아!!"

인은 은평이 화내는 이유가 어쩐지 살짝 엇나간 듯하다고 느끼면서도 차마 입 밖으로 그것을 내비치는 우는 범하지 않았다. 누구에게나 목숨은 소중한 법이니까.

"그럼 날더러 어쩌라고!!"

"당장 가서 수습해! 네가 벌인 일이잖아!"

[…그러니까 청룡님께서 절 속이셨단 말입니까?]

붉은 눈망울 가득 실망한 기색을 띠고 백호가 청룡을 물끄러미 쳐다
보았다. 그 시선이 못내 부담스럽게 느껴진 청룡은 괜히 바닥 쪽으로
시선을 주며 머리를 긁적였다.

"으으응… 그게… 미안하게 됐다."

"이제 알았겠지? 너도 그러니까 침상 밑에 쌓아둔 쑥이랑 마늘 좀
치워!"

은평의 말에 백호는 풀이 죽어서 고개를 끄덕였다. 그렇게 기대를
했건만… 기대가 한꺼번에 무너져 내린 셈이었다.

[에휴…….]

쌓아놓았던 쑥과 마늘을 모조리 치우고 인과 청룡이 자신들의 거처
로 되돌아가고 나서도 백호의 한숨 소리는 끊이지 않았다. 이제야 독
한 마늘 냄새가 좀 빠져 잘 수 있겠다 싶었던 은평은 이번에는 백호의
한숨 소리에 단잠을 방해받자 짜증스러운 모양이었다.

"…백호야, 한숨을 쉬려거든 밖에 나가서 쉬어. 도통 네 한숨 소리
때문에 잠을 잘 수가 없잖아."

[네…….]

한껏 풀이 죽은 모습으로 백호는 터덜터덜 후원 쪽으로 걸어나왔다.
휘영청 뜬 달은 오늘따라 만월(滿月)에 가까워진 모습이었다. 달빛에
젖어 은빛으로 빛나는 몸체를 후원에 누인 백호는 달을 보며 한숨을
쉬었다.

[월궁항아(月宮姮娥)님… 전 정말 언제쯤 인간체로 변하게 될까요?

제발 절 인간체로 변하게 해주세요……]

달에 있을 월궁항아에게 들리진 않겠지만 지푸라기라도 잡는 심정으로 백호는 중얼거렸다. 달에 간절하게 소원을 빌면 월궁항아가 들어줄 것 같았달까. 백호는 그렇게 후원에 누워 자신도 모르게 살짝 잠이 들었다.

얼마나 시간이 지났을까… 갑자기 달빛이 환하게 빛났다. 그 빛에 눈이 부셨던 탓일까, 백호는 눈을 번쩍 떴다. 여전히 달은 휘영청 뜬 채 자신을 내려다보며 환한 빛을 비추고 있었다.

"에구… 깜빡 잠들었나 보네. 얼른 들어가야지."

뉘었던 몸을 일으키던 백호는 갑자기 균형을 잃고 쓰러졌다. 왜 이러는지 모르겠다. 갑자기 걷는 게 어색해지다니 말이다.

"어, 어라?"

다시 한 번 몸을 일으키려던 백호는 달빛 때문에 후원 한구석에서 길게 늘어뜨려진 자신의 그림자를 보고 깜짝 놀랐다. 뭉툭하고 동글동글하던 새끼 호랑이의 그림자치고는 너무 길었다. 뭐랄까. 그래, 마치… 사람의 것 같다는 느낌이랄까… 놀란 백호는 자신의 몸을 내려다보았다.

제일 먼저 보인 것은 복슬복슬한 흰털이 아닌, 새하얀 백의였다. 백의 자락 사이로 보이는 손은 앙증맞은 새끼 호랑이의 그것이 아니라 사람의 것처럼 뼈마디가 곧고 길었다. 손톱은 상당히 길었지만 손의 형태나 모양은 분명 사람의 것이었다. 백호는 놀란 얼굴로 자신의 몸 구석구석을 살펴보았다.

"이… 이건……."

온몸에 뒤덮여 있어야 할 털 대신 매끄러운 사람의 살갗이 자리하고 있었다. 백호는 감격한 표정으로 손을 가져가 얼굴을 만지작댔다. 오뚝한 콧날과 보드라운 뺨, 날카로운 송곳니 대신에 말캉한 입술이 손에 잡혔다. 자기 손으로 만져 보면서도 믿어지지 않았던지 후원에 있는 연못으로 황급히 달려갔다. 네 발이 아닌 두 발로 달리는 감촉이 어색하면서도 낯설지 않았다.

　어두운 밤이었지만 밝은 달빛 덕분에 비춰보는 데는 별 무리가 없었다. 두근두근 떨리는 심장을 부여잡고 백호는 연못 위로 자신의 얼굴을 들이밀었다. 아까 낮에 보았던 새끼 호랑이는 간데없고 새하얀 머리카락과 새빨간 눈동자를 가진 소년이 연못 위에 나타났다. 이것이 정녕 자신이란 말인가? 백호는 연못의 수면에 손을 가져다 댔다. 손이 대어진 자리에 물결이 일었지만 소년의 모습은 사라지지 않았다.

　"하하하… 이, 인간체로 변했어!! 변했다구!!"

　자세히 자신의 모습을 보고 싶었다. 새하얀 머리카락을 허리까지 드리우고 피를 머금은 듯 새빨간 눈동자인 소년의 얼굴에 가슴이 뛰었다. 입을 벌리자 날카로운 송곳니 대신 가지런하게 자리한 새하얀 인간의 치아가 보였다. 큰 눈과 단아한 콧날, 갸름한 얼굴형… 모르긴 몰라도 인간들의 미의 기준에 비추어본다면 상당한 미소년일 터였다. 이것이 정녕 자신이란 말인가.

　"월궁항아님, 감사합니다… 정말 감사합니다……."

　필시 자신이 월궁항아에게 간절히 빌고 빌었기에 월궁항아께서 자신을 가엾이 여기셔서 소원을 들어준 것이리라.

　자신이 변한 모습을 제일 먼저 은평에게 보여주고 싶었다. 백호는 그 자리에서 벌떡 일어나 은평의 방으로 뛰어들어 갔다. 불이 모두 꺼진 것을 보아 은평은 이미 잠자리에 든 듯했다.

"은평님, 은평님!"

침상에서 곤히 잠들어 있는 은평을 흔들어 깨웠다.

"으응… 뭐야……."

"일어나 보세요. 잠시만 일어나 보시라니까요."

은평은 잠에 잔뜩 취한 얼굴로 눈을 살짝 비틀어 떴다.

"…누구세요……?"

눈앞의 소년이 낯설었다. 이 목소리는 어디서 많이 들어본 것 같기도 하고… 또한 저 붉은 눈동자 역시 어디서 많이 본 것 같기도 한데 기억이 나질 않았다. 자신이 저 눈을 어디서 봤더라……?

"저예요. 저라구요!!"

"…저가 누군데요… 졸려 죽겠으니까 저리 좀 가요……."

계속해서 밀려드는 잠에 은평은 백호의 손을 밀쳐 내고 이불을 뒤집어썼다.

"많이 피곤하신가 보네. 내일 아침에 보여 드려야지."

백호는 느긋하게 생각하기로 했다. 인간체가 되면 해보고 싶은 일이 너무도 많았다. 항상 새끼 호랑이라고 무시하던 인 녀석에게도 콧대를 세우고 싶었고 항상 자신을 베개 취급에 목욕탕 때밀이에 별별 잡다한 용도(?)로 이용하는 은평에게도 자신을 대접해 달라 말하고 싶었다.

두 발로 걷는 것이 이리도 좋을 줄이야… 바스락대며 밟히는 풀의 감촉이 이리 좋을 줄이야… 백호는 후원을 맨발로 걸어다니며 인간이 된 기분을 마음껏 만끽했다. 연못물에 발을 담가보기도 했다. 물에 들어가면 북슬한 털이 물에 젖어 몸에 휘감기고 했었는데 매끄러운 살갗은 털이 없어 시원한 물의 감촉만을 느낄 수 있었다.

그리고… 만월에 가까워진 달은 백호가 너무도 기뻐하는 모습을 조용히 지켜만 볼 따름이었다.

다음날, 아침… 잠이나 깰까 해서 후원으로 산책 나온 인의 눈에 백호가 연못가에서 축 늘어져 있는 것이 발견되었다.

"아니, 이놈이 왜 여기서 이러고 있어?"

인은 백호에게로 다가갔다. 축 늘어져 있긴 했지만 숨도 새근새근 쉬는 걸 보니 간밤에 여기서 잠이 든 듯하다.

"어이, 죽었냐? 안 죽었으면 얼른 일어나 봐. 이런 데서 자고 있으면 어떻게 해?"

인은 백호의 몸을 흔들었다. 백호는 감았던 눈을 뜨고 몸을 일으켰다.

"왜 여기 나와서 자고 있냐? 아까 보니 은평이 찾던데 얼른 가봐라."

[이놈이 아직도 날 무시해! 내가 인간체로 변한 게 보이지도 않냐!]

백호는 자신이 인간체로 변한 모습을 보고도 무시하는 인이 기분 나빠 소리를 꽥 질렀다. 하지만 목구멍에서 튀어 나간 것은 인간의 목소리가 아니라 맹수의 크르릉대는 울부짖음이었다.

"이놈이 아침부터 왜 사람에 대고 으르렁대는 거야?"

[어, 어라 이게 아닌데?]

백호는 자신의 몸을 내려다보았다. 어젯밤까지만 해도 분명히 있었던 매끄러운 피부는 간데없고 새하얀 털과 가로 새겨진 검은 주름 털들만 가득했다.

[이럴 리가 없어! 어제까지만 해도… 분명히……!]

백호는 다시금 울부짖으며(?) 연못가에 자신의 모습을 비춰보았다. 수면 위로 어젯밤 보았던 그 소년의 모습 대신 어제 낮에 보았던 새끼 호랑이의 앙증맞은 자태가 비춰졌다.

"아니, 이놈이 정말로 뭘 잘못 먹었나? 왜 이래?"

인은 백호의 행동이 이해가 가지 않았다. 기껏 깨워줬더니 자신을 향해 으르렁대며 신경질을 부리질 않나 갑자기 연못으로 달려가더니 눈물을 줄줄 흘리질 않나.

[마, 말도 안 돼!! 어째서… 어째서!! 어젯밤에 분명히 월궁항아님께서 나를 인간체로 바꿔주셨을 텐데!!]

백호의 괴성을 들었는지 안에 있던 청룡이 어슬렁어슬렁 기어나왔다. 그리고 인을 향해 무슨 일이냐고 눈짓했다. 인은 자신도 모른다는 의미로 고개를 저었다.

"무슨 일이길래 식전 댓바람부터 울부짖고 난리냐?"

[청룡님!! 제가 말이죠. 어젯밤에 분명히 인간체로 변했었걸랑요!]

청룡이 오자 백호는 청룡의 발에 덥썩 매달려 사연을 이야기하기 시작했다. 너무 억울해서 벌써부터 눈에는 눈물이 그렁그렁하게 맺힌다.

"뭐? 인간체? 얘가 꿈을 꿨나. 잠 잘 자놓고 자다가 봉창 두들기는 소리는 왜 한대? 니 나이가 몇인데 벌써 인간체로 변해?"

[아니에요. 분명히 변했었단 말입니다!! 털도 없어지고 손과 발도 생기고요!! 두 발로 걷기까지 했단 말입니다!]

인은 백호의 말이 전부 크릉크릉대는 맹수의 소리로 들렸으므로 청룡과 백호의 대화에 끼어들지는 못하고 그냥 바라보고만 있었다. 저 크릉대는 소리를 잘도 알아듣는 청룡이 신통하기만 했다.

"꿈을 아주 실감나게 꾼 모양이구나."

청룡은 고개를 주억거리며 백호의 등을 톡톡 두들겨 주었다.

[…그게 아니란 말입니다!! 정말로 인간체로 변했었다니까요!!]

"그래… 내가 백호 네 심정 백분 이해한다. 이해한다구."

청룡은 백호의 말을 한낱 꿈으로 치부해 버렸다. 어디 말이 되는 소리를 해야 믿어주지. 제놈 나이가 몇인데 벌써 인간체로 변한단 말인가.

[그, 그래요!! 은평님께 여쭤보세요!! 은평님은 어젯밤에 제가 인간체로 변한 모습을 보셨으니까요.]

백호의 말에 청룡은 고개를 갸우뚱했다. 저렇게 자신있게 말할 정도라면 혹시 정말로? 란 생각이 들었기 때문이다.

"어이, 은평!!"

방에 있을 은평의 이름을 우렁차게 부르니 아직 잠이 들 깬 듯 부스스한 머리를 한 은평이 하품을 쩍쩍 해대며 후원으로 걸어나왔다.

"청룡, 나는 왜 불러? 어라, 백호 너 여기에 있었어? 나 머리 빗겨달라고 아까부터 너 한참 찾았잖아."

"야, 너 어제 봤냐?"

"응? 뜬금없이 그게 뭔 소리래?"

대뜸 어제 봤냐라고 물었으나 은평은 그 소리의 의미를 알아듣지 못했다.

"백호 말이 자기가 어젯밤에 인간체로 변했었는데 네가 그걸 봤다잖아."

멍한 머리로 잠시 기억을 더듬어보던 은평은 고개를 저었다.

"난 어제 백호랑 같이 자지도 않았다구. 보긴 뭘 봤다고 그래?"

그것 보라는 듯 청룡이 백호를 째려보았다.

[정말 보셨다니까요!! 제가 자는 은평님을 깨웠다구요!!]

"정말로 기억 안 나. 네가 언제 날 깨웠는데?"

백호는 속이 터져 죽을 지경이었다. 혹시 모두가 자신을 짜고 놀리는 것은 아닌가 하는 생각이 들 정도다.

[다시 한 번 잘 생각해 보세요.]

"…기억에 없는걸."

백호는 억울한 마음에 목놓아 울었다. 인에게는 그것이 영락없이 맹수의 끄르륵대는 소리로 들렸지만 말이다.

[엉엉엉, 다들 너무해요!! 난 정말로 변했었단 말이에요!]

"그래. 내가 네 심정 다 이해한다니까. 꾹 참고 몇백 년만 더 버티면 인간체로 변할 수 있게 될 거야."

청룡의 위로도 백호에겐 소용없었다. 어젯밤에는 그렇게까지 인간으로 변했거늘 어째서 아침에 일어나 보니 도로아미타불이란 말인가.

"근데 도대체 어떻게 하다가 인간체로 변하게 된 건데?"

청룡의 질문에 백호는 울음을 멈추고 눈가 가득 맺힌 눈물을 뭉툭한 앞발로 쓱쓱 문질렀다. 눈가를 문지르면서도 어제는 이 뭉툭한 앞발 대신 길고 가느다란 인간의 손이 있었다고 생각하니 더욱더 서러워졌다.

[그러니까 가슴이 답답해 바람을 좀 쐬려고 후원에 나오니 만월이 보이더라구요… 달빛을 쐬며 후원 가에 가만히 누워 있었죠. 그런데 아직 인간체로 변하지도 못하는 제 신세가 한스러워서 달을 보면서 월궁항아께 인간체로 변하게 해달라고 소원을 빌었죠…….]

백호의 말을 경청하고 있던 청룡이 월궁항아라는 말에 펄쩍 뛰었다.

"…자, 잠깐! 그러니까 월궁항아에게 소원을 빌었단 말야? 그 성격 나쁜 년한테?"

청룡의 말은 마치… 월궁항아를 잘 아는 것처럼 들렸다. 잠자코 있던 인이 거기에 의문을 갖고 청룡에게 물어왔다.

"청룡, 그건 무슨 소리냐? 월궁항아가 성격이 나쁘다니?"

"…말도 못하지. 그렇게 성격 나쁜 계집애는 살면서 처음 봤다니까. 변덕이 죽 끓듯 하고 무엇보다도 제일 질이 나쁜 건 순진한 사내 꼬드겨서 놀려먹기 좋아하는 거라구!"

뭔가 월궁항아와 얽힌 나쁜 추억이라도 있는지 청룡의 말투가 점점 험해졌다.

"흐응… 청룡도 그런 꼬드김에 넘어가 본 적이 있나 봐? 어떻게 그렇게 잘 알아?"

은평의 눈이 가자미처럼 가늘어졌다.

"험험… 아니, 뭐, 꼭 그렇다는 건 아니고… 여하튼!! 월궁항아가 얼마나 변덕스러운데 거기다 대고 소원을 비냐!"

괜히 화살이 자신에게 날아오는 듯하자 청룡은 헛기침을 하며 슬그머니 화제를 돌렸다.

[월궁항아께서 성격이 나쁘시다고요?]

"그럼, 말도 못하지. 설사 이 세상에 여자가 월궁항아 하나만 남는다고 해도 난 평생 독신으로 살… 아니, 어쨌든… 네가 정말로 인간으로 변한 거라면… 아마도 그 성격 나쁜 것이 소원을 잠깐 들어줬다가 이내 변덕이 생겨서 슬그머니 거둬가 버린 거겠지."

[그, 그런 게 어딨습니까!!]

아직도 상황 파악이 안 된 백호가 울상을 지었다.

"그래서 아까부터 누누이 말하잖아. 월궁항아만큼 성격 나쁜 계집애도 없다고."

[마, 마, 말도 안 돼에에에에에에……]

　날씨 좋은 늦여름의 아침, 후원 한가득 백호의 울음소리가 퍼져 나갔다.

만천학(晚千學)의 이야기

밤새 내리던 비가 그쳤다. 어스름한 안개가 깔린 새벽녘, 조용히 새는 울고 처마 밑 빗물 떨어지는 소리는 유난히 크게 울리고 있었다.

사내는 마음이 급했다. 초상비(草上飛)를 시전해 서둘러 달려가고는 있지만 조마조마한 마음만은 어쩔 수 없는 노릇이었다.

사막이 유일하게 살아 있는 땅으로 변한다는 우기(雨期)였다. 매일같이 비가 쏟아지는 것은 녹야 역시 예외가 아니었다. 분명 간밤의 야우(夜雨)를 고스란히 다 맞고 다녔을 자신의 주군을 떠올리자 점점 더 속도를 내지 않으려야 않을 수가 없었다. 언제나처럼 차디찬 비를 맞고 들어와 창문 앞에 서서 정원을 멍하니 바라보고 있을 것이었다.

정원(庭園)치고는 유난스러웠다. 을씨년스럽다고 해야 할까. 정원수치고는 굵은 나무들과 어지러이 자라난 수풀들. 몇 년 동안이나 돌보지 않고 방치해 둔 흔적이 역력하다. 계속되는 우기 덕에 질척거리는 풀들 사이를 헤쳐 지나가자 금방이라도 쓰러질 것 같은 건물이 보였다.

드르륵──

둥그스름한 창이 열리고 창 안에서 한 소동(小童)이 얼굴을 비추었다. 이제 갓 여덟 살이나 되었을까··· 하얗다 못해 창백하기까지 한 얼굴빛에 입술은 주사같이 붉었다. 살짝 내리 감은 듯한 속눈썹은 사내아이치고는 지나치게 길고, 가느다란 어깨에 낭창낭창한 몸매 때문에 머리를 땋았다면 소동이 아니라 영락없는 계집아이라 봐도 무방할 정도였다.

의아스럽게도 소동의 옷가지며 머리는 꼭 비 맞는 생쥐마냥 홀딱 젖어 있었다. 간밤에 밖에 나가 비라도 맞을 것일까? 몸에 찰싹 달라붙은 옷가지며 머리카락에서 물방울이 뚝뚝 흘러내리고 있건만 소동은 닦을 생각조차 하지 않고 눈을 살며시 내리 감은 채로 창밖을 하염없이 바라보고 있었다.

자신의 예상대로인 것을 확인한 사내는 한숨을 내쉬며 건물 안으로 들어섰다. 우중충한 외관과는 다르게 내부는 제법 호화롭고 안락하게 꾸며져 있었다. 다만 낮에도 창을 열지 않거나 초를 켜지 않으면 어두울 정도로 음침하다는 것만 뺀다면 말이다.

뒤에서 인기척이 들려도 미동조차 하지 않는 소동이었다. 사내는 조심스럽게 소동의 뒤로 다가섰다.

"···또 비를 맞고 오신 겁니까? 야우는 존체(尊體)에 좋지 않습니다."

창가에 다가서자 비로소 사내의 얼굴이 눈에 들어왔다. 피 같은 붉은색을 띤 혈의에 얼굴에는 끔찍하게 여겨질 만큼 수많은 검상(劍傷)이 그어져 있었다. 아주 오래된 것인 듯 옅은 색의 검상도 있는가 하면 최근에 생긴 것인 듯 검붉은 피가 엉겨 붙은 검상도 있었다. 거기다가 차가운 눈빛까지 곁들여져 사내 주위의 분위기를 한껏 더 얼어붙게 만든다.

"괜찮다."

사내가 모포를 가져와 소동의 어깨에 덮어주려 하자 소동이 손을 들어 사내의 움직임을 저지했다.

"하오나……."

사내가 끝까지 걱정을 버리지 못하자 소동은 혀를 찼다. 그리고 잠시 뒤 소동의 몸에서 하얀 수증기가 일어나기 시작했다. 소동의 옷가지며 피부에 달라붙어 있던 물방울들이 수증기로 화해 공기 중으로 되돌아가고 있는 것이었다. 놀라운 일이 아닐 수 없었다. 지금 이 소동은 순수한 내력을 일으켜 수분을 승화시키고 그것을 증기로 되돌리고 있는 것이다. 그러자면 내공이 적어도 삼 갑자 이상이어야 했다. 무림고수들이 이 광경을 봤다면 피를 토하고 고꾸라질 광경이었다. 그들이 기연(奇緣)이라도 만나지 않는 한 평생 모아도 모으지 못할 내공을 저 소동이 지니고 있는 것이니 말이다.

"그나저나 이곳까지는 무슨 일이냐?"

아직 변성기를 거치지 않은지라 어린아이 특유의 귀여운 목소리지만 소동의 목소리는 딱딱하게 굳어 있었다. 흡사 얼음이 이러할까. 목소리는 어린아이지만 말하는 어투는 지나치게 어른스러웠다. 하지만 뭔가 어색하다. 아이는 아이다워야 하건만, 차가운 어른의 가면을 뒤집어쓰고 있다는 느낌으로 소동의 주위에는 보이지 않는 빙벽(氷壁)이 둘러쳐진 것만 같았다.

"…부르시옵니다."

"…어머님께오서?"

소동은 그제야 비로소 계속 창 쪽으로 향하고 있던 고개를 돌려서 사내를 응시했다. 살짝 내리 감고 있던 눈을 모두 뜬 채였다. 미약하지만 소동의 눈에는 일말의 기대감이 떠올라 있었다. 그 눈빛이 기대하고 있는 것이 뭔지 이미 예전부터 알고 있었던 사내의 눈빛도 한순간이었지만 안타까운 빛을 띠었다.

"무슨 일로 부르신다더냐……?"

침착을 유지하려고 애쓰는 듯했지만 목소리는 이미 숨길 수 없는 기대감과 기쁨을 품고 있었다. 그런 소동의 마음을 너무나도 잘 알고 있는 사내는 아랫입술을 잠시 깨물었다.

"그것은 저로서는 알 수 없습니다. 녹야(綠野)로 잠시 다녀가시지요."

송구하다는 듯 깊이 허리를 숙이는 사내를 뒤로하고 소동은 어느새 저만치 멀어져 있었다. 참으로 귀신같은 신법이 아닐 수 없었다. 사내는 속으로 감탄사를 내뱉었다.

금방이라도 쓰러질 듯이 위태위태해 보이는 소동의 뒷모습을 보며 사내는 애처로운 마음에 가슴이 저미고 있었다.

소동은 고목이었다. 언제 쓰러질지 알 수 없는… 겉으로는 굳건한 듯 보여도 속으로는 계속 곪고 썩어 들어가고 있는 그런 고목이었다. 언제나 그렇듯이 그저 소동이 가여울 뿐이었다. 외강내유(外剛內柔)한 성품을 지닌 자신의 작은 주군(主君)은 속 깊숙이 감춰두고 있을 감정을 절대 꺼내 보이지 않는다. 이럴 때만큼은 불경스럽게도 그분께서 하시는 일에 대해 반감이 이는 것은… 어쩔 수 없는 노릇이었다.

약 삼십여 세쯤 되어 보이는 미부(美婦)가 다과상을 앞에 두고 앉아 있었다. 검푸른 머리카락. 마치 물속에서 끊임없이 몸을 움직여 대는 해초(海草) 같은, 약간은 기분 나쁜 색이었다. 창백하다 못해서 푸르딩

딩해 보이기까지 하는 안색에 여러 색의 비단이 겹쳐져 알록달록한 궁장에 검푸른 머리를 높이 틀어 올리고 뱀의 모양이 양각된 잠(簪)을 꽂아 고정시키고 있었다. 비록 아무런 표정이 없는 무표정이라 해도 오밀조밀 섬세한 장인의 조각품처럼 아름다운 여인이었다. 다만 표정이 너무도 차가워 마치 얼음으로 된 인형을 연상시켰다.

인형 같은 미부와 소동은 서로를 마주 보고 앉아 차가 찰랑거리는 잔을 손에 쥔 채로 계속해서 앉아 있었다. 치렁치렁한 궁장이 불편할 만도 하건만 여인의 동작에는 흐트러짐 하나 없다.

"무슨 일로 부르셨는지요?"

공손히 무릎을 꿇고 조심스런 기색으로 여인의 기색을 떠보는 소동은 아까의 그 모습과는 판이하게 달라 쌍둥이인가 하고 생각될 정도였다. 아까의 당당함은 온데간데없고 여인의 눈치 살피기만 급급했다. 여인의 별것 아닌 동작 하나에도 잔뜩 움츠러드는 소동의 그 모습에 약간 떨어져서 조용히 시립(侍立)하고 있던 사내의 눈시울이 붉어졌다.

'…딱하신 분.'

사내가 그러한 생각을 떠올릴 즈음 침묵을 지키던 미부가 들고 있던 다기를 내려놓고 소동을 향해 천천히 입을 열었다.

"…무공의 성취는 보이느냐?"

"…예……."

"연마하고 또 연마해라. 그래서 강해지거라. 단절강(端切强) 그자보다 말이다……."

"예……."

미부는 소동의 대답이 만족스러운 듯 염세적인 웃음을 입가에 띠었다. 허무하고 실없는 그런 웃음이었지만 보는 사람으로 하여금 소름이 끼치게 만든다.

"호호호호호… 그래… 그래야지. 상처는… 괜찮은 게냐?"

잘 다듬어진 미부의 섬섬옥수가 소년의 등을 쓰다듬는다. 옷자락이 살 사이에 짓눌리자 이내 옷감에 옅은 붉은빛의 피고름이 배어들었다.

"…소자는 괜찮습니다. 심려치 마시지요."

고통을 참는 듯 잠시 입을 악물었던 소년의 이마에 어느새 송글송글 식은땀이 맺혀 있었다.

"안색이 창백하구나. 몸이 안 좋은 게냐?"

"아닙니다……."

"아니야, 안색이 매우 창백해. 가서 쉬는 것이 어떻겠느냐?"

사내는 소동의 등을 바라보면서 혀를 찼다. 옷자락에 가려져 있긴 하지만 분명히 그 속에는 뱀이 기어가는 듯한 구불구불한 모양의 채찍 자국이 나 있을 터였다. 상처가 있는 것을 뻔히 알면서 일부러 그 부분을 누르다니, 도저히 모자 관계라고는 볼 수 없는 소동과 그녀였다.

"…그럼 어머님 말씀대로 가서 쉬겠습니다."

소동은 정중히 허리를 굽힌 후, 미부에게서 물러났다. 천천히 뒷걸음질치는 소동을 미부는 힐끔 바라보았다. 하지만 그 눈길은 어머니가 자식에게 보내는 눈빛이 아니었다. 어찌 어머니가 자식에게 저런 눈을 하고 볼 수 있단 말인가. 그것은… 마치 괴물을 보는 눈빛이었다.

"쉬다니… 지금 쉬러 가겠다는 말이냐?"

미부의 입에서 흘러나온 짤막한 단어에 소동의 신형이 흔들렸다. 그러나 일절 내색치 않고 걸음을 재촉할 뿐이다. 여인의 눈빛이 마치 독사 같은 빛을 띠고 소동을 마주 보았다. 비록 말뿐일지라도 다정하게 대하던 모습은 간데없고 소동을 바라보는 눈빛에는 독기마저 서려 있었다.

"쉬다니… 그게 네게 어울릴 법한 말이더냐!"

갑자기 발작적으로 고함을 내지른 미부에게 놀라 소동이 숙였던 고개를 번쩍 들었다.

"…어, 어머니……."

소동은 잔뜩 겁에 질려 몸을 움츠렸다. 저런 눈을 하고 바라보는 자신의 어머니가 어찌 나오는지 너무 잘 알고 있었기 때문에…….

"쉬다니… 아니 되지. 방금도 말하지 않았더냐? 또 연마하고 연마하라고… 그래서 날 이리 만든 자들에게 이 원한을… 이 빚을 갚아주라 하지 않았더냐!!"

"아악……!!"

소동이 겁에 질린 비명을 터뜨렸다. 여인의 길다란 손톱이 소동의 옷자락을 찢어냈다. 여기저기 상처와 흉터투성이인 작고 가느다란 몸이 드러냈다. 그리고 여인은 주저없이 손을 뻗어 소동의 목을 졸랐다.

"컥… 어… 어… 머… 니… 놓…….""

소동이 바둥거렸다. 자신의 목을 쥐고 있는 여인의 손을 붙잡고 애절한 눈빛으로 여인을 바라보았다.

"…너도 다를 바 없어… 날 이리 만든 놈들과… 오호호호호호."

여인의 웃음소리를 들은 사내는 여인이 광기에 접어들었음을 느꼈다. 한동안 잠잠하다 했더니 또다시 이 모양이었다. 여인은 이미 오래 전부터 미쳐 있었다. 복수에, 그리고 사무치는 원한에…….

"주군께 무슨 죄가 있다고 이러십니까!!"

사내가 여인과 소동을 떼어내려 했지만 여인은 요지부동이었다. 이미 초점을 잃은 눈동자는 여인이 제정신이 아님을 말해 주었다.

"명심해라… 날 이리 만들고 배교를 이리 만든 자들에게 뼈에 사무치는 이 원한을 깨닫게 해줘야 하지 않느냐……. 호호호호호… 네 손으로 단절강 그자의 자식을, 그자의 부하를 없애렴……. 죽기보다 더한 고통을 안겨주거라. 내가 그랬던 것만큼… 내가 당했던 것만큼!!"

그녀는 소동을 복수의 대상물 그 이상으로 치부하지 않고 있었다. 사내는 여인이 소동의 친모라는 것이 믿어지지 않을 뿐이었다.

소동의 거처에 들어서자마자 사내는 금창약(金瘡藥)을 찾았다. 소동의 등에 바르기 위해서였지만 소동에게 한마디로 거절당했다.

"됐다. 쓸데없는 낭비일 뿐이다. 관둬라."

목에 박힌 붉은 손자국에 눈이 아팠다. 저 등으로는 제대로 눕지도 못할 터이면서 잔뜩 가라앉은 목소리의 소동은 약 바르기를 거절했다.

"상처가 곪을지도 모르는 일입니다."

"관두라 하지 않았느냐!"

그는 도저히 이해가 가지 않았다. 저 정도면 아무리 모자지간이라고 해도 진저리 칠 만한데도 여전히 소동의 어머니를 대하는 태도는 변함이 없었다. 오히려 그것을 달게 받아들이고 있었고 마음에 들고자 더욱더 노력했다. 이해할 수 없는 모자지간… 그렇지만 저 둘은 자신이 평생을 모시기로 작정한 주군들이었다.

쪽빛으로 물든 새파란 하늘. 그리고 녹야(綠野). 그것만이 소년의 눈이 담고 있는 세상의 전부였다. 태어나서 한 번도 녹야(綠野)를 벗어나 본 적 없었고 알고 있는 것은 녹야의 밖은 죽음만이 존재한다는 사막이라는 것뿐이었다.

시리도록 새파란 하늘이 뼈에 사무치도록 그리웠다. 희미하게 스며
드는 것은 녹야의 푸르름도 어쩌지 못하는 사막의 건조한 바람이었고,
자신의 주위를 떠도는 것은 구천지옥을 떠도는 원혼(冤魂)들이었다.

너덜너덜하게 변해 버린 청의 사이로 모래가 스며들었는지 아직 아
물지 못한 상처가 따끔거렸다. 살갗이 다 벗겨져 버리고 모래 위에 이리
저리 굴려진 탓에 무릎의 상처가 곪아버려 도저히 일어날 수가 없었다.

새파란 사막의 하늘을 볼 수 있었던 유일한 틈 사이로 검은 그림자
가 드리워졌다. 그럴 리 없다는 것을 이미 오래전부터 자각하고 있었
으면서도 발소리 하나에도 기대를 하고 마는 소년이었다. 이윽고, 석
벽의 틈 사이로 들리는 나지막한 음성은 익숙하긴 했지만 역시나 소년
이 기대했던 목소리는 아니었다.

"주군(主君), 괜찮으신 겁니까?"

"…괜찮다."

짤막한 대답을 남긴 소년은 고개를 돌렸다. 석벽의 한쪽 구석에 있던
문이 열리며 건장한 체구의 중년 사내가 들어오는 것을 눈치 챘음이다.

짤그랑—!

고리로 묶여져 있던 열쇠끼리 부딪쳐 내는 금속음에 소년은 움찔 몸
을 떨었다. 두 손과 양발을 속박하고 있던 구속구가 풀리자 역시 예상대
로 피가 맺혀 있었다. 뼈가 빠진 듯 관절은 심하게 부어 있고 거칠게 긁
혀진 상처에서 새빨간 핏줄기가 소년의 하얀 손목을 타고 흘러내렸다.

"그분께오서는 잠시 안식에 들어가셨습니다."

중년 사내는 커다란 무례를 범해 어쩔 줄을 모르는 태도로 소년의
무릎을 살폈다. 곪아 터진 상처 사이로 푸르고 얇은 금막에 싸인 뼈가

보이고 있었다. 이대로는 아마 제대로 일어날 수조차 없을 터였다.

"그분께오서는 어찌…….."

눈이 뜨거워지고 목이 탁 막혀오는 듯한 느낌에 사내는 차마 말을 잇지 못하고 아랫입술을 악물었다. 더 이상 말을 하다가는 불경죄를 지을지도 모르겠다는 생각에서였지만 소년은 이미 그런 그의 생각을 읽은 듯 안색이 급격히 굳어가고 있었다.

"…어머니께서 하신 일이 아니다. 내가 자청한 것이야."

"천노(賤奴)는 이해할 수 없습니다. 어찌 주군을 이리…….."

중년 사내의 말은 끝까지 이어지지 못했다. 소년의 손이 중년 사내의 뺨을 내리쳤기 때문이다. 뼈가 빠져 조금이라도 움직이면 고통이 심할 텐데도 소년은 눈썹 하나 찌푸리지 않았다. 중년 사내를 바라보는 시선은 분노로 가득 차 있었다.

"내가 어머니의 뜻을 거스르고 욕되게 하는 짓을 하였고, 그에 합당한 벌을 받은 것뿐이다. 더 이상 거론하지 마라."

소년의 단호한 태도에 사내는 입을 꽉 다물고 준비해 온 부목을 꺼내었다. 하지만 소년은 자신의 팔에 부목을 대려는 그를 손을 들어 막았다.

"그럴 것 없다. 그냥 꽉 붙들어다오."

소년은 무표정한 얼굴로 우드득 하는 소리와 함께 빠진 뼈를 맞춰 나갔다. 혀를 내두를 정도의 인내심이었다. 고통스런 신음성 하나 없이 안색 하나 변하지 않고 자신의 뼈를 스스로 맞추는 소년을 보며 사내는 입술을 깨물었다. 눈앞의 저 소년이… 딱해서 견딜 수 없었다.

"…내가 딱해 보이느냐……?"

나지막한 소년의 질문에 사내는 아무런 대답도 하지 않았다.

"그래… 네가 보기엔 내가 답답해 보이겠지…….."

자문자답한 소년은 피식 웃어버렸다. 사내가 보기에 소년은 몸은 성장했으나 정신은 그대로였다. 무자비한 학대를 받으면서도 어머니의 사랑을 받길 갈구하는 어린아이 그대로였다. 단지 사랑받고 싶다는, 이리하면 어머니가 자신을 돌아보아 줄 것이라는 이유 하나로 그의 어머니가 바라 마지않는 복수를 실행하려 하는 어린아이였다……

꿈을 꾸었다… 악몽이라 해야 할까. 그저 지나간 과거의 이야기라 해야 할까. 꽤 오래전의 일들이 꿈에 보인 탓인지 일어나자마자 관자놀이가 깨질 듯이 아팠다. 커다란 대못을 가져다 대고 박아대는 것 같다 느낀 청년은 자리에서 일어났다.

어디선가 희미하게 물소리가 들린다. 아마도 야우가 내리는 것이리라 생각한 청년은 맨발로 침상의 아래로 내려섰다. 보드라운 융단이 발 밑에 밟혀들었다.

아직 사방이 어둑어둑한 것으로 보아 날이 밝으려면 먼 듯했다. 청년은 창가로 다가가 문을 열었다.

이른 새벽의 싸늘한 기운이 창가를 타고 방 안으로 밀려왔다. 축축한 습기를 머금은 바람과 야우가 녹야에서 지냈던 유년기를 떠오르게 했다.

"…이제 곧입니다… 어머니께서 그토록 원하셨던 것이 눈앞에 보입니다……"

문득 녹야의 죽림이 보고 싶었다. 녹야의 울창한 죽림이 말이다. 이 중원 땅에도 죽림은 많았지만 녹야의 그런 울창하고 새파란 죽림은 찾아보기 힘들었다.

"…이제 어머니께서 복수를 달성하고 나시면 전 더 이상 쓸모없는 존재가 되겠군요……"

어렸을 적부터 자신의 존재 가치와 어머니가 자신을 바라봐 주는 유일한 이유는 복수뿐이었다. 이 두 글자로 이루어진 단어 하나가 자신이 지금껏 살아온 생의 모든 목표이자 자신의 존재 의미인 것이다. 자신은 그저 친모의 사랑을 바랐을 뿐인데…….

"가을 추수가 끝나고… 새를 쫓을 필요가 없어져 버린 허수아비는 어찌 되는 것일까요… 그대로 불태워지는 겁니까……?'

창가에 내려진 빗방울이 튀어 청년의 옷깃에 닿았다. 어느새 소매의 옷깃이 빗방울에 축축이 젖어들고 있었다. 눈가에 갑자기 빗방울 하나가 툭 떨어진다. 한데 야우답지 않게 뜨겁게 느껴졌다.

"주군……."

어디선가 가느다란 사내의 목소리가 울렸다. 필시 청년이 우는 것을 발견한 것이리라.

"…비가 많이 내리는구나… 시야가 흐릿할 정도로……."

창을 닫고 돌아선 청년은 소매로 얼굴에 흐른 야우를 닦았다. 찬바람을 쐬었는데도 가슴이 답답해져 숨 쉬기가 버겁다.

"…그러니까… 당신은 고통스러워해야 해. 고통으로 몸부림치라구. 내 삶의 목적은 오직 복수니까 말야… 큭큭큭… 당신이 고통스러워해야 당신의 아비 역시 고통스러워하겠지… 아아, 그래… 내 복수의 일보(一步)는 바로 당신이야."

눈앞에 현 마교 교주의 얼굴이 떠올랐다가 사라졌다. 아무것도 모른다는 그 얼굴을 찢어발기고 싶었다. 그가 고통스럽길 바랐다.

그저 어머니의 사랑을 얻고 싶었을 뿐인 작은 소년은 증오의 화살을 마교의 교주에게로 돌렸다. 자신은 사랑받지도 못했고 하루하루가 고통뿐인 나날을 살아왔건만 그자는 어째서 모두에게 둘러싸여서 사랑받

앗고 마교의 교주가 되었다. 아주 오래전 아무 죄도 없던 배교를 밖으로 내쫓고 정도와 작당해 무림공적으로 몰아세웠던 '마교'의 교주가 말이다. 그리고 자신의 어미를 단지 복수라는 목적만을 갖고 살아가는 광인으로 만들었다. 어찌 잊으랴. 전전대부터 이어진 피맺힌 원한을……

"…그자는 알까… 자신이 교주로 있는 마교의 진실이 과연 어떤 것인지 말야……. 만약 모르고 있다면… 그리고 그 사실을 내가 말해 준다면 어떤 표정을 지을까… 기대되는군."

기대감으로 몸이 부들부들 떨려올 만큼 청년은 흥분해 있었다.

"아아, 기다려… 네놈이 가진 것은 모조리 다 빼앗아줄 테니……."

그리 중얼거리는 청년의 얼굴은 매우 아름다운 미소를 머금고 있었다.

『7권으로 이어집니다』

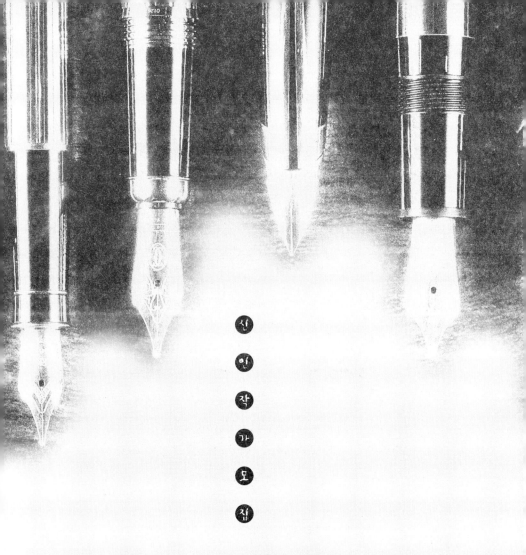

신 인 작 가 모 집

시작이 반이라고 했습니다.
작가의 길에 대한 보이지 않는 벽을 과감히 깨뜨리십시오!
청어람은 작가 지망생 여러분들의
멋진 방향타가 되어드리겠습니다.

저희 도서출판 청어람에서는
소설 신인 작가분들을 모집합니다.
판타지와 무협을 사랑하시는 분들의 많은 참여를 바랍니다.
소정의 원고(A4용지 150매)를 메일이나 우편으로 보내주시면
검토 후 출판 여부를 알려드리겠습니다.

주소:경기도 부천시 원미구 심곡1동 350-1 남성B/D 3F 우편번호420-011
TEL:032-656-4452 · **FAX**:032-656-4453
http://**www.chungeoram.com**
e-mail:chungeoram@chungeoram.com